明《蜀都賦》

MING
SHUDU FU

（明）范槲/著
陳倫敦/點校

四川大學出版社

責任編輯:高慶梅
責任校對:王　冰
封面設計:墨創文化
責任印製:王　煒

圖書在版編目(CIP)數據

明《蜀都賦》/（明）范槲著；陳倫敦點校. —成都：四川大學出版社，2018.4
ISBN 978-7-5690-1777-9

Ⅰ.①明…　Ⅱ.①范…　②陳…　Ⅲ.①賦-作品集-中國-明代　Ⅳ.①I222.4

中國版本圖書館 CIP 數據核字（2018）第 092226 號

書名　明《蜀都賦》

著　者	(明)范　槲
點　校	陳倫敦
出　版	四川大學出版社
地　址	成都市一環路南一段 24 號 (610065)
發　行	四川大學出版社
書　號	ISBN 978-7-5690-1777-9
印　刷	四川盛圖彩色印刷有限公司
成品尺寸	148 mm×210 mm
印　張	6.5
字　數	140 千字
版　次	2018 年 12 月第 1 版
印　次	2018 年 12 月第 1 次印刷
定　價	32.00 圓

◆讀者郵購本書,請與本社發行科聯繫。
電話:(028)85408408/(028)85401670/(028)85408023　郵政編碼:610065
◆本社圖書如有印裝質量問題,請寄回出版社調換。
◆網址:http://press.scu.edu.cn

《蜀都賦序》

古之賦蜀都者二，蓋自騷興四百年而揚子雲始賦蜀都，又三百年而左太冲再為賦，又千二百年而范仲子又制斯賦。于是鹵南疆事始告備矣。夫子雲家于參伐之墟，不出里塾□，作焆煴語。若舉其平日父師之所□詔之者，詠嘆伊始，太冲意在張皇典午，故借蜀以頏吳而頡魏，志所陂陀，勢緣而轉此一隅也。安得標而獨騁邪？或曰：蓋聞之賓筵舉竽而已，必纚與簴而奏之，聰廼盈邪？御廩舉稷而已，必秉與缶而導之，粰廼辨邪？宮袍舉繸而已，必纚與絨與緵而紀之，然後曰襞積齊而紅集邪？當物定名，法程具在，何仲子之好孅詡也？此殆未然，蠶叢立國，其來四萬八千歲，其事茫昧，二公信才，安得詳？自漢魏迄□，千二百年，其事章章可縷指而數，□子安得不詳，何者？賦至相如可謂傑人之制，命令百代矣，然觀其與盛牂牁書，必以『包宇宙，總人物』為訓焉，夫胡不貴博也，是故無取絢焉，終歸之質，無取率焉，終歸之邃，無敢剽恣滔獵，若玉樹盧橘之云者，以欺所未覿而罔後世。蓋觀之傳耆舊者，循名績而忽產殖，志華陽者，褒幅域而略戎僚。以今衡之，殆不相似，然蓋曰彼亦一覆載，此亦一玄黃，彼之覆載也，何漢何纖，此之玄黃也，伊璀伊璨。是故遡以荒邈，廓以皇伐，參目恉靈，駢□裨錯，蓋《水經》所不得收，為之綴；《方言》所不得假，為之綜。故曰：備。昔王右軍蓋有汶嶺之志，曰：嗟乎，是崐侖之伯仲也。及得周益州別疏，絕嘆兹地山川雄特，猶恨子雲、太沖之賦之未悉也。絕欲一登陟，至以日為歲，然竟不克諧。仲子徼值尊人原易先生參知是藩，以其溫清之暇，攷鏡圖牒，撰兹閎偉之章，且濡之以彌年，成之目逾月，又何捷給也。假令右軍涉斯域也，未必周覽，周覽之，未必繁稱若是。夫仲子豈直釋王右軍之憾已邪？仲子，名槲，新都之林塘里人。賦凡一萬二千六十三言，並引、註，又溢其數，余讀之彌晝，一百七十七刻乃竟。

古鄞余寅撰

《蜀都賦序》

夫賦者，古詩之流也。先王省方陳詩以觀民風，若十五國之臚列者具已。其後王跡熄而詩亡，《春秋》斯作，備記乘而嚴鑒戒，要亦詩之遺焉。歷世滋深，作述滋備。屈氏之變而騷，司馬氏之刱而選，取義不同，同歸於賦，作者難之，後之君子變化，不必擬議而匿諸詞，詞不勝而跳諸理，猥以詞家目之，而賦之用詘矣。是何作者之難□，談者之易也。賦以都邑，則東西京擅場，子雲□蜀，宏揭芳韻，降及三國，斯武角雄，而文事因之，太冲三都，侈韻而蜀與焉。要以雕鏤則病淺，遺佚則病疏，絜短較長，惡容求備，且也，語其地則閎顯無恒，語其才則饒乏殊致，語其時則資適異世，必有待矣。余友范惟蕃氏，幼有至性，負俊才，今方伯原易先生仲子也。常從廣中唐伯元氏學，繩言尺步，一稟於中庸故，工帖括而鋭意古文辭。舊有豫章三賦，則不佞業稱引之。歲戊戌從原易先生參知蜀藩，余以五叩幾千言贐行，惟蕃拜手而盟，必有以報子也。既自蜀歸三載，而靡只字復，不佞褊心日幾幾望之。越壬寅乃出《蜀都賦》投余，踰數萬言，則省覲先生明州，踰月而就者。讬言巢棲處士、懸弧先生，人倫實際，奚取於烏有子虛，三言則《急就》《墳》《丘》，四言則《天問》《焦林》，五六七八言則揚班崔蔡張木荀□之遺則也。遡風氣，紀山川，人物典故常奇□備具。高皇帝定海内，重西蜀，填以壯王，足為西南天地光。今上御極，必世後仁，頃者九系播酋，二俊開疆數千里，天威德意照耀千古，其為美物贊事之資，豈眇小哉，若以輓近蜀中時事，幽憂籲請之情，撫綏經略之度，三復申之，賦者於是乎得體要矣。隆、萬之間作者稱新都、濟南，乃於辭賦寥寥未稱，即錦帶閔世，一臠知味，豈其盡鼎實充之。弇州以賦特聞，差為屈宋司馬吐氣，其餘謙讓未遑，甚至薄前脩距後進，糟粕而糠粃之，藏拙飾陋，自護其短，為英雄欺人語耳。奈何欲掩於博物君子也。惟蕃之賦蜀都，麗矣，富矣，事辭勝矣，道法備矣。陳之詩而民瘼宣矣，王仁暢矣。引之《春秋》，而炯戒昭矣，袞鈇嚴矣。雖甚盛美，蔑以加矣。惟蕃之才饒而又躬歷其地，且當聖人久道之化，固千載一時也，有不盡神化之理，而窮經緯之用者乎，是賦出而陳壽之志三國蜀不議書，常璩之著華陽國不議志矣。原易先生方高峙著作之庭，諗才仲子父子相知已，而不佞俯仰其間，有深契焉，遂為具論之如此。惟蕃其質之先生，玄晏固有在也。是為序。

二酉生友人程涓巨源撰

蜀都賦有引

新安范槲惟蕃父撰
虎林江鎏士美父注

按蜀居帝議政之方，王氣或流。《書》記：帝居房心决事参伐，参伐則蜀分野，言蜀在帝議政之方，帝不議政，則王氣或流於西，故周失紀綱而蜀先王，七國皆王蜀又稱帝。又帝會昌衍祥，《河圖・括地象》曰：『岷山之下爲井絡，帝以會昌，神以建福。』故山川甲天下，而風謡表八都。先是作者揚聲布美，揚子雲、左太冲率擅芳韻，蜀都，惟揚雄、左思有賦。顧镂金刻玉，不無遺輝，王右軍每有餘嘅。羲之謂彼土山川□奇，太冲賦殊爲□。洎陳承祚、常道將《志》《紀》誣瑣，晉陳壽著《三國□舊傳》〔一〕，常璩著《華陽□志》〔二〕，說者謂陳失之誣，常失之瑣。且物換星移，滄變桑更，規昨律令，惡能具據，歲在戊戌，小子侍家大夫參知是土，歷勝攬奇，頗有興抱，繆擬細響，欲振洪鈞。會家大夫新膺浙勑，遽鼓枻東歸，尋罷壯歌，洊以卜泣，自注：是年余殇長孩，明年喪室，又殇次孩。抹杀音重觚翰。越庚子，又南征鏘翮。冉冉冬徂，趣覲明州，今寧波府。頌椒獻歲，樂有餘日，爰理前緒，漫成斯篇。太冲言曰：美物依本，讚事宜實。左思《三都賦·序》云：美物者貴依其本，讚事者宜本其實。苟本實弗茂，讚美何繇。故兹山川土毛人倫謠俗之槩，必根方志，窮史乘，華而核，濫不浮。矧有我祖鴻休，高皇遣傅將軍友德平定其地。今上駿烈，平播酋。與夫蜀氓幽思遐籲之情，採木採礦等事。敢不稽首揚揮，微詞貢風，聊設巢棲處士、懸弧先生互答以畢焉。平子賦兩京，追琢十稔，今逾月卒就，蕪穢可知。匪曰彫篆，揚雄謂賦爲童子彫蟲篆刻。或廣異聞云爾。右軍帖問蜀事欲廣異聞。

有巢棲處士，散發蒼梧之野，倏逢鶡，音曷，鳥似雉而大，青色。冠鶡衣，號懸弧先生

〔一〕三國□：疑當作三國志者。
〔二〕華陽□志：疑當作華陽國志。

者。栩栩而東，揖而前曰：『先生適□[一]從也。何方？』先生曰：『蜀。』處士曰：『蜀之敖樂乎？』先生曰：『樂。』『□樂？』[二]曰：『樂孔，甚也。叵不可也一言槖也。』處士听音齗，上聲，笑貌。然哂曰：『先生毋哼音君，口哼誕也。乎？』燕趙秦晉吴越之區，樂固有之。蜀胡樂之有？側聞蜀道之難也，難於登天，鳥道衺邪同。飛，羊腸仄穿，曲磴危蹐，絶壑回邅，灌木蓊音翁，茂也。其鬱鬱，儞音你，草盛貌。草蔚其芊芊，枯松蟠壁以罩霧，古藤虬澗而挂煙，飛湍渙音喚，水散也。而濆雪，寒石嶨音學，夏有水，冬無水。其漱泉。啼猿哀切，號鳥嗚咽。虎牙蛇齒，肉吮血鮮。峰倒面觸，崖虚蹠縣，九水無人，十山無天。晝不火炊，宵不盧眠。眇一夫其隘立，驚雄夫而失千。車欲痡音敷。而再却，馬亦虺音灰。而不前。朱顔一去，歸來白顛。遠道之人，可嗟涙漣。此土雖樂，何如夙旋。由斯以譚，當令有聰者閼聽，有明者翳詹。樂且荼矣，何孔之云然。』以上做李白之意，言蜀之遼僻。懸弧先生方心羅玄覽之奇，又耳悚齷齪之論，軒軒有林其胸，扢音厄，躍然貌。然曰：『子真然䙴音遷，謪也。人之愁說，闇曠士之豪觀乎？走請抵掌之。首其輻，徐其

[一] 先生適□：《歷代賦匯補遺》作先生適道。

[二] □樂：《歷代賦匯補遺》作何樂。

轂，言先闡四圍，而後詳其中。恢其綱，縷其目，軌以古今之則度。祇慮乾燥，莫竟淆亂生瀆。』處士曰：『若然，蒙願彌□盡日也。下風焉。』

于是懸弧先生掀髯箕踞，容與而披曰：『探井絡之儲精，詧坤宮之列紀，《周禮》：『以梁州奠坤維，列參井。』《河圖·括地象》曰：『岷山之下為井絡。』灼金纏之偉圖，壯玉壘之雄峙。薛田《成都百韻詩序》：『金纏奧壤，玉壘名區。』曰梁《禹貢》：『華陽黑水惟梁州。』曰益漢武帝置益州。曰庸從武王牧誓有庸蜀，漢平帝改益州曰庸部。曰巴，今夔州皆巴地，重慶周為巴子國。統囊于蜀。稱蜀自黃帝時始，秦惠王置蜀郡，昭烈建蜀為都，後人因統言蜀都。崫音堀，高貌。乎莽哉，蜀之為都，何鉅而要，丽而奇也。蘇洵與吳職方書：『蜀地大且要。』曳古天字。闔澶漫而奠維纛，羽葆幢，喻其高。峚古地字。垠靡迤移以二音。而居特礐。音却，山多大石。翹八埏以為脊，屹九閡而豎髑。頂也。挪辟幾四萬八千而荒，揚雄《蜀本紀》：『從開明上至蠶叢，三萬八千歲。』李白歌『爾來四萬八千歲，不與秦塞通人煙』。廣袤括八千五百而邈。莫角切，渺也，《統志》：『東西廣四千九百四十里，南北袤三千五百一十里。』跨赤赤縣。躡神神州，有崧大而高。惟陸，高而平。撮其大區，則左嵯以岷，右崿以嶓，分江剖漢，合灊別沱。彭詔《引續記》云：『蜀山居左者皆曰岷，居右者皆曰嶓，水出於岷者皆謂之江，出於嶓者皆謂之漢，或謂之漾，或謂之沔，出於江而別流，別而復合，皆謂之沱，出於漢而別流，別而復合，皆謂之灊。』萬巇于是爭轟，百流于是競波，四瀆啓濬發之遠，五嶽表南障之高。《華陽志》：『五嶽華山表其陽，四瀆汝江出其徼。』爾乃褒斜列門，靈關樹户。《河圖・括地象》云：『褒斜為前門，熊耳靈關為后户。』瞿塘邛崍固其□[一]，青城劍閣壯其宇。《新志》：『瞿塘邛崍鎖其東南岷□，劍閣阻其西北青城，亦謂岷山。』□三秦以為扆，控兩荆以為羽。《總志》：『東連荆沔，北牽陜漢。』屏禦乎西番之羣，阻域乎南詔今雲南，唐南詔。之部。《元和志》：『西抗吐蕃，南撫蠻獠。』衍中弘奥，洵匪天府。《諸葛亮傳》：『天府之士。』于東則魚復今夔州府，周魚復國。設隘，偏割軫翼。夔之分野。灩澦象蹲，自註：瞿塘峽口有灩澦堆，古詩『灩澦大如象，瞿塘不可上』，余過之，果險。合川是塞。蜀水自江之外有七，皆注于瞿塘，董鉞序『夔當全蜀之口』，吴蘭言記『水陸津要，蜀之東門』。鬼門百牢，鐵山成棘。府東鬼門關，山谷詩『鬼門關外莫言遠』，有百牢關，魏辛毗云『夔州百牢關，兵馬不可越。』鐵山關，達州。白鹽赤甲，童乎巃嵸。音籠棕，山貌。府東北有白鹽山，高峻，色若白鹽。有赤甲山，石赤不木，上有孤城，傳公孫述築。《類要》謂即古魚復縣。日月埋光，三峽如墉。巫山治東有巫峽，與西陵峽、歸峽稱三峽。山連七百里，非亭午夜分，不見日月，《水經》云：『杜宇所鑿。』陽臺十二，雲雨濛濛。巫山縣北陽臺山，高百丈，上有雲陽臺遺址。南

[一] 固其□：《歷代賦匯補遺》作固其藩。

有巫山，形如巫字，有十二峰，首尾一百六十里。雲雨，宋玉賦『朝雲暮雨』。飛鳥避寒，千丈凌空。巫山西南飛鳥山，鳥飛不能越。東有寒山，絶壁高寒。東北有千丈山，秀異高于衆山。神女夢燼，望夫成峰。巫山東北女觀山有石，如人，昔有婦人夫官于蜀，登山望夫，遂化石。石鐘石柱，寶源何隆。大寧東北石鐘山，巨石如鐘，有三足，烟蹟宛然。北石柱山，一峰削成，與巫峽峰相連為奇觀。又寶源山，邑山惟此獨雄，山半有穴出瀑，即鹹泉。三牛對馬，讖亦未通。雲陽北三牛山，與馬嶺山、馬鞍山相對，漢扶嘉云『三牛對馬，嶺不出貴人，出鹽井』。曷魚石存，曷羊天沖。萬縣西魚存山，有石如雙魚□，南羊飛山，昔有人學道于此，養二羊，一日戒童子勿放，童子放之，一羊沖天而去。文之盛□〔一〕，三字較工。開縣北盛山，形如盛字，古詩云『挂笏看山尋盛字』，建始南文山，如文字，東鄉東又有文字山，如文字。獨拔則櫪，光浮喜崇。萬縣西木櫪山，禹治水過此，見衆山漂没，惟此山木櫪不動，故名。梁山南多喜山，或有光夜現，是境必多喜事，陳摶脩此。天城峨城，龍鳳仙宫。萬縣西天城山，四面峭立，惟西一徑可登，一名天生城，昭烈曾此駐兵，小石城是也。新寧西峨城山，樊噲築城駐兵此，東有龍神山，梁山西金鳳山，半崖有鐏，內光，石上有仙女，面貌宛然，時若搖動。開縣東神仙山，昔有仙人衣朱衣乘白馬登此，天寶初置壇，號神仙宫。

〔一〕文之盛□：《歷代賦匯補遺》作文之盛矣。

馬騰人立，飛凰爪龍。太平東有天馬山，南有石人山，達州西有鳳凰山，有龍爪山，形俱肖。西龕塵絶，真武翠重。萬縣西西山上有絶塵龕，景物為夔路第一，達州南有真武山，如翠屏。高大二梁，並[石鬱]音欲，石貌。穹窿。梁山北高梁山，若長雲垂天，《劍閣銘》『巖巖梁山』是也。雲陽西北大梁山，横亘若屋梁然。玉涎灑映，噴霧垂虹。梁山龍蟠山噴霧巖，范成大以天下瀑布第一，達州垂虹巖，泉若垂虹。龍脊虎鬚，濆怒交攻。府東龍脊潭，有石長百丈，若龍脊然，府西虎鬚潭，杜詩『瞿塘漫天虎鬚怒』。水有三潮，泉判雌雄。開縣三潮溪，舊經云：『水日常三潮，冬熱夏凉，頗神異。』多喜山有雌雄二泉，夏左盈右竭，冬右盈左竭。仙骨丈長，呵雷鼓風。大寧二仙洞，壁上有石紋，如人相對。洞中有仙骨，長丈餘，開縣有雷洞，雷震而成，有風洞，洞口出風。天神護璽，怪呈瀼東。府東大瀼水，宣和中夔人龍澄曾于水中獲玉璽，非世間篆籀，澄恍，天神告曰：『此印乃上帝所寶，守護不謹，落此。』神俄不見，澄懼，乃投原處。東西二瀼，瓜芋蔚芜。府治有東瀼，公孫述墾田，號東屯，子美寓此。《夔門志》：『東屯宜瓜疇芋區，西瀼亦然□。』十穴白井，鹿化魚叢。達州有丙穴井，峽中凡十穴□，出嘉魚，杜詩『魚知丙穴由來美』，大寧有白鹿井，昔有袁氏逐白鹿至此，入洞，知水鹹，遂開井煮之。鼓囊滚地，嗤彼劉封。開元寺前劉封井，昭烈養子劉封以退縮敗軍，昭烈用鼓囊之，自山頂滚至地，鼓止處湧出泉，故名。琵琶高揭，野女音聰。巫山縣西有琵琶峰，形似，此鄉婦女多曉音律，或云鍾此峰之秀。聖波所濡，書解狖童。《王十朋集》：『巫山有孔子泉，泉旁雖童子皆能書。』夫子子貢，占畢峽中。梁山東有書院峽，每風雨冥晦，如聞讀書聲，中有夫子崖、子貢羃。爰有呂藏，渺居雲際。梁山治有呂寶藏家絕壁，有一穴，漢赤眉亂，邑人呂寶藏家貲巨萬，齎金寶，緣木而上，鑿崖以居，寇不能近，舉家終焉，藏尚存。李埡崔嵬，斬蠻風厲。新寧有李靖埡，蠻酋冉肇寇信州，靖斬于此。柏柱血飛，舟眎塔濟。白帝城西有柏柱，傳公孫述樓柱，斫擊之出血，枯而不朽。雲陽江中有寶子塔，昔人鑿此為行舟則，諺曰：『水浸寶塔脚下，舟休錯。』兵匣誰藏，巍梯誰制。自註：瞿塘峽中有兵書匣絕壁上，仰視，宛然不能取，峽口有孟良梯，傳孟良欲夜過關，故設此梯，余皆見之。鼓宣八陣，常蛇陰閉。八陣圖在魚復灘，聚石為之，水不能衝。晉桓温經此，以為常山蛇勢，又前有鼓石，與圖相對，傳武侯教戰之鼓。蹟踏石縷，餘靈卜歲。自註：《圖經》：夔人重武，侯人日傾城出遊八陣上，謂之踏蹟，婦人拾小石可穿者，貫以繡縷携歸，為一歲之祥。余曾登之，愛其石多溜，亦携數片歸。楚王春中，池荒草蘙。巫山治有楚王池，楚襄王曾納凉此。達州北有萬頃池，春申君故居。細腰永安，統歸白帝。巫山治有細腰宮，楚襄王遊地。府治有永安宮，先主為陸遜敗，還，改魚復為永安宮，居之，明年崩，亮受遺此，治東有白帝城，公孫述據蜀，殿前井中有白龍現，自稱白帝，因名城。近進□

子〔二〕，今重慶府，周巴子國。池江城涯。岷涪帶合，括翕秀華。元□□環江為池，塹涯為城，岷、涪合流。塗山蔥鬱，夏后攸家。府東岷江南岸，禹取女即此。卧龍接蓬瀛之霧，來鳳曳朝陽之霞。府東有卧龍山，南有瀛山，青翠類蓬，瀛西有來鳳山，北有朝陽山。踰越高引，脂雲重壁，遠淩劍花。府西有踰越山，高出衆山。東北有凝脂山，常有雲若凝脂。堯時洪水不没，又名浮山。西有重壁山，四高中平，周一百里中有一孤山因名。東有銷劍山，昔人銷鐵為劍此。石獅踞雄，龜停衝隘，巴縣北有獅埡山，絶險，分渝境。西有龜停山，岷江中。仙女睇賓，四面瞰寨。巴縣西仙女山，有仙女墳。東有屈賓山，北有四面山，四時皆同。西有寨山，昔人避亂保聚此。虎跳馬駿，音宗。環堅衛介，江津東虎跳嶺，宋太祖潛時登此，北馬駿山，將軍馬邈葬此。維君清濁，宰官垂戒。江津西有君井山，上有井泉，若邑宰賢則水清溢，否則濁涸。漏明騰光，列花如畫。長壽北漏明寨山，石壁中有孔漏明，兩旁互見。涪州西五花山，五山列如花。北巖遊蘭，玄風滁灑。涪州北有北巖山，王眞人煉此。南有遊蘭山，蘭眞人煉此。華桂吐英，葛仙吸瀣。大足西三華山，三峰屹立。東五桂山，宋五士同登科，故名。熒昌東葛仙山，葛仙煉此。縉雲丹成，黄帝已邁。壁山縣北縉雲山，高聳有温泉，黄帝合神丹此。天池罷釣，城留余玠。合州東釣魚山，上有天

〔二〕近進□：《歷代賦匯補遺》作近進巴。

池，有石上巨人跡，昔異人坐上，投鈞江中，傳即余玠徙城之所。純陽九煉，范氏事怪。合州北九煉山，李伯陽昇仙所，牀、灶俱存。有純陽山，唐女范志立得道所。天寶中，任安奉使至，慕之，約期而會，及往，志立變為男子。木既成文，石自剖界。合州北瑞應山，乾德中出異木，生文成天下太平字。西有青石山，漢高時巴蜀□□不决，一朝密霧石自裂，自上及下，直若引繩，于是蜀、巴州治始判。漁綱得雙，飛者□解[一]？銅梁南有雙山，漁者網得二石，其一飛去，俗即以留者祀廟，旱以水沃石即雨。又有平都，方言陰主，羊鳴鹿鳴，悉歸諧譜。自註：酆都，北平都山有酆都觀，俗言閻王府，余曾登之，無甚異，但満山皆荆條稠密耳。又有白鹿山，云有白鹿鳴于上，忠州東羊鳴山，有羊鳴觀。特彼西陽，高矻南柱。黔江東西陽山，南抵蠻夷。鑽天石尖，獨勇莫拒。武隆北有鑽天山、石尖山，彭水東獨勇寨，山險峻，前人避亂此，蠻人不敢攻。鷹摩天圍，百蠻斯撫。彭水東鷹寨，山如鷹，宋時屯兵此禦蠻。西有摩圍山，宋太祖時慶雲現，蠻人呼為天圍。又，道家為洞天福地，山下有五龍室。若乃南渠岦音庇涌，渝綦汩流，合州岩渠江，南川縣南江，巴縣渝水，綦江縣綦江。四十八渡之淼淼，音渺，南川東有兩山壁立，一水灣環中，凡四十八渡，門穴如户，前湧一石臺，水出其中，有石龍二，旱禱輒應，一見黔江。七十八溪之滮滮，音彪，流貌，在

[一] 飛者□：《歷代賦匯補遺》作飛者何。

黔江，灌溉田禾，邑賴之。五十八灘之磕磕，音碣，黔江縣之黔江，自思州發源，經五十八節名灘，直與岷江會。二十五嚴之颼颼，在黔江，藏蜂產蜜。或成几曲，或成巴遒。江津几水環縣，治如几字。巴縣巴江水曲折，三面如『巴』字。銅梁巴川河繞縣，亦如『巴』字。如丹如墨之旒音薛，散也。瀉，如銀如金之類音景，光也。浮，巴縣丹溪水，色如丹。又黑墨潭，水如墨。南川流金水，色如黄金，又奉恩溪，色如水銀，形如白蛇，人以為寶劍之精。如魚如鹿之倩俐，奔走貌。如龍如蛇之蜿蟉，巴縣魚鹿峽，涪水中一石如魚，一石如鹿，交龍溪側有古木，如交龍如蛇見上，銅柱無底，歇神有洲。涪陵江銅柱灘，昔人維舟見□底有銅柱，涪州北歇神灘，□□被刺，首漂至此，歇一宿去，至雲陽，人收廟祀。銅鑼不鳴，月明如秋。巴縣□鑼峽[一]，懸崖圓石，若銅鑼。又明月峽，李膺《記》絶壁有圓孔，形若明月。髣髴見牀，勿語成愁。南川龍牀灘，世傳：牀如式，舟必吉；牀髣髴，舟必没。長壽不語灘，人言則水涌，不言則平易。摸石則男女卜，探蟹而晴雨謀。江津天水池，邑人春月競于池中摸石祈嗣，得石生男，得瓦生女。又巨蠏水，禱旱於此，取水得黑蟹即雨，黄蟹無雨。春秋與海通潮，清濁與江接漚。南川三朝泉，早晚三朝，每朝水下有聲如雷，春秋分潮倍常，聲聞十里，故老謂泉通海。酆都景德觀靈泉，清濁增減，與江水相應，云王眞人

[一] 巴縣□鑼峽：疑當作巴縣銅鑼峽。

所鑿。又如鳥銜僧衣，注呈金泐。音扐，水石之理，江津有金注子，昔有僧憩此，有鳥啣衣袖，牽而上見注子隱石縫中，遺跡尚存。雙釵下沉，影翻金色。江津周溪上石磧中有淺水一斷，隱隱見雙金釵影。啣萱啣蓮，有鱗在減。音洫，疾流貌。秤斗側懸，為豐年則。涪州有江心石魚，鑑湖上流有石刻雙魚，皆二十六鱗，一啣萱草，一啣蓮花，有石秤、石斗在傍，魚現年豐。櫃中斧聲胡來？洞里碧瓜安得？南川櫃崖峭壁上有洞門，中有一櫃，每聞斧斤聲，有飛屑隨擲下。忠州白鹿洞，昔有二獵人逐鹿入洞，鹿失所在，但見二碧瓜，食之仙去。駭爾鏡臺，仙姬時即。忠州岷江中有圓石，光如鏡，名照鏡臺，水落石出時有仙女來臨。嫠婦多金，帝亦懷德。南川有懷清臺，秦寡婦清得丹穴而擅其利，用財自衛，始皇以為貞婦，為築此臺。灘城屈塔，莫可悲憶。府東有古灘城，巴子所立，又有屈原塔、蘇軾詩，南賓舊屬楚，山上有遺塔，應是奉佛人恐子就淪滅。別有狼狽野鄉，構閣檻而藏息，木葉記時，絲竹弗識。府治山谷中有狼狽鄉，構屋高樹謂之閣檻，不解絲竹，惟擊銅鼓，視□□以別四時，父子同諱，夫妻共名，尚鬼祈福。剛悍仍其風，歌舞沿其式。《□□賦》：剛悍生其方。《晉·禮樂記》：銳氣善舞。海棠有香，是曰香國。古有海棠香國，在今大足縣內，海棠無香，惟此地有香。壤連巴西，今順慶府，漢巴西郡。嘉陵環勝，中翼以渠。府東嘉陵江為一郡形勝，東至合州會渠江，渠江經蓬州至渠縣，東經府界，流至合州。果山隆窟，州名是初。府西果山，峰秀多黃柑，晉陳壽隱此，唐為果州，因此名。金泉朱鳳，羽化蘧蘧。府西金泉山，唐仙女謝自然飛昇此，舊衣尚存。南朱鳳山，爾朱仙李淳風脩煉此，丹井尚存。二方延佛，近皈清居。府西大方山、小方山相峙，謝自然棲此，又有佛龕山，治南有清居山，宋嘗徙府治此。鶴鳴天風，樂振步虚。府東鶴鳴山，謝自然昇仙日有鶴棲鳴于上，又棲樂山，同是日仙樂振聲峰頂。南岷耽蓬，並仙人之舊廬。西充南南岷山，有九井十三峰，漢何岷隱此，因名。隋程太虛脩此。府西大耽山，隋楊耽脩此。營山東大蓬山，葛由得道此。金粟儀隴，軫接雲北。儀隴西有儀隴山，縣因名。又北金粟山，上數石如貯米囊，故名。蓬州北有北山，州之主山，南有雲山，宋嘗建州治于此。花果蔓門，樂亦何極。渠縣西岩渠山，名花果園，有三石門，北有樂山，每歲人日，邑人將鼓、笛、酒食讌樂此。惟姜及張，八濛若翊。岳池北有姜山，姜維屯兵此。渠縣東北八濛山，八峰起伏，常有煙霞濛其上，張飛與張郃相拒于此。穀城富寧，宜為靈域。廣安東穀城山，有禱輒應，富靈山峻峭，多藥物，實仙靈所居。有子辭行，脩真果得。廣安西子仙山，漢馮緄子馮真人辭親，謂當仙去，以來晨鶴翔為候，緄登此山，望之果然，又名望子山。梳裝誰遺，高樓清逼。大竹有仙門山，上有仙女石梳裝，石渠縣崑樓山如樓。石鼓石槌待音治，□具□□。器，岳池西寶珠山有石槌，山下河有石鼓。石繖音散。石船庀音否，具也。其飾。□安江中有石二丈餘，狀若繖蓋，曰石繖，大竹溪中有石一丈許，宛如船，曰石船。石龜首旋於冬夏，所指可占乎稼穡。廣安井中有石龜，冬夏龜能自轉其首，所指之方歲必稔。鶴乘來而遂化，岳池北老君山，唐時有人乘白鶴至此，化爲石，因即建道宫。羊叱去而遽匿。岳池北羊山有洞曰角竹，樵牧每見羊自洞出，叱之復囬，世傳天監中有居士隱此講誦，二羊跪聽，因名。溟漠維玄，淊音旱。不可測，又有金堆神闕，長虹吸盂。儀隴大儀山半有金堆洞，晉縣尹張英遇仙處，今石門宛然。渠縣西虹飲巖，形類虹巖，水滴下有石臼，如盂盛之，日出時有虹影映巖下。卦畫于砥，條繫若縷。南充有畫卦石，石平如砥，上有八卦，周李耳坐此，足跡尚存。廣安有繫條石西崖下，石上有繫條痕，昔有異人到此禮塔，解條繫石去。金藏而泉碧，泉飲而顔朱。金泉山下，李淳風於此藏金，化爲泉。府西有滴乳泉，昔有道士何志全飲此泉，八十面如桃花紅，宋人有詩。井可以療疾，人何以信巫。府内天封井，昔爾朱真人吐丹在内，疾人飲之輒愈。《府志》：俗尚禱祀。白氣時吐於磁孔之頂，隣水南白磁孔，有石孔如屋，雲氣垂白。紫焰或放于金塿音婁。之隅，清居山有金塿，高與山等，亭亭如浮屠，常有光現。浮屠永鎮于二色，南充有黑石塔、白石塔。聖燈散泛于五區。蓬州有山燈凡五處，在蓬山者尤靈異，初三四點，至數十點，高下相應，人呼聖燈。既出于有，亦入于無，是以充國城前，安漢城後。府城南有充國城，府城北有安漢城，皆漢縣址，仍存。天隱人英，遺墟錯繡，巷陌恬熙，東郊迎富。《圖經》：每歲一月二□，郡中人從太守□□，謂之迎富。臺存讀書之遺，樓仍萬卷之舊。大蓬山有讀□臺，晉李時讀書此。金泉山下有萬卷樓，晉陳壽讀書此。公侯應于連洲，科首決于灘吼。府江南昔有異人過此，曰：『大洲連小洲，此地出公侯。』渠縣有銅魚洲，石磧黄色若魚。凡開科歲，水聲異常，必有中者。諺云：銅魚灘聲吼，士子中科首。賨音崇。人夙號剽勇，今亦武左而文右。應劭《風俗通》：巴有賨人剽勇。于南則郡開犍為，古稱曰僰。今敘州府，漢犍為郡，古為僰國。都江左泂，馬湖前湜。府城東都江，流與馬湖江合，城南馬湖江即大渡之支流。背鏁鐵崖，面流水黑。自註：府北鎮江兩岸大石，昔人置鐵絙橫截，控扼夷蠻，城東南黑水，《輿地志》謂即《禹貢》『黑水』，按：禹導黑水至三危，入南海。此則自西南夷界流至南廣洞入江。七星仙侶，布列崢嶸。府東七星山，七峰團秀；西北仙侶山，一石四洞，宋楊□人升仙處。大漏小漏，雨霖時傾。府東小梁山，《方輿勝覽》云：四時常雨，霖霪不止，俗呼大漏天、小漏天。登高天倉，城臺舊營。府東登高山有元時城址，西天倉山有前代墩臺。飄飄師來，倐音消。止倐行。府西師來山，昔有人舟過，見一道人飄然自空而下，止于峰頂，即之不復見。銀有朱提，乳從峰生。府西朱提山，諸葛亮書：漢嘉金，朱提銀，採之不足，以為食。南有乳洞山，有泉如乳，一名浮洞峰。夷牢事社，域以石城。府西北夷牢山，夷人祭社此，夷人以牢為樂，故名。西南石城山，高峻環列如城。《隋史》有萬歲詩。望凌雲與祿來，並龍馬而交榮。富順西凌雲山，一峰突兀，土人登眺所。東祿來山，宋蒲侯津，以山秀異，闢學宮相連。北有龍山、馬腦山，西北山惟此高。大龜乍出，小龜合鳴，五龜呈兆，總兆文明。富順北神龜山，嘗有巨龜出，小龜無數從之，西有五龜□，其崖突出如龜者五，每陰雨則水面湧沸，若有物焉，禱旱有應，富順文風特盛。維祥維慶

□產蘭英[一]，慶符南有興慶山，東有迎祥山，南有蘭山，多產蘭，有八九色。符葉如篆盞穴異莖。南溪西平蓋山，有洞深邃，上有石穴如盞，有水出，又有木葉，紋如篆，謂之符葉，漢劉真人隱此。龍透雲臺，磨角可驚。南溪東龍透山，有洞深廣，謂龍所透，北有雲臺山，西有龍磨角山，巖有劃破迹，龍嘗磨角此。漢陽峻峙，流漢師之威聲。其中則金川台曜顯輝，石門鳴鐘奏響。富順金川中有石出水面，分兩層，前三後七，謂三台七曜，石府石門江有灘水，常若鐘鳴。南廣經豕峨之深，青衣表崩角之廣。慶符南廣水出吕部蠻部，經豕峨夷而來，南溪青衣江，古有青衣國，與叙州鄰，見漢衣冠，求内屬，江因以名。貞婦湧儀，君子著象。南溪貞婦石，昔有婦人夫喪無子，事姑甚孝，強嫁不從，婦没，其室中忽一大石湧出，形如婦人，石至今存。富順君子石，江畔三石有低昂揖遜之象。乞子神于應，孝子逸于養。慶符乞子石，兩石對立如夫婦。《寰宇記》云：『東石從西，乞子將歸，俗云無子禱之有應。』又有孝子石，昔隗叔通毋惡瀕江水不潔，必得江心水乃食，舟汲苦汎湍，忽湧出一石，汲水甚便，孝感所致。龍女依井而乍坐，龍翁尋溪而獨往。長寧龍女井，昔人見小女出入井間坐石上理髮。南溪九盤溪，昔有童子遇龍翁于此。神馬鳴躍于澄淵，天倉沙塞而知穰。慶符馬鳴溪，昔土人鄭氏牧溪上馬，產龍駒，四蹄利爪，朱騣赭尾，高五尺，將以為貢，

[一] □產蘭英：《歷代賦匯補遺》作多產蘭英。

至溪口忽長鳴，躍于水。慶符天倉灘，每水漲沙塞則年豐。鴛鴦圻上，有烈足仰。在南溪，《耆舊傳》：『僰道張真過江覆没，妻黄氏名帛求夫屍，不得。遂于溺所自沉，積十四日，抱夫屍浮出灘下。于是松嶺風清，桃源春霽，長寧萬□嶺，遊玩所，趙清獻詩：春日桃花處處同，偶然來此□松風。又有小桃源，宋張太守置亭榭，掘地得銅牌，曰小桃源。海棠芙蓉，池洞爭麗。長寧海棠洞，南溪芙蓉池，並可遊賞。梞音思。子樓臺，水簾溶潏。長寧梞子洞内乳結遍洞，如梞，上有朝真洞，皆多題詠，府北水簾洞，黄庭堅書『奇觀亭』。西湖西疇，何遊裾之弗曳。富順西湖廣二頃，菱芡蒲荷充牣，宋程驤有詩，又有西疇，廣六十畝，萬松森列。惟近蠻□，惡淚懆懆。音燥，愁也。慶符蠻口津，蠻夷出入之處，興文有惡淚坎，山高道險，宿草荒塞。閣盤梯旋，□□迷草。高縣閣梯連珠山，峭如閣，旋如梯。興文丹霞箐，旦暮霞浮樹杪。蠻夷暮春，□□皆獠。□□西暮春山，夷人暮春穀于此，東有蠻夷山，多夷獠所居。高縣有遠眺山，夷人出没，登此遠眺。山□水都，群嚚以摽。凌霄谷聚，都都穴保。舊戎縣有水□長四鄉，山都水都六鄉者，皆統於都掌蠻，據凌霄城都都寨以為險。宜架砲與摩旗，憑角端而一掃。興文有摩旗山，形似；有砲架山，宋趙遹征蠻設砲架于此；珙縣有角端山，形似。欽我武之維揚，振九絲以如槀，耀武脩文，俗尚一道。都掌蠻據九絲城，最號天險。萬曆元年，巡撫曾省吾疏剿之，改戎縣為興文縣，于山都六鄉適中處建武寧城，設鎮守總兵、安邊同知、坐營守備、建武守禦、千户所，建學育才，夷風丕變。《寰宇記》：『夷夏雜居，風俗各異。』今則一矣。光姜屯與武塔，府城南一峰突立，上有姜維屯。長寧東有武侯塔，諸葛建以誓蠻戎者。闌王風于灝灝，左撫江陽，邊絶巴疆。今瀘州，古巴國地，漢為江陽郡，梁為瀘州。有寶作鎮，南壽齊方。州西寶山，黃山谷榜曰『江山平遠』，南南壽山，宋守臣繪圖進神宗，悦之，賜名。西方山，高聳八面。瑞鹿玉蟾，神臂昂昂。州南瑞鹿山，五代時道□尹希顔開，有白鹿往来。北有玉蟾山。東神臂山，有鐵瀘城。文鳳雙翥，文光孔揚。□江西文明山、鳳儀山，儒學在此。蓉葉吟秋，樂爾天堂。仙棋仙魚，畅八洞其清芳。合江南有蓉山，有天符，葉如荔枝葉，而长紋如蚤蝕，不知何木，或谓劉真人仙蹟，蘇軾詩：『滿山秋葉豈能神？』西有安樂山，劉真人登仙此，上有八洞，有仙魚影隐石壁中，有石碁等。二龍眠雲，連天高翔。江安照山有二龍潭，有眠雲石，又連天山，高聳。築成見龜，道成聞羊。江安小龜山，築樂共城，獲一金龜；又胡羊山，胡羊道人煉丹昇天此。安遠掇旗，天兵用張。江安有安遠寨，納溪有掇旗山，並武侯結寨樹旗征蠻所。爾乃瀘合蕩蕩，海觀茫茫。州東瀘江、合江，夏潦水漲，兩江環合，真如海觀，故名。資、支、思、悦，砏汃音攀彬，水激石聲。湯湯。治北有資江、支江。西有思晏江，東北有悦江。宋、綿、納、安，輣音朋。軋洋洋。州東有宋江，江安西有綿水，納溪西有納溪水，安樂北有安樂水。九曲同之，州東有九曲溪，有九曲；合江有之溪，如之字。湇、音育。澄灩觴。江安有湇溪、澄溪。馬入潭底，龍卧石旁。州東龍馬潭，唐王昌遇落魄，仙授以道術，呼馬送歸，瞬息至家，馬化龍入潭。州中黃龍堆有大石闕，昔人没水，見黃龍卧石闕下。思蛾結髓，煉丹紫房。州南思娥洞，外隘內宏，石髓凝結，宛若堂宇；又紫房洞，唐應静煉丹此。汪童誦于先巖，唐子吟于雲鄉。合江北先氏巖，唐神童先汪讀書處。治南飛雲洞，唐子西讀書處。輪帆輻輳，燦焉其物章。瀘，商旅所萃，典章文物為諸州最。右達龍湖，僰侯是附。乃犍乃牂，漢方受度。今馬湖府以湖有龍曰龍湖，古僰國地，漢始為犍為、牂牁二郡地，唐為馬湖部。赤崖、寶屏，障懸藩布。金庭、玉鏡，□要守固。府東有赤崖山、寶屏山，西有金庭山、鏡山。書樓拂蒼，青孤籠霧。□夷司東書樓山，石方疊如書。沐川司青孤山，秀出衆山之表。草何毒其封口，雷且應而不敢吐。府西雷番山，草有毒，經過牲畜，必籠其口，行人亦必緘默，若吐聲，雖冬月必有雷霆之應。木何神其自行，夜劈石而歸夷路。沐川司神木山，傳永樂四年，伐楠木于此山。一夕，木忽自行，吼聲如雷，石劃自開，達于坦途。龍馬戲赤白而深潛，楚魚畏玄黃而曷泝。蠻夷司前馬湖江，昔有龍馬潛湖內。《華陽國志》：『江之崖色赤白，映水玄黃，魚從楚來，至此而止，畏崖映其水故也。』沐川如沐人之起坐，皷崖如銅皷之方鑄。沐川司北有沐川峰，崖竦立如人沐浴起狀。府西銅皷崖，懸石如銅皷。三公、什、泥，千澗分注。府西有三公溪、泥溪，蠻夷司西有什葛溪。魚、鹿、鳯、龍，百壑皆赴。府南金魚溪多金魚，蠻夷司東大鹿溪多麋鹿，府西黃龍溪有龍潛黃色，又有鳯池。嶔巖纚音吏。聯，深箐峛崺，音李攜，或作麗施，邪道也。半習侏僑之素，《郡志》：『江流陡險，山箐崎嶇，夷則左衽侏儺。』而賴因之鄉，煙草茫然。氈辮駤駃音陪騃，獸走貌。駁其鶩。賴因即新鄉鎮，南接本府二百里，北接大凉山五百里，諸夷出没之所。向膩乃結邛部等進掠，今于煙草峰設守備司彈壓。轉詣眉山，犍域斯廓。今嘉定州，周秦为蜀地，漢置犍為郡，成帝改嘉定郡，隋改眉山。抱陽環通，倚錦覿洛。州南陽江，東通江，即岷江，北錦江，三江自成都環流。此山南洛都山，郭璞所謂『將州對洛都也』。九頂、高標屹其區，九龍、聖崗嶾音隱。其郭。州東九頂山有九峰；西高標山，巍然高峙；東九龍山，鐫有九龍；南聖崗山。海棠烏尤，芬芳盤錯。州西海棠山，遊賞之地；南烏□山，狀如犀牛。蓮花、青衣，金翠綿絡。東蓮花山産蓮，青衣在大江中，屹然蒼峭。燈開曰可卜年，梨啗曰可勿藥。州西梨花山，人有寒疾，食此花即愈。南金燈山，其址有淵，人日，郡守張燈灑油水面，觀其紋，驗歲豐歉。龍門、隴定，神樓仙閣。峨眉縣西龍門山，兩崖峭峙青天，僅露一罅，有藥竈、藥臼各岩洞，孫思邈棲真所。南隴定山，《神仙傳》云：『佛圖澄採藥此。』三峨壘其崴磈，音歪塊。巁音厲，巍貌。芙蓉之秀削巁。音荐，闢也。四十餘洞之幽玄，搆七十三穴之冥寞，閌音亢，高門貌。百十二丈龕之嶚嶕，音遼樵，高貌。陁音駝，險也。四十八盤之磅礴。伏羲女媧，有跡其屬；鬼谷葛由，厥兹桓躩。雷神有司，风雨可愕；光廻攝身，神自圓博。峨眉治南有大峨、中峨、小峨，謂三峨。兩峰相對，故名峨眉。周廻千里有石龕一百十二丈，小洞四十有八十四盤。田錫詩：『高高百里一曲盤，八十四盤青雲端。』有雷洞七十三穴，雷神居之，時出雲雨。有伏羲洞、鬼谷洞，鬼谷子隱此，得道上昇，著書號《珞琭子》。有葛仙洞，葛由騎木羊上山即此，亦名綏山。諺云：『得綏山一桃，雖不得仙，亦足以豪。』大峨頂有攝身光，午未時現，人視之，隨形照影，各見自身，不見他人，形有長短，光有小大。伏龜與沉犀共寧，丈人並兩母交搏。夾江東伏龜山，盤曲有九。犍為南沉犀山，昔有犀牛，渡此而沉。夾江東丈人山，有石若人立，威遠北兩母山，若兩人立。簾鉤上，金粟落。夾江東簾鉤山，兩山夾江如簾鉤，晉人詩：『移紅影在簾鉤上。』犍為北金粟山，多産桂子。阿叱嗚，金釜灼。洪雅西阿叱山，有石羅漢一百八。瀑布千仞，響撼山谷。南金釜山，舊經云：『昔有主簿煮金脩道此。』三榮盤紆，人精咸托；榮縣東梨山有龍池，旱禱多驗。北榮隱山，古有雲榮先生脩道此。又榮德山，有仙人脩道，石室二十四所。八面九勝，難窮岩崿。音窄愕，深險貌。洪雅南八面山，八面視之如一。北九勝山，屹九峰，近如屏欄，遠如户闥。若乃峰月嶺雪，崖佛洞仙。洞溪山右月珠峰，平地突起，四無倚伏，形如月珠，雪嶺三四月亦有雪。范仲宣詩：『雲堆雪嶺鋪銀界。』夾江千佛崖，鐫佛數千。州南臨江，鑿石佛三十六丈，耳竅可行人。夾江仙掌洞，舊傳李阿真人所遺。州南有八仙洞，前堂、後房，有石床。風雲飄結，朝霞高騫。州西清風洞、白雲洞，又朝霞洞，俱在白崖山。蘇文公携二子訪程公望于此。治《易》爛柯，燦接洞天。自註：九頂山治易洞，宋人有題。州前爛柯洞，東坡有詩。西又有第一洞天，大都是地多洞，每石山不下百十餘，皆人所鑿，列若蜂房。大者有廳事、卧室，小者深一二丈。余曾歷探之，意荒服之地，上古時穴居如此。大渡羅目決其河，洪榮東秦淪其川。州東大渡河、峨眉羅目河多怪石，洪雅治洪雅川，榮縣榮川，北有東川，多楠、柏、藥苗，威遠西南秦川，秦克蜀，移秦人萬家實之即此。三雙花玉澴音萱，聚流貌。其沸，天青夷泥濺其漩。州北三溪即李白詩『夜發三溪向三峽』，榮縣有雙溪，洪雅西花溪，峨眉西種玉溪，石如玉。西南天津水，夾江天水溪有天生橋，又青衣水。犍為青水溪，峨眉夷惜水，州治泥溪河。蟇頤三寉激音漂，浪貌。其瀨，八卦瀑布澈音轍，清貌。其涓，犍為蟇頤灘，極險，夾江三洲、寉洲，州治八卦井，郭璞所鑿，洪雅瀑布泉。鬱鬱姑姑，明復千年。州南明月湖，湖如月形，郭璞詩：『鬱鬱復姑姑，將州對洛都，試看千載後，依舊明月湖。』後隋鬱姑將軍開此。硫黃香濈，音戢，小沸也。古磬幽縣。威遠北硫黃川，傍有一竅，硫黃隨泉出。犍為漢水，漢成時得古磬十六枚于水濱。殘墨染魚，跛馬飛淵。郭璞巖下有黑頭魚，蘇轍詩：『洗硯去殘墨，遍水如墨霧。』至今江上魚頭存遺□處。峨眉馬龍池，昔有馬馳如飛，村民傷其足，投池中，忽雷雨劈山去。怪竹中之兒啼，□夜郎而斯傳。州北古夜郎國，傳為一女浣溪，有竹浮下，中有啼聲，取視之則孩也，及長為夜郎，封為竹溪王，今有竹公溪。歌鳳胡為乎來，一嘯妙于自然。州治有歌鳳臺，接輿遺蹟。榮縣東嘯臺，孫登嘯處。呼應莫即其影，清音祗誦其篇。峨眉西呼應臺，唐孫思邈見玄宗，求賜武都雄黃，遣中使往賜峨眉，不見，忽逢老人云：『石上有硃書謝表。』旋錄旋滅。州有清音亭，東坡讀書處。斯山水之孤絕，而豪俊其編襈。鮮于之記『山水孤清秀絶』，劉伯熊記『山水為蜀冠冕』，《州志》『人士俊乂』。延接齊通，總隸犍境。今眉州，周秦屬蜀，漢屬犍為，齊置齊通郡。蟇頤融春，玻璃瀉景。州東蟇頤山，西瞰玻璃江，即岷江，瑩若玻璃。《輿地紀勝》云：『人日出東郊，渡玻璃，遊蟇頤，眉之故事也。』迢遞峨眉，實維方屏。州南二百里三峨分向之。龜旋鼇立，龍蟠虎炳。州西七龜山，七山羅列如龜。連鼇山，相續如鼇。東北白虎山，秦昭王時白虎為患，募州人，康仲伏弩射殺之。北蟠龍山，狀若盤龍。南瞻大旺，快活而静。東南大旺山，屹立迴拱。州城西北平地突起百餘丈曰快活山。臨池有法，筆峰用警。州西筆架山，三峰如架，環居皆善書。金華北平，燈燈何囧。彭山東金華山夜夜神燈，西北平山五色燈時現，張道陵得道此，唐詩：『天柱一峰疑碧玉，神燈千點散紅蕖。』飄然龍鵠，塵心自冷。丹稜西飄然山，爾朱真人道塲，北龍鵠山，乃成無為、楊正見李煉師成道處。天社打鼻，靡威不騁。彭山天社山，漢李嚴鑿此，通東道，南有打鼻山，劉宋時譙縱據蜀，朱齡石討之此。象耳何雄，熊耳亦猛。彭山東象耳山，唐羅城記『象耳鎮于後』即此，青神西熊耳山，望帝謂『熊耳靈關為後户』，即此。九□之懸榻已玄[一]，三嵓之樹筍尤憬，木鑰擊而峰開，梵□流而龍省[二]。自註：丹稜九龍洞中有石榻、石竈之類，青神有上、中、下三嵓，中嵓三石

[一] 九□之懸：《歷代賦匯補遺》作九洞之懸。

[二] 梵□流：《歷代賦匯補遺》作梵唄流。

突起如筍，諾距羅尊者道場，宋元徽初有異僧感牛頭寺僧禮敬，贈以木鑰，曰：『欲見我，當至中嵓山石筍扣之。』後寺失佛珠，僧如言往扣，峰裂為三，異僧見，曰：『盗取佛珠，江濱我得，久矣。』付還之。余曾遊中嵓，人猶道其事，云上嵓常有龍，崖下聽僧講經。或得壽于一觴，或同仙人于斯井。州治息臺山，昔有叟遇道人，偕子携酒飲之，道人因取籍檢視，云：『子壽止十八。』舉筆改曰八十，後子果年八十。牛心山，昔有道士取絶頂井水煉丹，適蒲江主簿至，取丹共服之，俱羽化。若乃松醴濛金之潰洫，尒音耳。家夷郎之洸瀁。州東松江繞州城，西醴泉江來與松江合，南有思濛江，西南有金流江，石佛山下有尒家川，蘇軾有詩：『丹稜東有夷郎川。』雙環青赤，魚泔澎音彭。盪。州西有雙湖，環湖多風景，中嵓下有青衣水，彭山有赤水，漢黄龍見此。青神有魚蛇水，中有魚似蛇。丹稜有瀩泔水，夷以此水曰『瀩藥』，言人病，啜則瘥，如漿，故謂泔。老媪磨杵以示堅，老人現蟹而留相。象耳山下磨鍼溪，李白讀書山中，欲棄去，過此逢媪磨鐵杵，曰欲作鍼，白感其言，還卒業。媪武姓，溪傍有武氏崖。蟇頤山上老翁井，又曰洞，洞中常有白蟹現，又為四目老人，真府今有石像四目，蘇軾詩『井中老人悮年華』云云。龍縶于橋，魚喚于浪。彭山縶龍灘，漢時邑人瞿君武入眉山，得道，乘龍還家，縶龍于潭，後復乘去，上有縶龍橋。中嵓有喚魚池，撫掌喚之，即羣出。石倉産米，醴泉除瘴。彭山東半山有崖，竇如蜂房，竇中常出米，上刻『石倉米洞』；州西有醴泉，味甘能愈疾。猪女何來，井翁何放。州南有猪龍泉，蘇軾云：『百年前有牝豬伏此，化為二女，蓋猪龍也。余偶見之，以告妻兄王愿，愿疑誕，同禱，復二鯉出。』州東有老翁泉，《蘇洵集》：『□數年前月夜，嘗有一老翁蒼頭白髮偃息井上，就之則入于泉，弗見，洵建亭作銘。』沉津葬魚已矣，殞元盟馬何壯。唐僖宗在蜀，政出內侍田令孜，拾遺孟昭圖論事坐貶，孜遣人沉於蟇頤津，州人廟祀之。宋郊詩：『難排趙高鹿，竟葬楚江魚。』唐花卿從崔光遠入蜀，後平冦，已喪其元猶騎馬荷戈至鎮，下馬沃盥，浣沙女曰：『無頭何盥為？』遂僵仆，居民葬之溪上，廟祀之。老駕在梁，彭宅在曠。青神東青羊橋，老子騎青羊出關過此。彭山象耳山有彭祖宅，彭祖生于此鄉。巽巖墨自晃，蓮池瑞自毖。李燾父子讀書龍鵠山，築室曰巽巖，孝宗御書『龍鵠山』三大字，刻猶存州治。三蘇祠內有瑞蓮池，祠本蘇氏故宅，池每歲產瑞蓮一莖兩蒂，今凡大比年，覩瑞蓮卜士第。學士芸芸，天章久唱。宋政和間御筆，西蜀惟眉州學者最多。三不失古，節崇名尚。蘇軾云：『吾州俗近古者三：士大夫貴經術重氏族，其民尊吏畏法，農夫合耦相助。』《唐通義》：『志士以名節相尚。』秀清攸聚，為膏腴上。《唐通義志》：『山不高而秀，水不深而清。』唐盧拯《羅城記》：『坤維上腴。』旁極臨邛，方列維雍。今邛州，《周職方》：屬雍，秦始置臨邛縣，屬蜀。崍頂仰西使之高節，州南邛崍山，張騫使西域得高節竹，植此，故名，自沉黎千里至州，環抱為鎮。鶴鳴訪廣陵之霞蹤。大邑西隺鳴山有石如隺，地應氐宿，廣成子張道陵登仙此。相臺想仙令之擅鑑，州西相臺山，唐袁天綱為火井令登以相，縣故名。長秋快道薄之異逢。蒲江東長秋山，宋主薄好道，遇白玉蟾引載，于此仙去。盤陀景昊師之旨，州西盤陀山絶頂有石佛，唐人刻『昊師』二字。銅官偉帝賜之濃。州東南銅官山産銅，漢文帝以此賜鄧通。牙灩泉濮，于邛惟漴。州東西牙江、灩水、布濮水、泉水河皆合于州前邛水，流入岷江。漴音叢，水會也。井飛熖□無灰[一]，水似酒之較醲。州西南有火井，欲出其火，先□家火投之，須臾熖出，以竹筒盛之，其火無灰，取井火煮井水，一斛得鹽五斗，家火則少。州南有文君井，卓文君鑿水有酒味。羊啗石而成妖，蒲江有犀羊壩，昔有石犀、石羊成妖，沿河吃石，到此天明，遂不去。牛飲金其何從。銅官山下有金牛池，昔人見一牛飲于池，金色。氣與洞應，洞隨氣封。鶴鳴山有二十四洞，應二十四氣，每過一氣，則一洞之竅開，餘皆不見。鴛鴦銜花，片葉不容。大邑治牡丹坪上有牡丹池，片葉或墜于中，則鴛鴦、野鶩之類即銜出之。王孫何往，金穴棲農。州南卓王孫宅，耕者往往獲錢。翠屏點易，慕學有宗。州治白鶴山有點易洞，漢胡安邃易學，潛此州西翠屏閣，胡安創慕學，見下。獠風不滌而敏慧，詎風物之雜鍾。《寰宇記》：其人敏慧，頗慕文學，夷獠相雜。邈究嚴道，半餘楚族。今雅州商氏羌地，周屬雍，秦徙楚莊王之族以實之，立嚴道縣，隋立雅州。蔡蒙是鎮，旅平惟速。州東蔡山，武侯于此夢見周公，又名周公山。名山縣西蒙山，有五峰，《禹貢》『蔡蒙旅平』，即此。懸空百丈，雅安群

[一] 井飛熖□無灰：《歷代賦匯補遺》作井飛燄而無灰。

谷。州南懸空山，二石奇峭可愛。名山東百丈山，有穴圓百尺，深百丈。州西雅安山，自黎雅來，州名因此。靈通石鉢，蓮田瓦屋。蘆山縣西北通靈山，通番要區，西有崖鉢山，其高莫測，上有石鉢。名山北蓮花山，五峰如蓮，滎經縣北瓦屋山，或間禪惠太師：『瓦屋何以木皮盖？』師曰：『錦府豈從機上織？劍門寧自匣中開。』大關百步，入夷隘陸。滎經西大關山極險，西南夷要路。蘆山北百步山，路接蠻夷，險隘難行。相公臨孟，擒縱在目。滎經西大相公嶺，武侯征夷經此，東有孟山，孔明擒孟獲處。九折知漢臣之忠孝，曬經來唐僧于身毒。邛崍山九折坂，漢王陽為益州刺史，行部至此，嘆曰：『奉先人遺體，柰何數乘此險。』及王尊為刺史，曰：『此非王陽所畏道耶？』叱其馭驅之，曰：『王陽為孝子，王尊為忠臣。』滎經北有曬經關，唐三藏曬經于此。師古曰：『身毒即天竺。』平羌滇漹，音塡麪，水大貌。青潰泂澓，音復，流也。州北平羌江，又青衣江，東南長潰江，入平羌。周公滎聖，盤溋音烏。湧伏，州東周公水，經周公山，故名。滎經北滎經水，蘆山東聖水，連筒引之，行一里許，伏流二三里，復湧出，分為五，因名聖。菩薩老君，沏音冊，流貌。迭奔逐。滎經南有菩薩溪，有石佛像。蘆山南有老君溪，老聃經此。惟雅多雨，雷從洞觸。州志：黎風雅雨。瓦屋山下有雷洞。繩索梁危，飛仙關肅。州治有繩橋，以繩架棧下瞰峽江。瀘山治有索橋，有飛仙關，即古之漏閣。飛水紫眼，斯界荒服。滎經西北有飛水關、紫眼關，皆屬夷，西去五六十里即天全六番招討司。于北則纏次參觜，廣漢是開。今潼川州，漢廣漢郡，魏潼川郡。

涪于左抱，中于右囬。《通典》：『左帶涪水，右挾中江。』龍頂牛頭，惟坻則巍。州西南牛頭山後接于龍頂山，為一方勝槩。嶕嶫音集業，高屹貌。五層，靈印之臺。州北五層山，重岡五層，南有印臺山，如印，有靈臺山，如臺。玉屏獨坐，金紫高恢。射洪南玉屏山，形似，東獨坐山，卓然孤立。鹽亭北金紫山，嚴震封馮翊王，有金紫榮，故名。女徒依叔，樓鼓如雷。鹽亭女徒山，昔有女徒千人行役，路逢賊，置柵山頂，禦之。東有董叔山，縣令董叔有德，故名。又有鼓樓山，雙峰可望百里，王建置鼓樓、烽火。玄武蛇從石出，覆舟飈自穴來。中江東南玄武山，水中石多，如蛇。西南覆舟山，腹有風穴，人往視則風從穴起，甚至折木。火烽烽息，銅官銅灰。中江東南火烽山，武侯置烽火。西南銅官山，卓王孫、鄧通鑄處。寶臺長樂，玉堂特隗。隗，高貌。遂寧西寶臺山，頂平如臺；又長樂，平如砥；北玉堂山獨聳秀雄峙，縣之主山。怪哉雙鶴，喚爾仙才。自註：遂寧東鶴鳴山，有雙石鶴，每鳴則有得道者，張道陵脩此，鶴鳴。邛州鶴鳴山，亦有石鶴，言道陵仙處，未知孰是，《升庵集》言道陵在大邑鶴鳴觀，大邑在邛。羨明月與清風，呀赤城與蓬萊。蓬溪西明月山，賈島詩：『長江微雨後，明月衆星中。』南有風門山，常有清風披拂。東赤城山。西北蓬萊山。鐵峰倚雲，鼇魚曝鰓。安岳後鐵峰山，又後有大雲山，前有雲居山，鼇魚山，形似。大婆小婆，望七盤而駐騋。樂至南有大婆婆山，北有小婆婆山，皆可屯兵馬。又南有七盤山，岡峰七盤。于是飛馬有嵓，見龍有沇。州南落馬嵓，唐易玄子乘馬至此，馬忽飛入水中。射洪有龍穴，曾有龍馬出。郪音妻。瀰射勝，梓波雜潏。音厥，州西南有郪江，射洪東大瀰江，東南射江，東可波水，合梓潼、鹽亭南梓潼水，樂至東勝水河。鳳麟桃鶩，放生自屑。蓬溪北鳳凰川，鹽亭西麟溪，州治桃花水，鹽亭西北鶩溪，岳安放生溪。倒珠揚赤，岳安並決。遂寧西倒流溪，蓬溪西北珠玉溪，安岳西岳陽溪，北大安溪，遂寧北赤溪，鹽亭南揚溪。波透石以中分，火沸波而弗熱。安岳波石井，有巨石中分而出水，陳摶鑿。蓬溪火井，伏龍在下，地窪若池，以火引之，有聲隱隱出地中，少頃炎熾，夏積雨則焰生水上，為之沸而寒如故，冬水涸，則土上有焰，觀者至焚衣裾。池湔音煎，浣濯也。筆而成墨，樹化龍而遽折。中江前有洗筆池，水色如墨，昔有仙人洗筆于此。遂寧西有龍池，昔池側有大柳樹，後周時有龍自樹升，後樹枯池竭。文有塚而神昭，木名鄉而義揭。唐劉蛻寓潼川，瘞文為冢，銘曰：『文乎文乎，其有神乎？』中江義木鄉，昔有木五枝同本而生，時呼義木，因名鄉。讀書横琴，臺石苔霾。射洪金華山有陳子昂讀書臺，杜詩：『陳公讀書臺，石上生青苔。』安岳北有琴臺，即北山横琴是也。曰肝斯剖，臺崇有岊。音接，高貌。鹽亭有孝義臺，宋邑人馮伯瑜剖腹取肝愈父疾，縣令為筑臺表之。乃劍外之一都，土沃而人傑。宋乾道中奏潼川狀，江山形勝，水陸之衝，劍外一都會。常璩論土地沃美，人士俊乂。廣攬巴閬，八輔之鄙。今保寧府，秦、漢巴郡，唐閬州，五代唐保寧軍。欽碒音欽吟，石貌。坱圠，音鴦軋。棧道嵂音律，高貌。起。《史記》：『棧道千里，通于蜀漢。』爾其後擁織盖，前列錦屏。府後織盖山，如繖為鎮，山前錦屏山，兩峰對峙，萬彙爭妍。帶以蟠龍，通以仙靈。東蟠龍山，唐貞觀候氣者言西南有王氣，太宗遣人次閬中，果見是山葱蔚，鑿破，水流如血。又靈山，天寶中賜名仙穴。印斗玉臺，燦璀如星。錦屏西印斗山，如斗。北玉臺山，杜詩：『閬州城北玉臺碧。』文城天目，道達玄冥。東文城山，張道陵授符籙所，又天目山，葛洪脩煉此。嵥音傑，高貌。雲臺之巑音攢。岏音完，高鋭貌。挹天柱于太清。松根蟠桃如春，麻姑芙蓉長馨。峻仙東引，平仙西迎。蒼溪有雲臺山，張道陵升仙處，高四百丈，有天柱峰，松根、蟠桃巖，麻姑、芙蓉洞。南部有思依山，亦陵脩道所。東觀有峻仙洞，西觀有平仙洞。曳蘭登與白鹿，並蜕骨而化翎。南部蘭登山，嚴君平隱此。南江白鹿山，道陵七世孫為集州刺史，升仙此。龍門龍樓，尊尊音尊，草叢生也。葱青。昭化有龍門山，石穴高數十丈，如門。南部有龍樓山，峰峭，眾山拱揖。東西南北，四龕亭亭。巴州有東龕、南龕、西龕、北龕。山中有曲水流觴，踈篁怪木。大巴屼，音兀，山禿貌。小巴峇。音嵥，義同。巴州東北小巴山，唐詩：『最恨巴山裡，清猿惱夢思。』南江北有大巴山，後即小巴山，險。過連雲棧為古巴國。金榜爍，天榜熒。巴州學南金榜山，山腰光射輒有科第，南江學前天榜山，如榜。九曲阬，音亢。七曲陘。音刑，山絶坎。昭化西九曲山，有九曲。梓潼七曲山有七曲。若大劍之嶜岑，音津涔，高鋭貌。胡雙闕之崢嶸。彼小劍之嶚音遼。刺，又胡閣之如横。劍州北大劍山，《山海經》作高梁山，峭壁中斷，兩崖相嶔，如門之闢，如劍之直，故又名劍門山。與大劍山相屬有小劍山，秦欺屬開道即此。大劍雖險，徑路頗夷。小劍鑿石架閣，險不容越。雁門惟孤雁之容征，馬閣雖束馬而弗寧。梓潼南雁門山兩峰，雁從中過。北馬閣山，峻峭極險，鄧艾縣車束馬，由此出江油伐蜀。七盤嶺之堀壘，音菊壘。十二峰之娉婷。音聘亭。廣元北七盤嶺，杜詩：『七盤雖云險，山色佳有餘。』南江十二峰，一名小巫山。白雲鳳誥之豁閉，音蝦。朝天漫天之巊音影。溟。昭化有白衛嶺，有鳳嶺。巴州有雲峰。南江有誥嶺，廣元有朝天嶺，有大漫天、小漫天嶺，羅隱詩：『漫天危險已多端。』崱屴音擇力。崷崪，音酋卒，並巉嵒貌。彳亍音躑躅，小步。匪娦。音瓶，行不正。痛五婦之不起，悲葛巔之遺營。梓潼北五婦山，秦遺蜀五女化石處。又有葛山，諸葛屯營處。憶兩角之夜追，涕王望而凄清。南江有兩角山，有唐碑，云蕭何追韓信處。巴州有王望山，唐玄宗至此望宮闕。若乃黛玉江如，巴流學字。府有嘉陵江，杜詩：『嘉陵江色何所似？石黛碧玉相因依。』巴縣有巴江，又名字江，唐李遠詩：『巴江學字流。』清白濱沄，音云。南西紛泌。音秘。廣元有清江，昭化有白水江、南江有南江，南部有西水河。曲肘揚帆，汨乎洶濞。音譬，水暴聲。倉溪有曲肘川，劍州有揚帆水。龍躍祥而留踪，虎有聲而為瑞。通江有龍灘，龍出為馬，躍石上，有跡。巴州虎井，井有聲如雷，即發科。金劍化而如虹，玉鞭獲其何自？梓潼有劍泉，五丁遺劍于此所化，有碑。杜若晦詩：『五丁弾鋏氣如虹。』通江有玉鞭池，昔居人得玉鞭于內。丹浴變鱗，錫卓湧地。鱗觸則雷鼓，鼓擊則雨至。劍州有浴丹池，唐杜光庭浴丹之所，池有魚，赤鬛如金，採取之必觸風雷之變。閬中有卓錫泉，唐僧宣什居此，徒云：『無水，以杖叩嵓，泉湧出。』通江歌籟山有石鼓，擊聞数里，連擊即雨。仙羊嬉于木下，玉女寂于房闊。劍州有千年木，古而甚巨，二白羊往来其下，近則隱。蟠龍山下有玉女房石，長四丈，高五尺，中有門，若人掩閉然。母讐泄而来遊，欸咄同。梓潼之逾異。七曲山頂有靈應廟，按《圖志》：神姓張諱亞，越巂人，因報母讐，徙居是山，自秦伐蜀後，世著靈應，事見考異。又有擊甌敵萬，憑眺輝煌。巴州有擊甌樓，唐張署有賦。府内有敵萬楼，因張飛號萬人敵，故名。堂有將相，亭有滕王。府南台星嵓有將相堂，陳堯叟兄弟讀書所，陳摶甞謂陳省華曰：『君三子皆當爲將相。』故名。府北有滕王亭，唐滕王元嬰建，杜甫有詩。占星避星，藥竈仙香。蟠龍山前有占星臺，袁天綱于此築臺，以占天象。梓潼有仙女臺，一名避星。昭化有藥臺，賓子明丹竈存焉，臺與爐甃工極巧，非今所能。風占五城之色，景擅十二樓之光。《總志》：有五城十二楼之盛。峮嶙音囷隣，山連而深貌。四集，其險莫當，惟磽且确，磽确音敲學，土堅硬也。衝益于梁，《梓潼志》：『蜀道之險盡于此。』《閬中志》：『羣山磽确，梁益之衝。』是曰北門，曰外户，扼其背而控其吭。《廣元志》：『爲蜀北門。』劉鳳儀《劍閣記》：『梁山之险，蜀所恃以爲外户。』《綿谷驛記》：『控蜀之吭，四集之國。』沿盡陰平，氏羌巘嵏。今龍安府，漢陰平郡，古氏羌地。五關隐轔，音璘，険曲貌。六閣虚呦，音杳幽也，史行可賦：『五關設隘。』鄧艾記：『六閣縣崖。』峭壁雲栈，四望幽窈。蒲翰《十景記》：『峭壁雲棧，聯屬百里。』崆峒襄其岸，石門峻其表。府西北崆峒山，深險接西番界，東南石門山，兩壁如門，與氐羌分界。左思賦『阻以石門』是也。鎮南陽開，火風陰繚。鎮南山正對府居，故名。北火風山險峭，時有顛風挾雲，震撼林木，擁抱府城。醍醐濎濙，音頂滎，小水貌。涪濤浩溔，溔音咬，水大貌。府東有醍醐水，西南有涪江。清白木火其漻澥，音遼解，清貌。古官高大其漫渺。治有清漪江、白水江、木瓜河、火溪河、古城河、官渡河、高村河、大印河。牛羊群馬以盤紆，鳳龍偕豹而天矯。府有牛心山，如牛心。羊盤山，如羊腸。馬盤山，如馬旋。金鳳山，日映如金鳳。鳳朝山，如翔鳳。伏龍山，蜿蜒如伏龍。化豹山，如花豹。藥叢氣馨，菁青色藐。府藥叢山，多產藥。菁青山，嶂木森鬱。弩牙頠飢，音業屋，危不安也。左擔欹倒。弩牙山如弩牙，鄧艾屯兵此。左擔山，鄧艾因險，脩棧以通擔，今七里閣是。三峰九嶺，連天柱而縹緲。泰華山有三峰，九龍山有九嶺，天柱山峰如柱，有鹿苑，太師道場。君子其昂，仙女其䠷。音跳，身長也。有君子山，仙女山，昔有仙女靚粧遊戲此。蒼頭峰蒼，雪峰頭皦。石泉蒼頭山，望之蒼然。雪峰山，時有積雪。丁平老君，大雄斯嘌。音表，山巔。青川丁平山，元平章丁世珍屯兵此。又老君山、大雄山，峻峭迥出。天倉有麵之貯，點燈有炬之燎。音了，放火。江油天蒼山，洞中石如米麵，點燈山，夜光如燭。牀挂宛如龍眠，江油龍門洞有龍牀。石懸則如鏡皎。府通壩寺，隔溪道傍有石如鏡，光明照見本寺。橋自天成，案同玉皛。音曉，顯也。府西通羊河，水險，中有三巨石如柱，架木爲橋，謂天生橋。

府玉案山，有白石如玉案。竇圌音垂。眞人攸居，江油竇圌山，天寶眞人脩道於此。石紐神聖斯兆。石泉石紐山，有二石結紐。《方輿勝覽》云：『禹生石紐村。』禹穴可探，石泉崖山有禹穴，禹甞憩此。匡臺可攷。江油大匡山，有李白讀書臺。何質勁之弗渝，而羊蜂刀弩之是寶。昔從周師，今也休紹。武王伐商，氐羌從之，本朝嘉靖方改府縣。寶珠赤珠，封域有堢。音保，堤也。石泉寶珠寨口，以限北境番界，赤珠寶口，以限西境番界，堢，隄也。復土永平，壩底暨大印睢水之區，咸藩衛而安保。石泉西有復土二堡，永平等七關堡，壩底等四墩堡，大印等六關堡，睢水等五關堡，各有守官，官軍邇各寧謐。十村八村之平化，聿狉狉于白草。府西南白草番素強，出掠，嘉靖年征斬後，萬曆年相率來歸，願爲編氓，今改諸寨爲平十村、八化村，其白草番風村顛等寨，萬曆七年以內順爲氓，俱屬土通判李泮所轄。乃白馬于木瓜，並摇尾于一飽。府西北白馬番稱強悍，盧聚者有十八寨，歲受撫賞，無敢肆，屬土通判王承恩轄，其生番數百里，遶出洮岷之後不可計。府正西木瓜番人少地微，向勾引白草，今止令赴小河所受歲賞，土知事薛兆芝轄。高基磨磨之裔，靡不仰沫而馴獿，音擾，牛柔謹。府北生番高基磨口二寨，皆青片黑水生番種，近見白草歸附，亦願納莜蠟爲編民。于西則汶山薛城，冉駹音忙。舊黎。今茂州，漢汶山郡，今汶川縣，後周置汶川郡，今威州，晉屬汶山郡，今保縣，隋置薛城戍，皆古冉駹國。中藏六夷，九羌七氐，鴻濛撐其柱，高碉音彫。列其題。鴻濛即岷山別名，在茂羌列鷟村，即隴山之南首，故稱隴蜀，又名沃焦山，其村曰羊膊，江水所出。威州北高碉山，懸崖上有姜維城，唐維州治此山。七盤嶔巇，音欽希，危險也。九子嵽霓。嵽音弟，高危貌。汶川北七盤山上有七盤坡，路保縣北有筆架山，一名九子龍窩。雪峰皚皚，音凱，雪白貌。春夏長迷。威州西南雪山有九峰，上多積雪，春夏不消。玉壘標別，風雲時凄。威州後玉壘山，其一在灌縣西北。左思賦：『包玉壘以為宇。』郭璞《江賦》：『玉壘作東別之標。』杜甫有『玉壘浮雲變古今』之句。鷹門棲鷹，鷄宗聞雞。茂州北鷹門山多棲鷹，南雞宗山宋置雞宗關。慈母瞻峨眉而近，巨人望唐帽而低。汶川南慈母山，昔有子為虎食，母逐虎而死，故名，威州西峨眉山，非嘉定峨眉也。茂州南巨人山，《寰宇記》：『山頂有石，如人立。』威州南唐帽山，形似。定廉裕民，相公天齊。威州南定廉山有鹽溪，民得採漉之利。茂州有相公嶺。若列鶩羊膊之墟，岷江于是而決。六六之聖既爲疏，馬首之神何其烈。禹六月六日生，酈道元云：『廣柔縣有石紐鄉，禹生地。』《帝王世紀》：『禹王生石紐邑。』又《元和志》：『禹生處，今名刳兒坪。』《郡志》謂禹本汶山廣柔人，廣柔即今汶川縣地，龍安府則以石紐山而認之也。《山海經》：『江有神生汶州，馬首龍身，禹導江，神實佐之。』玉輪瀴涬，音嬰幸，大水貌。平谷混泄。蒲桃清瑩，龍沱澄洌。汶川西玉輪江，威州北平谷水，東蒲溪，西桃溪，茂州南龍溪水，保縣西沱水。惟樓櫓之未張，莽鹿角而橫結。宋前茂州未有城，惟植鹿角。彎弓駕馬，茹腥嗜獵。《寰宇記》：『人好弓馬，勇悍相高。』《威保志》：『俗本氐羌，多習射獵。』樹誓埋婢，加耒刺血。

羌凡和誓，輪牛羊，棘、耒、耜各一，乃縛劔門于誓場，皆集引于劔門下過，歃飲牛羊血，掘坎縛羌婢坎中，加耒、耜及刺于上，投石擊婢，以土埋之，巫師咀云：違誓，當如此婢。⿰金零音鈴。繩虛⿰氵⿱厶厶皿，濟同。花崕赤水其懸截。威州東有⿰金零繩橋，辮竹為繩，上施木板，長三十丈，通番漢路。《保縣志》：『花崖赤水之高深，番境邊隅之控扼。』城曰無憂，而桃關其焉絶。茂州西北，唐李德裕築，吐蕃號曰『無憂城』。《茂州志》：『桃關來西域之路。』爾則達蠶陵，今疊溪所，漢蠶陵縣，晉屬汶山郡，南界茂州。羶風⿵門勿，犛牛駐，所東犛牛山。汶翼活。所西汶江源自松潘，經所西南，合黑水入茂州，所南翼水，一出松潘，一出黑水，合流如翼，活，流聲。排栅衝，雲峰豁，所南排栅山，所東雲峰山，豁，通谷也。環石巢，音巢。蹂皮褐。《圖經》：『疊石為礫。』衣皮褐裘。生熟殊户，七路傾軋。疊路、汶、灌路、東路、西路、南路、北路有生番曰生户，熟番曰熟户。巴猪驕，牛尾刺。疊路生番惟巴猪、牛尾最強，刺，戾也。黑苦猛，曲山桀。北路生番惟黑苦最強，南路生番惟曲山最強。韓胡恣，草坡黠。汶路生番草坡最強，灌路番患亦起于草坡，與董卜韓胡之假道。麻麥轉桃，曆勒雙列。白羅青板，孟梁梭雜。魯曾九龍，卜木星月。竹寺之徒，幺麽莫詰。麻搭、麥兒，疊路生番次強。轉架、桃紅、青片、板舍，東路生番次強。曆日、勒窩、雙馬、白兒列、角羅得，北路生番次強。孟董、梁黃、梭城、雜斜、魯力、曾頭、曾谷九子龍窩龍山、卜南、木上、星上、月上、竹打大寺、小寺，西路生番最強。驅則黑匿，縱則陽劫。征兵至，即逃入黑水，黑水廣饒之地，莫知其深，兵退又出劫掠。賫之食之，魚不厭獺。番雖受月糧歲賞而終不靜。詎疊溪寧靜，希逢隴木，打喇之能撻，又何雜谷達思，寒水金川與加渴。疊路有疊溪長官司，管河東大姓八寨、河西小姓六寨。北路有長寧安撫司，管六寨；岳希逢長官司，管七寨。東路有靜州長官司，管八寨；隴木頭長官司，管十二寨。南路有打喇兒土舍，管三十二寨。西路有雜谷安撫司，即古維州領達思蠻長官司，其寺寨不可勝紀。又金川寺封演化禪師分守地方，汶路有寒水巡檢司，管草坡三寨，又加渴瓦寺封崇教翊善國師，管十三寨，并管灌路諸番。以上各司、寺皆世襲，認守地方，三年一貢，見《土夷攷》。折入古松，今松潘衛産甘松，故名，唐松州。凝肅實多。《舊志》：『雨雪多寒。』瞻雪欄，治東南雪欄山，即岷山。杜詩『松州雪嶺東』即此。坐洮河。岷山發源，一入陝為臨洮河，南入川與江漢會，一經茂州為汶江，《禹貢》梁州導江之源，實出于松，松北界陝西洮州衛。金蓬牛高則那，松東南金蓬山，羌人金蓬者曾居此，又牛心山。兩分水胡逶迤，音陀，松北大分水嶺，高峻，水分二流，又小分水嶺，水亦分二流。洞吐風，氣難呵，松東風洞山，洞深不可測，每午風輒作，則灰沙蔽天，人馬辟易，寒氣襲人，觸之多横死，否則喘息旬日，蓋山嵐所發。霜暑飛，雪夏皤。仙脚墩、風洞頂墩等地盛暑嚴霜，方夏積雪。萬仞流丹，鐵索横拏。鐵籠堡下兩山對峭，二水會流，深不可測，上為鐵索橋，鐵索六條，各長十五丈，引河兩岸，繫以鐵柱，中道鋪板以渡。雞籠房，布陵阿。壘石為巢居，如浮屠數重門，內以梯上下，貨藏于上，人居其中，畜溷于下，高一、二、三丈者謂雞籠，十餘丈者謂碉房。三舍葉堂連穴，鎮平歸化接窠，小河漳臘叢窟，平番寒盻集窩。松地有三舍堡，上、下十三關堡，葉堂上、下七堡，歸化上、下九關堡，鎮平上、下六關堡，小河所漳臘堡、平番堡，各有指揮，官軍把守諸番寨，漳臘界外有寒盻口諸番。牛腦伊羊腦，松東南兩路夷俗呼牛腦為大姓，羊腦為小姓。安達伊白麻。《郡志》：『夷男曰安達，女曰白麻。』牛毛以撫，羊毛以摩。河東大姓屬牛毛土官管轄，河西小姓屬羊毛土官管轄。水牛野猪，乃鬼乃魔。自望山抵小河有水牛、毛公、羊洞生番，時為鼠竊，葉堂東有野猪寨。辮加毛，吻音謌。《舊志》：『辮髮垂肩，戴毛帽，麄識漢言。』木樹信，髈音榜，股也。占痓。《宋史傳》：『刻木契以成交易，炙羊髈以斷吉凶。』擂空石，路錢科。臨高擂石索貨，謂之買路錢。奔突烟，飲必酡。番貪酒，見堡爨烟起，趨索飲食，醉飽方歸，軍士每忍饑死。人命抱脚，徉索惟娑。每官前徉狂索銀，有人命抱脚等名色。蜂招蟻引，先為韃囮。音訛，鳥媒也。萬曆十四年雪山國師喇嘛等寨勾虜為患，征兵會勦，虜退，諸番埋奴請死，誓不犯松。烏逐河湟，護羌是檛。漢武西逐諸羌，渡河湟，居塞外，置護羌都尉。黃勝敵貢之徼，永火克嗅且譁。松北有黃勝、草場等處，又有敵貢壩等處，虜騎輕衝之所，今虜有永、火、克、嗅諸酋，聚落不遠，時張虛聲，潛懷窺伺。賺音湛。坑品列，輕騎突駝。鎮虜十三，關如之何。自註：敵貢壩舊掘品字賺坑數百，中置鋒刃、木簽，口覆芭土掩形，虜驟來必陷然。萬曆廿四年虜騎由寒盻、黃勝突入，圍漳臘，又攻鎮虜關，殺百户，後官兵四合，方遁去。漳臘有鎮虜等十三關，故松潘昔患在番，今患在虜。南出六番，蠻獠斯軫。今天全六番招討司，部落有六種曰六番，古蠻獠地商氏羌，西魏曾為始陽縣。胡北連，河西引。《司志》：『長河居其西，韓胡在其北。』龍干鳳，雲頂準。司北有龍頭山，如龍。東北金鳳山，如鳳。北又雲頂山，常有雲覆。玉堡璀，泥阪潤。南玉堡山積雪如玉，北泥山四時積雨泥濘，潤，水流貌。功則多，帝力盡。東多功山，禹鑿此通峽水。卧且鎮，漢威愍。東卧龍山，孔明征孟獲，宿此。又鎮西山，姜維駐兵此。女壘城，威亦牝。東女城山，昔女將壘所。將軍蛻，老仙霣。西有將軍洞，赤口將軍化神之所，東有老君洞，老聃煉所。霣，音隕，雲轉起。五姓老人自憨癡，憨音蜞，癡也。絶棧懸棲娱其蠢。中有五姓老人雜居，不納賦税，不受約束，有事聽自處，不至公庭，止三年一貢，其地懸崖棧道。碉城趏音陌，走貌。二十六種之狶，冷磧踆音蹲，行走貌。四十八寨之獷。碉所城，二十六種番出入噤喉之地，雪山有冷磧四十八寨。獷音鑛。西署音腰，遠視也。乎烏思天竺，大小西天，他他交横也。井井，𪗓音嗔，笑貌。矣乎大乘法王，大寶法王，依希上方。乃闡教王，輔教王，護教王。敞怳恍忽貌。諸天妙境，崑崙勿罔不審貌。而眕。目有所限而止曰眕。自司至番境，烏思藏、天竺國各法王等地方，廣濶四百里，自此往崑崙，不可究極。近沈黎，笮都畔。今黎州安撫司，漢沈黎郡，古西南夷笮都地。三面虚憑絶岸，唐《元和志》：『州城三面并臨絶澗。』二十四盤邛崍有矸。矸音漢，石淨貌。自註：按州北即邛崍山，邛人入蜀度此，故名。上有廿四盤即九折坂，在滎經南界，故雅亦及之。錦蛇欲躍，將軍可憚。邛崃有靈應洞，中有巨蛇，錦文顯靈，又號為靈應將軍洞。紫府飛霞，神君灑翰。靈應洞有殿，神君諱張亞，殿完自題曰紫府飛霞，自作記。鐘色靈，蓋光煥。東北聖鍾山，昔聞山有鐘聲，及見五色光。東南寶蓋山，常有光彩現。風生崖，聲何悍。西北白崖山有風穴，時有氣出為白雲，須臾風聲如雷，窒穴則風少瘴多，開則風多瘴減。石髓融，仙窩燦。白崖有仙人洞，口隘中寬，漸入，泉聲琮琤，石髓溜結，幽致萬狀。天欲參，嵐攸竄。東冲天山，勢若參天，南避瘴山，大渡河夏秋瘴多，土人移此避之。牀竈具，竄亦玩。山有二洞，一空闊，一有水，中有床竈石自生，凡瘴動鳶皆集，土人候鳶而避。飛水斯絶，飛越斯扞。東北飛水山，接滎經縣界，險惡不通人跡。西北飛越山，兩面接羌戎，為沈黎要害，唐設飛越縣此。玉斧所臨，大渡斯判。《宋題名記》：『太祖以玉斧畫大渡河，棄此羈縻州。』琴音聞，梵音散。西北彈琴谷，水聲如琴。南梵音水，唐三藏至此，持梵音，湧出，色如米瀋，味甘。渥洼湛，神駿絆。渥洼池在蠻部，產奇馬。風雨希，楠龍灌。東龍池有枯楠三株，形如龍，觸之則風雨至。凜夜叉，形如皯。皯音敢，面黑色。治有夜叉穴，《寰宇記》：『洞壁間石生有夜叉像，土人祀之，號穿崖將軍洞。』五丈黎，法殊滮。滮，難測貌。治有三藏黎，唐三藏遊西域，經行，植黎杖此，云：『他日州治在此。』後果遷如言，後黎成株，高五丈，圍九尺。愛彼玃，音脚。曷所衎。衎，行喜也。《博物志》：『沈黎山有物似猴，長七尺，能人行，名⿰彳瞿，路見婦人，則盜入穴，番落最愛之。鬼其風，都鬼主于是按。《宋史》：『黎諸蠻尚鬼，謂主祭者爲鬼主，故其酋長號都鬼主。』松坪有馬，七枝是靽。音判，駕牛具。曰大小赤口，曰大小木瓜，均就羈而莫駻。音旱，馬突也。瞥音撇，乍見也。逸瞥閑，仍旄牛青衣之半。黎州東北有松坪寨，土舍馬應龍居地，安撫司馬祥絶，當應龍繼，今降安撫司，爲千户所，削上七枝夷改爲編户，屬大渡河所，當差其下七枝屬千户所，爲應龍子馬，新受管束。松坪相接有小赤口、大赤口，其大赤口分支有賦，乃有大木瓜三枝，曰凶瓜、匪瓜、卜特，向爲虜刼。萬曆間討後，今皆願受約束，歲貢良馬，外又有小木瓜，至此則東近嘉定、犍爲縣界矣。漢置沈黎郡，尋罷郡，置東西兩部都尉，一治旄牛，主外羌；一治青衣，主漢民。今雖有歸順，仍羌民相半也。奥西南隅。透邛都，乃稱越巂。今四川行都司領建昌等六衛，古西南夷邛都國，漢置越巂郡。羊腸一蹊竟三千里。邛都延袤有三千里，實一線道。阿露盤紆，小相鬱壘。越巂衛西阿露山即雪山，衛南雪山嶺又名小相嶺，三時常有積雪，世稱邛崍山爲大相嶺，雪山嶺爲小相嶺，皆以孔明得名。邛、筰二都間最此二嶺高峻，餘皆支隴。呂金伏，天王起。都司西呂金山，昔土酋呂金居此，又有天王山。螺髻撐，鹿角抵。都司東南螺髻山高聳，形似；東鹿角山峰尖削，形似。青凉葪，音兖，茂也。青凉昚。昚音擬，盛也。都司北青山，四時青翠。東凉山，群峰崒峨，四時多寒。木托鈗，旄牛廖。廖音耻，廣也。建昌衛東木托山，國初藍國公追擒月魯帖木兒于此。西有旄牛山，廣袤六七百里，後漢張喬破越巂夷于旄牛即此。白土瀞，音淨，無垢。白沙峙。寧番衛南白土山有白土，會川西北玉虛沙山高聳，有白沙。浮石呈，公毋峙。建昌有青龍山，昔有一石浮邛水上東走，漁人昇上山，至半山墜地不能動，乃建青龍寺。建昌治又有公母石。鐘如瓊，魚戴錡。越嶲北石巖洞有石板，擊之有聲，名瓊鐘。魚洞河有魚，長一、二丈，頭特大，遙望如戴鐵釜。異斯邛池，帝君載止。血蛇吸馬，迂而匪詭。騾卧有痕，帝筆則哆。自註：建昌南有邛池，《漢書》：『元封六年臘月，邛都地□，漢人李胤記言帝君事甚詳，然不知何據。』愚按：《文昌化書》云：『予爲漢帝子趙王如意，爲吕氏所殺子，母死尤酷，予神遊滇漠，當蓄宿憤，訪有邛池令吕牟，吕氏後身也，予母夫人亦生于彼，復爲戚氏，所嫁張子年老無嗣，夫婦瀝血石凹中，祝生動物以爲遺體。予識母心，從而寓止。明日血化爲蛇，金色，寸長，母收養之，逾年頭上出角，能變化。邑令有馬，牧于水際，蹄傷吾，末因拘而噬之，蓋吕產之報身也。邑人皆知予，詳訪于予家而不獲，逮予父母于囹圄，將見殺，予化為儒生以解之，不從。予因變化風雷，呼吸雲霧，白晝而瞑，一邑之人相視而驚，曰：「汝頭那得為魚？」以手捫頭面而泣，一夕揚海水爲雨，灌注城邑，圍四十里皆陷。予以身載父母而出焉。』帝君自言如此。今兩旁漁户居之，皆夷民，有大、小二邨。越嶲衛西南魚洞山上有文昌祠，祠旁一石若百斛囷，上有騾卧痕，旁有帝君所題百餘字，漫滅不可讀矣。乃憑懷寧，乃度越嶲。都司城外懷遠河，源自東北山；又寧遠河，源自青山，並合瀘水入金沙江。越嶲衛城東越嶲水，大源自吐番界猓羅河，南流復東北入大渡河。清溪漻淚，疾流貌。長河迆邐。音移李，旁行連接貌。清溪在鎮西所城南，源出清水塘，流入大渡河。唐韋皋鑿清溪關，通南詔，即此長河，在寧番衛，源出北山吐番界，流入瀘水。梁孫匒匌，音荅葛，重疊貌。自註：按：孫水出小相嶺，過瀘沽峽，合瀘水。《史記》謂『梁孫水』即此。《總志》為『瀘沽河』，又為『東河』，俱誤。納夷奔駛。音史，疾也。自註：按：打沖河，一名納夷江，源出鹽井衛北山番界，經打沖所，至德昌所，南入金沙江，蠻名黑水。《禹貢》『華陽黑水惟梁州』疑即此，蓋過此則徼外，非梁州矣。沫若澒音汞。溶，自註：按：大渡河黎州、越巂分界處，本名沫水，與岷江同出岷山羊膊嶺，一南流入石紐，過汶山為岷江，一西南流為尖囊大渡河，至峨嵋，會越巂諸水，至嘉定入江。金沙江，本名若水，源出雲南麗江府西北西番境大雪山麓，流經麗江、鹽井衛、武定府、會川衛，西南與瀘水合，其下遂名瀘水。《史記》『西夷皆請為內臣，除邊關，關益斥，西至沫、若水』，即此。瀘水漫瀰。自註：按：瀘水在建昌城南，源出西番二百里，流至寧番衛，會長河，又至瀘沽鋪，會孫水，又過禮州所，□□水，再至建昌城，寧遠河、懷遠河、邛池水並入之，又東經瀘山，西南過武侯城，所謂『五月渡瀘』即此，又東入會川境，西南入金沙江，流經東川、烏蒙，出敘州，與岷江會，猶謂瀘江，故其東置瀘州，實則若水合也。《水經》云：『水出旄牛徼外。』蓋旄牛山廣六七百里，瀘、若二水，俱發源山下，瀘在東北，陬其源微；若在西南，陬其源洪耳。蒸熱騰烟，燖鷄爛髓。冬奚匪汗，夏可渡只。沫、若、瀘三水俱有瘴。隆冬人過，雖袒裼皆流汗，惟雨中及夜渡無害。瀘則可燖鷄豚。度索尋橦，笮亦傾矣。打沖河等處為索橦以渡，曰笮，《西域傳》

有『度索尋橦之國』，唐獨孤及辭『復引一索，其名為笮，人縣半空，度彼絶壑』。《升庵集》：『蜀松、茂皆有此橋，河險難舟，乃施柱于兩岸，以繩絙其中，繩上有一木筒，所謂橦也，欲渡則以繩縛人于橦上，人自以手緣索而進，行達彼岸，復有人解之，所謂尋橦也。』銅槽鐵廠之口，清關周嘴之涘。寧番衛有銅槽、鐵廠等處，尤為夷巢行者股栗，越巂衛有清溪關，天下絶險，踰于五丁峽，會川衛有周官嘴等處絶險。惟烏白脱蘇是蔓，又倮玀音果我。九種是拖。拖，音拕，落也。唐僖宗時，越巂郡為南詔所陷，改建昌府，以烏、白二蠻實之，元時置蘇州，故名其蠻曰脱蘇。建昌各衛有九種夷，與軍民雜處，獨倮玀悍甚。而西番，而僰子，而伯夷，而摩步，音些。而狢狵音陌襖。韃靼，音荅達，而徊徊漁人，厥類有獵。獵音壘，飛鼠也。此八種并倮玀為九種。赤足垢顔，短衣皮履，或黑帕白巾裹布為餙；或鼠酢蟲湯鹽肝為旨；或盤騎鋪松火刺為歡；或羊胎鷄骨牛肘為祉；或布袋木箭猪膆音臁，脂膆也。為歛；或羊毛柏枝草根為祀；以皮帶為饑飽索，以潑水為婚姻禮。赤睛黄面，夜幻犬豕，竊嚽音飡，呑食也。尸肉，鬼彼撲使。西番，赤足，面膩不滌，死，葬用生前偏氊、喜鵲窩裝斂，以木桶爲棺，放山顛小室中，竹笆塞門，再不開視。伯夷以黑帕裹頭，短衣赤足，捕鼠作酢，撲虫羹湯。婚姻，男子用水一盂潑女足上，即爲聘定。又有一種名唤撲使，男、婦俱赤睛黄面，夜間化爲鬼物，或豕或犬。將本類新葬尸，割取其肉，化爲魚猿等肉羹食，或用食客，若夢見祖父，必要焚紙，用羊毛索卜其所欲，欲猪殺猪，欲羊刲羊。

摩步，白手巾纏頭，短衣皮鞋，不沐不洗，病用牛肘求鬼，不服藥。死葬用竹笆舁出，殺猪而刳其腹，帶毛壓匾名猪膎，同尸燒之。取其頭顱、手、足骨挂縣崖上三年，殺馬延僧作佛事，將骨拋棄，再不復視。狢[illegible]，白布裹頭，短衣赤足，疾病以猪羊胎爲藥，死葬焚尸棄骨，永不經由其處。乃于焚時拔一草根，置小籃内携歸，以爲祖宗，歲時祭之。韃靼，死葬用棺，或燒或瘞。葬後以柏枝插瓦瓶内，挂屋内西壁為祖宗，每歲清明，依俗拜墓。倜倜，死者削去鬚髮，布袋裝斂，用棺舁去，取尸入坎，覆之以板，留棺復用。猓玀，腰繫皮帶，曰饑飽索，裹帕赤足，乘騎盤足横坐馬背上，不墜。燕會撒松毛鋪地，盤膝坐食，殺猪用火燒去毛，以生肝蘸椒鹽食之。死葬燒化，乃刻木，以羊毛線纏紮爲祖宗。每歲六月廿四日殺牛羊祭之，燃炬聚飲。有他夷同席，各用火燒之為戲。見《九夷攷》。又《統志》：『不識醫藥，有疾惟用女巫號大溪婆，以鷄骨占吉凶，酋長事無巨細皆决之。』所云不毛，孟風其煽，孔明深入不毛在今鹽井衛地，其地在瀘水西南，有白鹽井、黑鹽井，多斥鹵，稻麥不生，仍有孟獲之風。而獛音瓜。郡有以。蕭齊改越嶲郡爲獛郡，獛乃獛玀之本名。乃平夷歸化，天威克底。曷黑骨普雄月落，憮音侮，慢也。犬嘷而羊咩。音美，羊聲。萬曆乙酉越嶲邛部黑骨夷酋手刃千户，刳百户腸，普雄酋亦連結為患。丁亥動大兵，亂始定，其東近峨眉者數百家願附版籍，爲新民，今置平夷、歸化二堡居之。寧番旄牛山西北有月落口，乃唐月邊州故地，皆熟番，舊引水外生番入冠，亦自丁亥立番堡，募兵戍之，始斂跡，今雖無事而普雄諸夷猶或出没，瞰行旅而干貨，孔明七擒孟獲，獲曰：『公天威也，南人不敢復反矣。』于是沿西訖南，滇黔薄楚。繡脚雕題，依深間阻。南夷有刺交于脚，刻文于額，以爲飾者。有烏蒙竇甸險，今烏蒙軍民府，周爲竇甸地。崚嶒音曾。倍，蜀道掩。《元志》：『烏蒙地險高蜀一倍。涼頂肅，雪峰嶮。音險，《府志》：『涼山聳于右。』《郡志》：『右恃雪山之高，雪山其巔冬有積雪，春夏方消。涼山廣百里，絶頂氣肅，夷避暑此。』鐵鑪焰，我未剡。府東鐵鑪山，形似。又我未山，夷語以五爲我，以横爲未，謂此山五峰横列也。朴窩夷，愽特儼。府東南朴窩山，夷語謂平爲朴窩，以此山平坦；又愽特山，夷語以相對爲愽特。撒途鞠，鞠，高貌。東北撒途山，夷語撒途乃陡峻也。金沙瀲，金沙江過其地，瀲，水溢。羅獠夷，《郡志》：『民有三種，曰羅羅，曰土獠蠻，曰夷人。』架棚广。广音眼，因巖爲屋，其民架木爲棚以居。娶擊齒，口安嗛。嗛音遣，口有所銜。交舉帽，禮匪諂。《郡志》：『擊去左右二齒乃娶。相見去帽爲禮。』阿統之所由苒。苒音染，草盛。唐烏蠻仲牟由之裔，曰阿統者，始遷于竇地甸，至十一世孫烏蒙始強，號烏蒙部。彼東川，那札立。今東川軍民府，周名東川甸，烏蠻仲牟由之裔罵彈得之改曰那札。牛鼓塡，治內東有大石如卧牛，扣有聲，呼爲石鼓。猪額䚏，䚏音戢，角多貌。治北萬額山，形似猪首。白婆拱，治南白婆山。七雄圾。圾音結，危也。東北七雄山，石厓陡峻。睇大王，雲弄岌。岌，高也。西南絳雲弄山，高峻百里，有十二峰。南詔封其山神爲東川大王。夜有人，胡不瓡。瓡、執同。西納雄山夜静或聞人聲，每歲五穀熟，民必先獻。黑水吸，牛欄入。金沙江一名黑水，東南牛欄江流合治，西金沙江。烏蠻饒，白蠻急。《元志》：『烏蠻富強，白蠻貧弱。』哰音囂，諠也。以閧，板屋蟄。俗尚戰争，居多板屋。曳革韉，頂氈笠，割其鬚，尖巾翊，夷種一曰僰人，披氈戴氈笠，用氈裹脛，躡皮履。一曰羅羅，摘鬚束髮，覆以白布尖巾。罵彈之所由習。罵彈見上。緊巴的，兀姑麼。今烏撒軍民府，周名巴凡兀姑，後名巴的甸。麼，細也。兩蓰蜀，百盤跛。《元志》：『羊腸小徑十倍蜀道。』大隱崣，音腿，山長也。烏門砢。音裸，磊砢石貌。東南大隱山，東北烏門山，相對如門。翠屏森，石洞坷。音可，不平。東北翠屏山，秀拔如屏，東南石洞中可容百人，復有寶不知遠近。渡有七，渡曰可。西七渡河，水縈曲，渡凡七處，南有可渡河。九十九，渡疑叵。叵，不可也。西有九十九渡水。族麀配，配亦左。《元志》：『婚姻不避親族。』病不療，神安妥。《郡志》：『病不醫藥。』阿蒙之所由簸。簸，揚播也。唐烏蠻裔烏些者居此，至阿蒙始得巴的甸。尋芒部，大雄徑。今鎮雄軍民府，周爲屈流大雄甸，烏蠻裔阿統與其子芒部居此，其後昌盛，因祖名號芒部。入崎嶇，上蹭蹬。音懵鄧，《雲南志》：『山川險隘，地勢崎嶇。』硌音洛。砌横，綽紐徑。音徑，長直貌。西硌砌雄山，夷語石曰硌，鹿曰砌，涼曰雄，謂此山石似鹿而又高涼。東綽紐山，夷語清氣曰綽紐。烏通翹，樂安墱。墱，閣道也。北烏通山，夷語首曰烏，立曰通，謂山峙如人翹首特立。又樂安山有數峰，徑曲折，乃叙州界。苴斗潣，音閔，流貌。納冲應。南苴斗河，東納冲河，南流入苴斗。勿食渭，白水亘，北勿食料溪，又白水江，渭，亂貌。白鳥疾，托諾濘。東白鳥河，西南托諾河。夷語松曰托，沙石曰諾。以河畔有松石，故名。濘，音佞，滎濘也。勁而朴，遐荒孕，《郡志》：『地在遐荒。』《府志》：『性勁而愚，俗朴而野。』壠畝皇，粉黛罄。鼠銜趨，子日勝。《府志》：『男業耕稼，婦絶粉黛，子日貿易。』蓋治西南有鼠街，夷人每子日貿易于此也。統子之所由定。統子見上。咤永寧九姓者，今永寧宣撫司領九姓長官司，晉置永寧縣，元立夷民羅党九人爲總把，後改爲九姓羅氏党蠻夷長官司。巢箐寨，不近賈，市也。垂其髻，跣而野。鋤鍤餘，弩弓把。《舊志》：『巢居箐寨，不事商賈，惟務農業，習俗鄙陋，性格樸野，垂髻跣足，懸帶弓弩。』四面翠如屏廈，《舊志》：『環城皆山，疊翠如屏。』馬口巘紅崖赭。《土夷考》：『其形勝據馬口崖。』《統志》：『東北紅崖山皆赤石。』土保營，海漫跨，治内土保山，昔有夷土保居此。北海漫山，延袤八十里，如海水汙漫。木案専，匹絹奓。東南木案山，上有林木，下平如案。西北匹絹山，飛流如匹絹。奓，張也。烏降攢，聚也。西珠夸，西北有烏降山，西南西珠山，圓瑩如珠。雪巒琳，青龍閆。閆，大開也。東有雪山，如玉；南有青龍山，如龍。水東洋，赤水灑。通江湯，南水東河、赤水河、通江溪。漁漕瀉。東魚漕溪。是祖叱來彌所據乎藺也。《土夷考》：『唐置藺州，立祖叱來彌爲酋長，管束諸夷。』嘻播州，郎藺沕。今播州宣慰司，周及秦夜郎苴蘭地，漢屬牂牁郡，唐改爲郎州，已改播州郡。沕，潛藏也。僰西交，牂面逮。《舊志》：『西連僰道，南極牂牁。』溪洞曠，澗林睷。《圖經》：『跨接溪洞。』《元史》：『陡澗深林。』幹壩右拒，三渡左囬。音會。乌江截前，石虎阻背。白田中僑，音喬，高也。海龍肘駾。音兑，突也。重圭複關，顧詹晻曖。《播州圖説》：『左鎖三渡，西拒幹壩，南截烏江，北阻石虎，酋居在白田壩，距所居三十里為海龍，攢峰危壁，甚為樞要。定軍嵑，音葛。錦屏藹。州北定軍山，唐楊端駐兵此；西南錦屏山，茂林脩竹如錦。鳳龍睨，豹馬睞。州東鳳山如鳳，北蟠龍山如龍，又龍山為州主山，又有龍巖山，眞州司豹子山，多產豹，重安司馬鞍山。拱辰□□丈靉。餘慶司拱辰山，山北向。草塘司萬丈山，高萬丈。筆架嵯，梯子殆。黄平司筆架山，形似。又梯子山，最高中有一徑曲屈梯石而上。兩坌音奔。嵾，音參，不齊貌。紫霄薆。音愛，隱也。黄平司兩坌山，白泥司紫霄山，巍凌霄漢。桃園邃，櫃巘閟。外閉也。州東桃源洞幽絶類武陵，州北櫃巖百丈上有穴，穴前一櫃儼然。湘仁洪，統烏匯。州東南湘江、洪江、仁江，皆流入州南烏江。落湄郎，群安濊。州有落閩水、湄潭水、齋郎水，又有安水，舟楫無險。虎鼇思，並蓉潰。眞州虎溪、思溪，又芙蓉江，餘慶鼇溪。染我華風，郁彼夷采。鋒刃弗屏，漢服顧愛，媾媚銅器有儀，集賓橫笛斯在。《圖經》：『天資忠順，悉慕華風，會聚以漢服為貴，婚姻以銅器為禮，燕樂以銅鑼鼓、橫笛為樂，出入刀弩自衛。五司為輿，七姓為載。播州領黄平等五長官司，又有七姓之民。楊太師威德之是乂。唐乾符中，州陷于南詔。命楊端復之，諭以威德，遂世有其地，宋贈端爲太師，國初楊鑑歸服，授宣慰使。窺石柱，夜郎霅。霅音札，開也。今石柱宣撫司，漢置牂牁郡，晉析爲夜郎郡，宋時蠻酋大蟲虎什用授鎮國上將軍銅牌鐵印、石柱安撫司大使。瀕荆湘，均牁罨。罨音遏，罕網也。

諸洞盤，旴晏塌。《舊志》：『地接荊湘，内處士民，外鎮諸洞。』馬頭邛，飛鳳翱，翱音塔，飛也。治西北馬頭山有馬黃廟，又飛鳳山，如鳳飛。兩崖穿，萬聚市。南大峰門山，兩崖壁立，中通人行，北有萬聚山，衆山皿合。傘布褰，鼓樓鞈。東北石凉傘山，如傘。西南斑布山，似斑布。東南鼓樓山，舊有鼓樓。鞈音榻，鼓聲。清潭瑩，三江合。西北清水潭極澈，東北有三江溪，三江水會。石磽土瘠，蠻夷巴是遝。《舊志》：『人有蠻、夷、巴、漢之殊音，地乃石多土少之瘠壤。』遝，迨遝也。大虫虎什，銅牌攸聞。大虫、虎什見上。至酉陽，亦牂蘢。今酉陽撫司，秦屬黔中，漢以酉陽縣地置牂牁郡。黔彭隣，五溪涌。《石耶志》：『鎮蠻洞而帶五溪。連黔彭而接荊楚。』火龍升，酉陽聳。治東火山，日照如火。又龍山西酉陽山，黔江界。唐何泯，東唐店山，昔有唐姓居此。南何家山，多奇石，昔有何姓居此。巴隘聳。北隘山，前代于此把隘，南巴慣山，多板石，土人呼板石爲巴慣。二江峋，楠疊洶。東有二江山，西楠溪，多楠木，石耶前疊溪。漊漊呼，飲足慫。慫音聳，驚也。治北胡子崖，行者如渴，高聲呼曰『漊漊』，齎水來吃。一聲崖水滴一點，再呼滴數點，三五呼水如壺，傾注崖下石盤，量數人飲足即止，今如常。麵化石，餅足竦。治南蜜那崖，崖石陡峻，中闢空，洞有泉出，昔有道人脩行此，作石餅餌獻之，好事者至崖内則見熟麪，持出乃石也。花布服，長刀踊，寒伏崖，燠獵隴，券以木，姻世寵。《酉陽石耶志》：『織斑布為衣，佩長刀，捕獵，寒則散處巖穴，借貸刻木為契，婚姻累世為親。』曰十二里忠孝户，九溪十八洞之苗種。《土夷考》：『國初于所屬九溪一十八洞苗蠻編為忠孝等一十二里。』厥種惟三，冉家維拱。人分三種，曰犵獠、冉家、南客。昔酉陽蠻叛唐，駙馬冉人才征之，有功留守此。國初，冉如彪歸服，與世襲宣撫。瞫音審，下視。邑梅，酉居坎。今邑梅洞長官司，明玉珍置邑梅沿邊洞軍民府，邑梅在酉陽之南。城山黯，轉音慘。《土夷考》：『環城皆溪，環溪皆峻山。』《舊志》：『語異蠻音。』壽霮䨴，音淡隊。擎圍塹。治西南壽山，奇木烟靄，四時不變，西北擎圍山，四圍峭壁摩雲。三鼎蔟，音族，齊也。丈韮嗽。西北鼎砡山，三山如鼎足。南韮山，昔有人遺韮此，長丈餘，民食之。搥黃牛，膏腴感。東黃牛山，前代有土官過此，見土地膏腴，因喜，搥牛以賽神。地澄搖，凱過撼。西南地澄溪，水清鑒髮。西北凱過河，有凱于賽行者于此渡。木浪臼，臼胡糝。苦蒿鹽，鹽胡啖。姻畜較，疾祝倓。倓音淡，安也。《舊志》：『用木浪槽為臼舂粱，瀝苦蒿水代鹽鮓肉。婚姻以牛隻為等，病疾以巫祝為醫。』溪洞扼要，斯佛鄉之為黪。《舊志》：『鎮諸洞之要衝，接五溪之流派。元以其地為佛鄉洞。』究平茶，則黔據。今平茶洞長官司，宋置平茶洞，戰國楚為黔中地。團秀特，岑仰踞。治西團山，團聳特出，北高秀山，千丈秀色如畫，西岑仰山。雪符稔，百歲著。西百歲山插天，冬有積雪漫頂，則歲豐稔。牀粟挂，侯英翥。南有諸葛洞，武侯征九溪蠻嘗宿此，設一牀，懸粟一握以秣馬，後遂化為石牀、石粟，今尚存。溪尚盈，哨聲遽。西南有滿溪，東南有哨溪，聲如哨。捕獵心，侏離語。穀炕然，殯唱助，曰南客，古難御。《司志》：『言語侏離，性好捕獵，火炕焙穀，歌唱送殯，號為南客，古稱難治。』而荒甸此焉悉禦。南則貴州界，東則湖廣界。于是四維聿肅，列屏攸張，成都中啓，古蜀國，秦蜀郡，漢益州，晉成都國，唐、宋成都府。境宇是皇，爾乃崇太少之峻垣，太城即子城，秦張儀筑，屢頹，忽有大龜出于江，儀问巫，巫曰：『隨龜築之。』功果就。故人稱龜城。少城在子城西南，北之三壁，東即太城。儀既築太城，後一年，又築少城。俯八百之沃壤。《諸葛傳》：『沃野千里。』實有八百里。開芙蓉羊馬之丽秀，蜀孟昶城上盡種芙蓉，謂左右曰：『真錦城也。』唐孟知祥築羊馬城。耀大玄錦官之巍敞。唐高駢為西川節度，以城歲壞，易以磚甓，凡負城丘陵悉平之，以便農桑。訖功，筮得《大畜》，文宜玄下存上。因名大玄城。錦官城，萬里橋南因有錦官，故名，猶合浦之珠宮也。武擔贔屓音閉係，有力也。負其雄。武擔山府城中，《蜀記》：『武都山精化為女子，開明王納為妃，死，遣五丁于武都山，擔土為冢，盖地數畝，高七丈，城都內及昆橋側有石長二丈，即其土擔。昭烈即位此。汶流消浀峻波貌。環其廣。府城南十里有二江，一名汶，一名流。李冰既鑿離堆，又開二渠，一由永康過新繁入成都，謂外江。一由永康過郫入成都謂內江，皆可行舟，溉田萬頃，此水濯錦鮮明，故又名錦江。浣花濯錦宏其規，駟馬萬里逞其象。自註：今成都城西門有浣花橋，因浣花溪名，東門濯錦橋，因錦江名。南門萬里橋，孔明送費褘聘吳至此，曰『萬里之行始于此矣』，因名。又唐史載玄宗過此，知橋名，嘆曰：『昔僧一行謂更二十年國有難，當遠遊至萬里外。此是乎？』北門駟馬橋，取相如題柱意，題柱實于昇仙橋，在城北七里，余曾皆過之。按中區其曠恢，橫八眺其塏爽。塏音愷，高燥也。昇仙並天囬較鬱。城北昇仙山，魚鳧昇仙處，又天囬山，唐玄宗聞長安平，囬駕此。威鳳與龍華競騰。北威鳳山，後主禪習射此，又名學射。西南龍華山。六對觸西面而起。華陽南六對山，有十二峰；西有西山，一名雪嶺，杜詩『西山白雪高』，東有大面山。鐵爐指應天而升。華陽南鐵爐山，五代時日者占此當出異人，掘見松根纏棺，若雙龍，斷之有血。雙流南應天山，唐僖宗賜名。二脊對九頭而聳，金堂北萬安山有二脊，雷所分，洪水時人皆棲此，東南九頭山有九峰。三門向三學而弘。金堂東北昌利山，有石室，三門，呼三龍門。又三學山，上有三寺。赤岸光接于繁麗，新都南赤岸山，岸常有光，又繁陽山，張道陵脩此，上有浴丹池、通仙井、麻姑洞。北有麗元山，山有雙石鏡。大塔輝吐乎聖燈。雙流東大塔山，東南聖燈山，常有聖燈現。三嵎勢連于鼎印，仁壽東北三嵎山，三山相對，縣居其中。西南有鼎鼻山，東北有印山。金車抱玉屏而凌。仁壽北有金華山，東有唱車山，西有金屏山。瑞雲香雲崛崎，音堀欺，仁壽東瑞雲山，宋相何㮚生夜，此山紅霞亘天，因名，東北有香雲山。石矩佛巖幾層，仁壽東北石矩山，石壁如城，又有佛巖山。鳳笏秀立，井鑊神登。井研東有鳳山，一峰極秀；南有執笏山，一峰突出如笏；北有井鑊山。唐僖宗幸蜀，此山有神現。茆香鐵銳，石鼓戎憑。井研東北茆香山產鐵，剛利，武侯嘗取為兵器。簡州東北石鼓山，蜀將許都登此，擊鼓犒軍。磨王雄據，玉女乳澄。井研南磨王山，據嘉、眉、榮、隆四境，簡州東北有玉女山，李八百脩此，有石乳房十七眼，呼為玉華池。雙箱棲乎金鵝，兩室會以仙朋。簡州東雙牙山，上有井，山半有石箱，昔有兩金鵞晝浴于井，夜棲于箱，人欲捕之，遂飛上南山，化為雙石，對峙若牙。西逍遙山，層崖上有東西二室，室後有丹竈，壁上有漢安元年月日會仙友字。盤龍忠國可景，簡州北盤龍山，先主經此立寨，上有『盤龍山』三大字。西南忠國山，宋孝宗刻『忠國山』三大字。重龍君子有稱。資縣北重龍山，一縣之勝，上有君子泉。柏茂霄卓，玉京雲蒸。簡州柏茂山，卓為衆山首，資縣玉京山，插天連雲。天台四明，峰景是徵。簡州有天台山，三峰如三台。資縣四明山，上有光景之異。將軍威峰武攸振，內江北將軍山，唐薛萬徹平獠屯兵此，資陽威峰山，高出為一方鎮。書臺華萼文聿興。資陽南書臺山，王褒讀書處。內江西華萼山，唐范崇凱于此讀書，賦《華萼樓詩》。異鏵音華。影之迭流，與晦朔而相仍。內江西鏵影山有二泉，更流迭止，與晦朔相為盈縮。至夫灌口既疏，離堆沫格。灌縣西北灌口山，漢文翁穿湔江溉灌，故名。西離堆山，李冰鑿涸崖以避沫水之患。便傍分華夷之限，灌縣西南一百三十里便傍山，山外即番境。靈巖樹風雲之宅，灌縣西北靈巖山常出雲，有泉出石穴，又有風洞，歲常祭之。聖母多仙會之所，丈人為五嶽之伯。灌縣西南聖母山，馮大量遇仙于此，又丈人山，王弼云此山為五嶽之長。天門天闕崆以峴，音空、兇，峻貌。天國天倉岊音節，峻貌。其闢。彭縣北彭門山，兩峰對立如闕，名天彭門，灌縣北汶山，李冰謂汶山為天彭門，李膺謂天彭闕，蓋兩山對峙似闕。西南又天國山，《青城山記》：

『山有八大洞，此第五洞也。』又天倉山，連巖隱軫，分為三十六倉，呂大防詩：『天倉三十六，寒擁翠微間。』三十六倉衍而崤，音達，山重貌，見上。七十二候通其隙，砉音黑。焉八洞，八節相繹，第一青峰䨺音對，云貌。以䨺，音濃，雲廣貌。五洞天兮胡焱焱，音殈，火華。灌縣青城山，唐杜光庭《記》：『岷山連峰接岫，千里不絕，青城乃第一峰也。前號青城峰，後名大面山，山有七十二小洞，應七十二候，有八大洞應八節。道書以此山為第五洞天，乃神仙都會之區。』隴九疊以弘敷，景一朝而累易。彭山縣北九隴山有伏隴、秋隴等九隴，又丹景山，宋韓絳《記》：『風氣流爽，一日之間備四時焉。』葛璝音歸。去以餘名，陶朱仙而留迹。彭山北葛璝山，葛永璝得道此，又漓沅山，李膺《記》：『范蠡學道昇仙於此』。大隋甲于西，中隋特其白。彭山北大隋山，宋張商英《記》：『西山之勝在彭門者，大隋為甲』。大隋後有中隋山，峰巒特秀，積雪至夏，下視白鹿諸山直培塿耳。三面回，九頂迫。崇寧北三面山有龍湫，徑不及四寸，而水不絕。安縣北九頂山有九頂。嘅龍安于鐵砧，悲馬金與雞碧。安縣北龍安山有林泉之勝，隋開皇間蜀王秀立亭館于此處避暑。崇寧西鐵砧山，武侯鑄鐵砧此，造軍器。北金馬山，王褒祀金馬碧雞此，上有祠。何麇鹿以成市，笑猳玃音加獲。而色懌。崇慶西蓥頭山，上有平地，諸山之鹿每日一聚其中，號鹿市。西南多溪山，《博物志》：『山有物似獮猴，長七尺，能人行健步，名猳玃，一名馮化，伺行道婦人，美者盜之。稠粳、平蓋其□□，□鳴、平岡其道客。新津南稠粳山有草，名稠粳，服之可以長生，仙人時採取。北平蓋山，崔孝通得道此。崇慶有鶴鳴山，張道陵嘗居此。新津南平岡山，李真人羽化此。大蓬小蓬，蓬島是藉。什邡大蓬山，綿竹小蓬山，皆類蓬島。龍角龍居，龍光是奕。綿竹龍角山，如龍角。什邡龍居山，有龍住。什邡侈雍齒之榮，鄧通擅銅官之澤。什邡南有雍齒山，雍齒封侯于此。漢州東銅官山，鄧通鑄處。庚除顯樓臺之幻，武都化王妃之魄。綿竹東庚除山有石洞，宋初齋雲子者入洞中，見樓臺金碧，守門者呵止之，曰：『子凡骨，可急去，不然禍及。』其人回後再尋，遂迷故道。西有武都山，即蜀王妃所生之地。龜決勝于牙旗，猿樹門而如戟。德陽北龜勝山，高崇文駐兵此，有龜見于牙旗，是日大勝，命投于澗，明日復至，人謂蜀降之兆，蓋蜀有龜城云。綿州東猿門山，上多猿，一峰豎立如戟門。水⿰山旱音浫。可溢而可乾，章洞風旋而火赫。綿州北聖水山有龍湫，禱雨輒應；又⿰山旱山有九龍洞，歲多水，禳之輒應；什邡西章山有風洞、火洞，出風出火。春氣迎于浮中，磬聲聞于磬石。德陽北浮中山，《益州記》：『每芳春遊人登此，謂之迎春。』彰明西石磬山，山有虛巘如磬，擊之聲聞數里。獸目啓而茗清，牡丹開而麓赤。彰明北獸目山產獸目茶，頗佳。西北大華山有三洞，《群仙録》：『黃奉先移家入此山，山有牡丹，花開時如錦，遍山皆紅。』大霍洞奥于龍潛，大匡頭皤于仙謫。羅江大霍山有龍洞，彰明大匡山，杜甫寄李白『匡山讀書處，頭白好歸來』。靈臺毓天師之神，寶圖化金丹之液。彰明北靈臺山，張道陵昇仙所。又寶圖山，李白送寶主簿詩『願隨子明去，煉火燒金丹』，子明名圖，隱居此。誠富樂之可賞，宜快飲于疇昔。綿州東富樂山，昭烈入蜀，劉璋延之至此山，望見蜀全盛，飲酒樂甚，因名。若乃都沱大皂之濆淪，三郫九曲之洄漂。府城西都江水宜造粉，又名粉江。新繁西北有沱江，源出岷江，《禹貢》：『岷山導江，東别為沱』，即此。一在灌縣南。温江西南大皂江，泉出岷山。金堂前有三江，大江、中江、北江，謂三江。郫縣有郫江，源出岷江。西又有九曲江，源出灌縣。中資湔沫之疊糾，石沙馬鄢之遠繚。內江西有中江，源出汶山。資縣東有資江，水深百丈，群川總會之所。灌縣有湔江，源出玉壘山。灌縣西南有沫江，發自雪山，為岷江之源，江中石高數丈者，名大坎，次者名小坎，流入崇慶，會白馬文井江而入嘉、眉。又有石定江，源出丈人山。又白沙江，出茂州山。崇慶東北白馬江自晉源，廢縣西北鄢江，自舊青城縣。光以珠熚，味以酒超。資縣南珠江，昔光現，人以為珠，因名。崇慶北味江，昔蜀王征番，有野人獻壺酒，王投之江，使三軍飲之，皆醉，因名。羅以紋合，鴈以金嘹。羅江東北有羅江，一水自綿州來，一水自江安來，兩水相蹙如羅紋，故名。漢州北鴈江，水嘗出金鴈，故名。清白見志之濯濯，廉讓著節于昭昭。新繁北清白江，趙抃過，曰：『吾志如此江清白，雖萬類混其中，不少濁也。』彰明北廉水，平地泉出，西有讓水，宋明帝因言貪泉問梓潼人范柏年曰：『卿鄉土有此泉否？』對曰：『梁、益間惟有廉水與讓水，不聞有貪泉。』帝即拜梁州刺史。衣浣而百花散，穴啓而柳葉飄。華陽治西浣花溪，一名百花潭。按：吴中復《冀國夫人任氏記》：『夫人微時見一僧墜污渠，為濯其衣，百花滿潭，因名。』金堂柳溪常有柳葉從穴中出。箭三發而河湧，拳一擊而泉搖。綿竹南射水河，隋蜀王秀射三箭于三溪，水泉湧出成河。府治西北拳扠井，五丁嘗于此為角觝戲，渴甚，以拳擊地，泉水湧出。飲毘音皮。羅于摩阿，通王氣于甃淘。府城東躍龍池，蜀王秀開後，有胡僧見曰：『摩阿為毘羅。』華言摩阿為大宫，毘羅為龍，蓋謂此池廣大有龍也。金堂東龍飲池，古有龍飲此池，水爲之涸。忽一日，雷雨大作，龍自池中騰出。華陽西南諸葛井，武侯欲通井絡王氣，故鑿。肇七星八角之勝，厭九宫三台之妖。漢州北七星井，嚴君平所鑿。灌縣西八角井，麗眞人浴丹此。新繁南九井河，李冰所鑿，象九宫，以厭水怪，府治有三台井，隋文帝夢三台星隕于西南化為井，遣人潛訪。獲有道士馮善英者，脩池忽得三井，每汲一井，則二井皆動。聖神靈，孝之應，妙萬歲千秋之利饒。仁壽南聖泉，患瘡痍者飲之愈，投銀即成黃色。安縣南神泉，湧出平地，冬温夏涼，飲可愈疾，其氣如附子。新津東靈泉，二井相連，水各異味。德陽西孝泉，漢姜詩孝感躍鯉，即此泉。府北萬歲池，張儀築城取土因成，廣數十里，溉三鄉田。華陽東千秋池，亦張儀鑿。章亥疑弗步，杳窱音跳，深也。安所蹻。章，太章，亥，竪亥。二人善行，禹使太章步東西極，竪亥步南北極。蹻音喬，舉足高行。于是卟稽同。其都鄙之殷，城府之實，土美風華，《華陽國志》：『土地沃美。』《益州記》：『尚侈好文。』三吴甲乙。唐盧永《成都記序》：『大凡今之推名鎮為天下第一者，曰揚、益，較其要妙，揚不足以侔其半。』野則原隰翼翼，澮洫沄沄。轉流也。堤塍音乘，稻畦埒也。繩曲，畛畷畛音珍，十夫之道。畷音綴，兩陌間道。錯紜，窊音污，下也。隆菑音甾，田不耕貌。畒，膏衍腴墳，引都堰以周灌，疏二渠其繽紛。李冰築都江堰于岷江中，決二渠水進灌，今成都田畝皆賴此水。蔥犗音芥，柔牛也。黛耜，載耔以耘，冬稌夏穱，稌音土，稻也。穱音卓，麥也。穜稑先重後熟曰穜，音童。後種先熟曰稑，音陸。攸分，揚條布穗，垂穎鋪菜，柘苧如墉，稷黍如雲，雨潤土濡，日煦風薰，爰銍音直，刈也。爰肆，饁音害。勞餉勤，爰登于場，婦子以欣，孰薦爾祖，有飶音必，食香。其醞，穀嘉酒旨，父母融融。蠶叢氏有詩四章，一章曰：川崖惟平，我稼我黍，旨酒嘉穀，可以養父，埜維阜丘，黍稷多有，嘉穀旨酒，可以養母。二章曰：維月孟春，獺登彼崖，永言孝思，享祀孔嘉，彼黍既潔，彼稷維澤，蒸命良辰，祖考來格。輸征貢賦，用佐國軍。有魚有稻，凶不失群。《漢志》：『民食魚稻，凶年無憂。』茨椽枳籬，三五為鄰，夕編乎葦。音必。以荆為户。旦葺于宸，宸，屋宇也。揉桑筐繭，繅絲理純。地多養蠶。組以虒鷹，虒音斯，有角虎，鷹、豸同。茜音壍，草可染緋。以腥腥，《隋志》：綾錦之妙，等上國地產態。緝蔴綰音篡，績也。絜，牏縷密紉。牏、麁同。粟朽布餘，盈箱羨囷。《史記》：『張騫使大夏，見蜀布。』雖乏國富，亦鮮罄貧。無敵國之富，亦無懸磬之貧。衣冠貌古，盆勺意醇。《仁壽志》：『有古淳質風。』比宇相友，耋稺相親。耋音垤，老也。駕牛鞍馬，招婭訪姻。其地或有乘牛者，男、婦皆騎馬往來。蠶國有歌，匪風維豳。《蠶叢詩》見上。維哲維乂，摎丘索典。匪林獵不裁，匪法玄不剪。相如著

《上林賦》，揚雄著《羽獵賦》，著《太玄》《法言》，蜀士皆則之。童誦師絃，龍譚天辯。握槧飛觚，蚪文蝸篆。圭竇繩樞，性繕理闡。破藩釋蹄，抉微批顯。摛藻掞葩，雲舒霞卷。乘明遘昌，龍驤虎變。維健維豪，肘韃音堅，以藏矢也。腰鞘，音肖，刀室。習朐䏰之捷，步濮賨之票。票，勁疾貌。秦昭王時，白虎為患，募得巴夷朐䏰廖中藥何謝作白竹弩，射之，死，遂號武夷。其族又有濮賨，賨尤武勇，夾渝水以居，為漢高祖前鋒陷陣，善舞，高祖令樂府習之。《升庵集》引《通典》，音朐如順切，䏰如尹切，讀如閏蠢。漢有朐䏰縣，今雲安萬户驛下是其地。朐䏰，蟲名，夔州多此蟲，故名。秋獮春蒐，淵聚林哨。擱音開。罿音童，鳥網。設罻，音尉，小網。䳌瞵音鄰，視貌。鶚眺。張罝音差，兔網也。結罷音鹿，獸網也，麖音京，大鹿。趰趰，音厥，跳起。兔趒。直髮狂趭，音樵，走貌。墮冠疾嘂，音叫，大呼。驅狡盧，鞭烈驃，逐兩肩，獸三歲曰肩。發隼鷂，蹂蒙茸，逴蓼藋，放弋絲，下餌釣。鱣逐音亥，走也。鮲造，音結，跳也。鵲嘶鶬吗。昳音跌，晚也。未朏，音屈，月出。燔茅燎，野火炎。巘谷燿，盈輜滿載。欸賔獻廟，咆哮獮猭，音連串，獸走也。族嘻攢嘯，驍悍自恣，快爾年少。市則郛郭四匝，巍雉接陴，開以九市，經以十逵，連闤帶闠，甍宇傑池，傑音差，參差也。夷街曲隧，横驅直馳，旗亭迢揭，壓閈委蛇，肆門邸户，充牣滿也。櫛棊。惟卓氏是術，惟程翁是儀。卓王孫、程鄭皆蜀豪富人。褭蹏音梟毫，黄金也。赤仄，紺錢也。厚挾高貲。翔貴徵賤，競巧鬬時。一月惟望，蠶市之遺。《统志》：『成都，古蠶叢國，民重蠶事，故國中二月望日，鬻花木、蠶種，號曰蠶市，今猶然。』月有十二，市各有期。《成都記》：『正月燈市，二月花市，三月蠶市，四月錦市，五月扇市，六月香市，七月七寶市，八月桂市，九月藥市，十月酒市，十一月梅市，十二月桃符市。』方物畢陳，土琏寶同。咸披，爾乃飞飛走鱗介之品，食飲服御之宜，木果花竹之屬，藥草瑰音圭。珍之奇，葴葴音闈，備也。異域所不葴，资中土所必资。果则榹桃槈栗，蒲桃餘甘，榹音思，山桃也。槈音臻，餘甘狀如川練子，初食味苦澁，少頃回味甚甘，馬湖產。橘柚松棗，紫梨黃柑。橘、大柚、小松子東川產，紫梨廣安產，有数種，入口即化者是，升庵云：『紫梨花以秋，花色紅。』元王秋澗有《秋日詠紅梨花詞》。黃柑，南充產。君遷如妳，给客有泔。司馬温公《名苑》云：『君遷子如馬妳。』即牛妳柹。蜀有给客橙，冬夏華實相繼。荔枝紅顆，艷妃所耽；蜀中荔枝，叙瀘爲上，涪次，合州又次。唐楊貴妃喜食，時涪州城西有妃子園，以馬馳載，七日夜至京，人馬多斃，杜甫《荔枝詩》：『京中舊見君顏色，紅顆酸甜只自知。』王廖緑容，如何則貪。叙州有緑荔枝，惟王、廖二姓產，黃庭堅詩『王公權家荔枝緑，廖致平家緑荔枝』。不花而實，玄說優曇。升庵云：『廣東有優曇鉢，似枇杷，無花而實，即蜀中無花果也。』木則羅紋羅漢，俱青川出。榮漆買子，《爾雅》注：『榮即梧桐。』渠縣有買子木。黃閣香櫞，樟思櫹杞。黃閣樹葉大不凋，枝根盤曲，夔路植道傍蔽日。內江有香櫞，音緣，似橘。平茶有樟木，永寧有思木，櫹音肖。

馬尾羊尾，松名。交讓連理。交讓，木名，兩樹對生，一樹枯則一樹生，如是歲更，終不俱生俱枯也，出岷山，連理木異本合枝。茂榿吟風，赤杉比雉。榿音欹，古稱蜀木，成都為盛。杜詩：『榿林礙日吟，風葉又聞知。』榿木三年大。杉木，馬播、建昌俱產，老者有野雞文，色赤。惟珍則楠，鐵頭拐乖上聲。子，香杉鬭柏，棟梁是倚。楠木，瀘州、馬湖、永播俱產，真楠有四：香楠，茶褐色，細膩極香；杉楠，微黃，條直無節，二者棟梁之選。鬭柏楠，褐色，如滿架葡萄千，百中僅一二；鐵頭楠，一名拐子，色黃黑，極堅，沉水難達于朝。花則酴醾峼景，成都產。蕭墻石泉產。剪羅，江油有碎剪羅花。四色木蓮，五色娑羅，艷膩爛映，錦綴高柯。木蓮花有四色，邛州白鶴山產，忠州亦產，白居易《木蓮詩·自序》：『巴民呼為黃心樹，高四五丈，終冬不彫，身如青楊，葉如桂花，如蓮，香色艷膩，超然獨芳。四月初花開，逮謝僅二十日。』娑羅花，雅州瓦屋山產，花有五色，照映山谷，移他處則枯。鳳尾竹石，葉上素和。敘州石門山多蘭，有鳳尾蘭、竹蘭、石蘭、素蘭、春蘭、秋蘭，春蘭花生葉下，素蘭花生葉上。有繁山礬，皎如玉磋。邛州山礬花，花繁如雪，香氣極濃。牡丹千丈，洛陽並嘉。灌縣長平山上三十里有牡丹坪，高樹蔽天，先花後葉，狀若芙蓉，香類牡丹。范成大詩『千丈牡丹如錦蓋』，見《方輿勝覽》，彭縣牡丹花多而佳，有小洛陽之稱。紫英的的，長樂名姱。張盧有《蜀長樂花賦》，蜀太守蘇頲亦賦。海棠沁馥，伊蘭侑佗。海棠花無香，重慶、嘉定者有香，升庵云：『江陽有伊蘭花，名賽蘭香，小如金粟，戴髻香聞十步，經月不散，西域以之供佛，《漢書》所謂伊蒲之供也。』蒲即菖蒲花，不常有，西域伊字最尊，如中國稱天子，稱蘭為伊，香無比也。鬘嬌鬘華，揚麗婀娜。末利花名鬘華，見佛經，錦帶花名鬘嬌，見《成都古今記》。鬘音曼。聞曲則舞，美人其傞，傞，醉舞貌。雅州有虞美人草，升庵引貫氏《談錄》云：『褒斜谷有虞美人草，狀如雞冠，花葉相對。』《益州草木記》云：『雅州出唱虞美人曲，應拍而舞。』竹則有欆有桃，成都產欆竹，葉似欆，有刺，中實。潼川產桃竹，江心蟠石上生，可為杖。《竹譜》云：『竹性皆空，此竹獨實如木。』杜詩：『江心蟠石生桃竹，斬根削皮如紫玉。』鳳尾龍頭，成都有鳳尾竹，如鳳尾。保慶有龍頭竹，嘉定榮利山有竹，如龍形，俗謂羅漢杖。方體實心，重慶有方竹，外方；又有實竹，內實。月茂慈脩，嘉定有月竹，每月生笋，各府有慈竹。斑有花斑，眉州有斑竹，成都、播州有花斑竹。刺節木樛，高木下曲曰樛，成都、烏撒有刺竹，環節皆刺，保寧有木竹，節踈心實。青黃紫白，厥苦殊抽。苦竹有青苦、黃苦、白苦、紫苦。筀稱防露，戕利如矛。升庵云：『蜀中產筀竹，筀，古惠切，又名防露，言其上密防露，傷人則死，見《竹譜》。』石介詩：『零露偏留筀竹叢。』嬋娟籠烟，相思澹幽。涪州有相思崖，昔有童子，卝女相悅，交贈今竹，有桃釵之形，筍亦有柔麗之異，曰相思竹。孟郊詩『竹嬋娟籠曉烟』，指此也，見《升庵集》。冠者惟笻，大多輕柔，笻竹，邛、敘、黎、烏蒙俱產，蜀竹多輕而軟，作扇骨，似藤。藥則國老甘草。天南天南星，昔邪甘松，松州以此得名。昌陽石菖蒲，雅州產，鼠姑牡丹皮，成都產。會及五味子，邑梅產，即子烏頭，成都產。陵郎苦參，龍安產，連及白芨，眉州產。示姑半夏，成都產。陳知何首烏，成都產。黃良大黃，龍安產。周麻升麻，黎州產。雀羅雀羅麻，天全產。天花天花粉，重慶產。餘糧禹餘糧即麥門冬。顛勒天門冬，順慶產。思仙杜仲，龍州產。百倍牛膝，龍州。膠香白膠香即楓香。乹歸當歸，松潘產。房圖桔梗。百蜚防風。天雄天雄、烏頭、附子同類，有大小分，並以綿州、龍州出者佳。王連黃連，建始產。厚皮厚朴，龍安產。黃斤葛根，龍安。救窮黃精，龍安。常山潼川產。仙茅叙州產，牵牛龍安產。木通眉州產，鬱金眉州。金星金星草，叙州產。巴菽巴豆，眉州產。槿芎川槿，川芎。紫背龍牙叙州產，太乙玄精雲阳產，金毛狗脊夹江產，王不留行夹江產，骨碎補叙州產，巴戟天保寧產，補骨脂重慶產，威靈仙重慶產，郭使君子名以兒播，使君子，因潘州郭使君療小兒多獨用此物，醫家因以號之，眉州、龍安產。護羌使者不風而顛，羌活名護羌使者即獨活，又名胡王使者，又名獨搖草，得風不動，無風自動，松潘龍安產。凝水能飽，凝水石即寒水石，久服不饑，眉州產。硝石永年，即朴硝，入地千年不變色，松潘產。隔河成金，海芋，方士家號為隔河仙，可變金，成都產。文章欲亾，五加皮，名文章草，譙周《巴蜀異物志》有文章草贊云：『以金買草，不言其貴。』即此，又名白刺顛，又名金鹽，王常曰：『何以得长久？何不食石，蓄金鹽母。』又孟綽子曰：『寧得一把五加，不用金玉滿車。』叙州產。亾，輊舉也。岐黃有未品，倉扁有未研。飛則錦鷄天全產。馬鷄疊溪產，白雉永昌產。呴鷓呴音吁，雉聲，鷕音夭，雌雉鳴。孔翠永昌產。子雟蜀產。白鷴邑梅產。言烏鸚鵡，烏蒙產。念成舍利，佛性自曉，唐葦皋《鸚鵡舍利塔記》：『河東裴氏得鸚鵡，告以六齋之禁，比及辰後，非時之食，終夕不視，或教以持佛名號者，曰當由有念以至無念，則仰首奮翼，若承若聽，後或俾之，念佛則嘿而不荅，或謂之不念，即唱言阿彌佗，後悴爾不懌，養者知將終，告曰：「將西歸乎？为爾擊磬，爾其存念。」每一擊磬，一稱彌佗佛，十盂擊磬而十念成，奄然而絶。按釋典：十念成，往生西方。又云得佛惠者没，有舍利。遂命火以闍維之法焚之，果有舍利十餘粒，烔爾耀目，高僧慧觀請舍利于靈山建塔。』漢不入蠻，語亮心悄，欲歎音曷噴哉，秦吉了。《聞見録》：『長寧軍有鳥名秦吉了，能人言，一日有蠻人將錢五千買之，其人告以貧苦，將賣爾，秦吉了曰：「我漢禽，不願入蠻地。」遂驚死。走則羚羊保寧產。香麝各府產。犀播州產。象猱播州產。猴，狶猪石耶產。香猪，犂音犁，黑色。牛犏牛俱疊溪產。熊播州產。羆猛氏似熊而小，毛淺而光澤，蜀產。獐天全產。豹騏騮永寧、疊溪出異馬。名猫簡州產。玄獺眉州產。竹貍竹鼦雅州產。吮鐵氣充，噬毒聲呦蜀中有貊獸，毛黑白臆，似熊而小，以舌舐鐵，須臾便數千斤；神鹿，兩頭，主食毒草，名食毒鹿。雪吠日吠，叫寮深遠也。之獳獳音儒，怒犬。蜀深山中有少見雪、日處，犬偶見而吠。怪有貙音傴。氓，人質虎彪。貙氓謂貙人，《博物志》曰：『江漢有貙人，能化為虎。』鱗介則鰉瀘州產。鮎鰽鯛，鮪鰫丙穴雅州有丙穴，產魚，味鹹而美。佳斯魚舅嘉定有魚舅魚。味極佳，他處無。鯑如兒咽雅州有鯑魚，狀似鯢，有四足，大首长尾，聲如嬰兒，緣木弗墜，鯑音帝。黑頭嘉定有黑頭魚，形如鱓，長者及尺，惟郭璞巖前有之。鐵頭建昌產鐵頭魚，頭如鐵。嘉則稱拙成都有嘉魚，鱗似鱒，蜀中謂之拙魚，嘉定亦有，每歲三月隨水而下，至七月逆水而上。白蟹眉州產。文黿播州產，大黿重慶涪州產。命鼈張衡《應問》曰：『鼉鳴而鼈應。』命，呼也。應鼓龍靈巴東有澤，中有龍，不可鳴鼓，鳴鼓即雨。穿山蟲烈青川產穿山甲。食飲則天師之粟，桄榔之麵，灌縣青城山產天師粟，似粟而美，獨房者為異，久食可治風攣病；桄榔，樹名，木中有屑如麪，可食，出興古，音光郎。青稞野舂，羌夷皆食稞，代粟。香稻芳薦，自註：成都產香稻，其氣芬芳，余每餐，甚佳。郫音皮。筒鵞兒，良醞斯宴；醾花釀深，成都郫人刳大竹，傾春釀于中，號郫筒酒，相傳山濤治郫，用筠管釀酴醾作酒，兼旬方開，香聞百步。漢州有鵞兒酒，杜詩：『鵞兒黃似酒，對酒愛新鵞。』引藤攸醺，忠州出引藤，大如指，中空可吸，俗用取酒，又名鉤藤酒，杜詩：『黃牛飯不羶，蘆酒以蘆為。』筒吸而飲之。蒙峨獸烏，春茗團片，雅州有蒙頂茶，《圖經》云：『此茶受陽氣全，故芳香。』嘉定峨眉山產茶，味初苦而終甘，彰明獸目山出獸目茶，天全有烏茶。黑白井鹽，囊升筒轉。鹽井深至六七十丈，淺三四十丈，大者以革囊汲取，小者以竹筒，設機抽水，謂之卓筒，各府多有之，建昌有黑鹽井、白鹽井。井油井火，積陽所煉。自註：臨邛、嘉定、犍為有火井，其泉皆油，燙之然，人取為燈燭，余曾見之，升庵云：『正德中，方出古人，《博物》未及此也。』積陽之氣所產，非怪異。

菜有蓴緑綿竹武都山上有武侯池，出白蓴菜，甚美。蒙蔡山有緑菜，出江曲間，黄庭堅有《緑菜贊》。筍有苦紫，叙州産苦筍，黄庭堅賦云：『僰道苦筍，冠冕兩川。』眉州有紫笋。辛香匹桂，百尺艾子，《本草》：『食茱萸，蜀呼為艾子。』有長及百尺者，宋景文公贊：『味辛香苾，椒桂之匹。』蔗霜白蠶，古蜜字，潼川産蔗霜，龍安多白蜜。酥油疊溪産，夷人調酒而飲。丹椒各府俱産，茂州獨最佳，其殼一開一合者為妙。紬條龍安有紬條椒。之孅美同，獨本之蒽，將蒟音舉。醬而侈，馬湖府有獨本蒽，元初馬湖蠻歲以來獻，郡縣疲于遞送，後罷之，叙州興文各縣産蒟醬，《史記》所載即此，稽含《南方草木狀》云：『蒟醬，蓽茇也，大而紫曰蓽茇，小而青曰蒟醬，可以調食，故曰醬。』服御則綿係草綿，即綿花，非木綿，木綿乃斑枝花，樹大盈把，出交、廣，見《升庵集》。葛攢絲，俱成都産。氈衫東川産。絖裙，叙州出，諸夷織絲為之，其色似茜，而雜以青白，文彩斑斕，長六尺，縫兩端以為裙，束于腰，故名絖裙。氊𣰆氊、𣰆二者俱天全産。毛毯音坦，松潘産。氆氌音繒盧，黎、雅産。繒纁絲紵類，麂皮石砫、青川産。斑布，酉陽、平茶産。橦花綃紋，永昌有橦花布，橦樹花柔，毳可績為布。纖麗惟錦，霞綵氤氳，蜀錦用錦江水濯，故鮮明，蜀府造，佳者四五十金一端。花竹凉簟，蘇薰煖蓆，俱重慶産。楮帋江油産。粉箋，薛濤蓉滑，蠻箋品十，霞箋韻百，松花金沙，學士名頤，蜀妓，居浣花溪上，以溪水作帋，用芙蓉粉養之，故古稱蜀箋，又曰薛濤箋，宋韓浦詩：『十樣蠻箋出益州，寄來新自浣溪頭。』《成都古今記》載其目曰深紅、杏紅等樣，又有松花、金沙、流沙之別，又《蜀志》載王衍以霞光牋五百幅賜金堂令張蠙，又有百韻箋、學士箋，見《升庵集》。光涵寶硯，牛溪之磧，灌縣有牛溪石，堅細，作硯佳。白玉花蘂，玩且疑璧。汶川産白玉石，似玉，土人取以作器，又産花蘂石。陽射彩流，放光神石，峨山有放光石，如水晶，置日隙，吐五色光如雲氣。松屏鋪繪，遒然天畫，涪州有松屏，出石山間，不加人力，天然成文。奇有笻節，靈壽並策，黎州有笻竹杖，其奇在節；涪州有靈壽木杖。策多桃枝，桃笙則澤。墊江出桃枝杖，保寧出桃笙，《方言》謂『簟』為『笙』，乃桃竹作簟也。酒注竹根，杯剖桃核，保寧有竹根酒注，夷國有大桃核，可剖為杯，不常有。紈箑輕盈，金輝玉奕，古稱蜀扇成都出，擣金為面，雕玉為絞，妙在于輕，佳者一二金一握。銅鼓雷轟，諸葛是赫，瀘、叙諸蠻有銅鼓，曰諸葛鼓，鑄皆奇文，雕螭刻鷺，間綴蝦蟇，數皆四，有剥蝕，又聲響者為上，上鼓易牛千頭，次者七八百頭，藏至二三面者，即得雄視一方，僭稱王號，每出刼，擊鼓高山，諸蠻即集，刼數勝，益以鼓為靈，昔諸葛製以鎮蠻，若曰鼓去則蠻運終，考《蜀藝文志》楊慎所編，內稱淳于鼓，古禮器也，廣漢什邡人段祖以獻益州刺史蕭鑑，高一尺六寸六分、圍三尺四寸，圓如桶，銅色如漆，令去地尺餘，以手振之，聲如雷，清響良久，乃絶，古所以節樂，今以諸葛鼓證之，疑即淳于鼓。又有銅鬵，大王寶藉，銅鬵如鍋，亦有鐵者，乃鼎類，《詩》『溉之釜鬵』是也，《音樂旨歸》云：『鬵，大上小下，若甑鐺，無足，和羹用之。』或曰鬴也，亦無足，乃其實，足以函牛，兩耳峙如山形，蠻尤以為至寶，不多見，其重又不啻，銅鼓同上，並見曾省吾《平都蠻疏》。行窩雅爵，神物莫格。平谷縣耕民得一釜，不火能炊，下有『諸葛行窩』字，後碎之，複層中有『水火』字。劉表子弟以酒器名，三爵，上曰伯雅，中曰仲雅，下曰季雅。宋時閬州有三雅池，古有脩此池，得此三爵，故名。見《升庵集》。瑰珍則礦鐵穴銅，鑠音歷。銀麩音夫，麥皮。金，寧番衛銅山產銅，鹽井衛鐵石山產鐵，會川密勒山產銀，礦寧番產白銅、麩、金，重、保、嘉、眉、雅俱產銀，銅、鐵各府多有，金在沙如糠，曰麩金。黑鉛白錫，石砫產鉛，龍安產錫。草節嘉定產草節，《鉛丹房鏡源》云：『草節鉛打之即碎。』引鍼，磁石，能引針，成都出。二碌四青，會川衛咼砧山產石青，有四色，土甘山產石碌，有二色。曾青空青，俱潼川產。琥珀瑕音段。英，瑕英，玉屬，《尸子》曰：『龍淵生玉英。』淵含石韞，不可殫名。于中則巨族名家，高門華閥，飛閣層樓，崇觀丹闕，東第鱗眴，甲舍嶢屼，音堯兀，峻貌。畫棟雕楹，鏤雲藻岊，音節，山貌。浮柱嵬峨，重欒岌嶫，音乙業，高貌。食鼎坐茵，鐘鳴鼓伐，珠箔綉幃，綺幬瑤榻，通函接局，戴延之《西征記》：『有函道，道如封函也。』《荀子》：『有局室，室如碁局也。』目眩心惚，若乃王居之壯，帝胄之尊，彤庭瓊廈，碧瓦丹垣，承運啓殿，金水環闉，禮仁智義，弘擴四門。今蜀府殿曰承運，各藩無金水橋，獨蜀府有之，設四門，南曰端禮，北曰廣智，東曰體仁，西曰遵義。鋪金鑰玉，戺琇礎璠，餙以瑠璧，鑲以銀鋃，繢以蛟螭，文以鸞鵷，檐獸斜逐，桷禽高騫。音掀，飛也。離宮別館，星星鱗鱗，沼瞰南苑，榭晞北園，迎風繡檻，嘯月華軒，林葉菁蔥，花鳥翩翻，舞歌喤呷，音皇瞎。簫管譁諠，瓌瑋雄麗，是稱首藩。

蜀秀才，皇大也。之宜崇且蕃，高皇帝第十子生十年而封成都王，王讀書好儒，能文章。高皇每呼為蜀秀才，命景川侯曹震爲之經營，勑曰：『蜀，羌戎之所瞻仰，非壯麗無以示威。』故蜀府規模之勝甲諸藩。至其蒞庭，官署璜音黄。宫芹學，《白虎通》：『諸侯之學曰頖宫，半者象璜也。』今宜作璜宫，作黌者非，見《升庵集》。啓禮殿石室以重輝，披聖圖賢象而再爍，漢文翁立學作石室，尋燬。獻帝興平太守高朕更新，又增一石室，始作禮殿，祀先聖周公，畫三皇五帝、七十二子及三代兩漢君臣像于壁。後好事者益以魏晉，宋嘉祐中王素命寫爲七卷，一百五十人，爲《成都禮殿聖賢圖》。臨以神明，廸以先覺，秩秩紀常，莘莘禮樂。水鑑冰簾，青氈絳幄。詠詩說書，古商今榷，贊宣流化，揚激清濁，簴鉉鐘磬，階静敲朴，挽澆追淳，斵雕還樸，訟簡刑清，歌雍舞箾，風尚質文。《華陽國志》：『益州俗文多于質，人士俊乂。』政稱茂卓，士俊吏良，濡涵露渥，又其梵宇琳宫之靡，蘂珠道家宫名。丹玉丹臺，玉室也。之盛，金碧焜煌，琉璃掩映，大慈昭覺，法除垢淨，玉局青羊，教彰清静，座著老君，牙傳佛聖。自註：府城東大慈寺，唐至德年建，玄宗書『大聖慈寺』四字尚存，府城北有昭覺寺。大慈寺有佛牙一夥，重八斤，廣八寸，厚三寸，金色。昭覺寺亦一夥，重四斤，廣、厚减半。洪武間頒鎮兩寺。今西夷進香，每穿新衣來，用硃印去供奉，余亦曾印數十帋回。府城北有玉局觀，漢永壽初，老聃與張道陵至此，有局脚、玉牀自地而出，聃升座與道陵說《南北斗經》，既去，而座隱地中，故名玉局。降獅伏象，超悟心性，水火風雷，救厄度命，三煉還空，五戒持行，開緣疏業，祈麻衍慶，婆姨婆塞，頂禮陳敬，羽衣羽客，趺坐嘿證，洞府禪叢，千兼萬併，又其奇蹟勝槩，古址遺墟，流眺無窮，可景可嘘，則有參、萊、友、東之閣，綿州北天池山巔有捫參閣，城郭山川皆承目睫；仁壽東艷陽洞前有蓬萊閣，龎真人煉丹所；崇慶西湖上有尚友閣，宋紹興間計敏夫領郡事，以高適嘗為此州守，與杜甫酬唱處，故建；又有東閣，即杜甫東閣觀梅動詩興處。錦、雪、籌、福之樓，龜城外有錦樓，唐時建，平視衆山，前瞰大江，西眺雪嶺，東望長松；府東有錦官樓，宋呂大防建；又有雪錦樓，取杜甫『雪嶺界天白，錦城薰日黄』之句，成都之景一覽在目；府西有籌邊樓，唐李德裕建，圖蠻夷險要與習邊事者，籌畫于此；府城內有五福樓，唐韋皋建。卿雲、謫仙之宅，府西南有長卿宅，即相如滌器處，又有子雲宅，內有草玄堂；彰明南有李白故宅，碑刻猶存。君平、子淵之丘。府西南有嚴君平宅，又漢州有君平臺，資陽縣有王褒宅，內有八卦井。草堂之雅，自註：府西南浣花溪有草堂，即杜甫宅，余曾訪之。花亭之幽，百花潭上有百花亭。墨池注草，自註：墨池即在草玄堂前，雄洗硯之池，米芾書扁，今猶存，家大夫為重葺之。琴臺鳴秋，相如宅有琴臺，杜詩：『酒肆人間世，琴臺日暮雲。』卜肆塵埋，府城內卜肆即嚴君平賣卜處。酒壚香浮，酒壚即在相如宅，文君當壚處。老人、漁父，村里悠悠，灌縣西有老人村，綿州東有漁父村，皆古蹟。文君花蘂，吟邊各愁，文君有《白頭吟》，灌縣有花蘂夫人宅，宋陳後山《詩話》：『夫人姓費，青城人，五代時以才色入蜀宮，後主嬖之，效王建作宮詞百首。國亡入宋，備後宮，太祖召，使陳詩，即誦云：「君王城上豎降旗，妾處深宮那得知，四十萬人齊解甲，並無一箇是男兒。」』石鏡石筍，長沒松楸，武都山王妃冢上有石，厚五寸，徑五丈，瑩潔，號曰石鏡，用表其門，杜詩：『蜀王將此鏡，送死至空山，冥寞憐香骨，提攜近玉顏。』府西門外有石筍，《寰宇記》：『蜀五丁，每一王死，輒為立大石，長三丈，重千斤，以為墓誌。』杜甫有《石筍行》。石門石闕，鳥咏蟲啾，安縣有石門，兩旁皆石，路由中出，如門。東漢循吏王稚子卒，葬于新都道旁，有石闕，劉經撰記，以擬甘棠。石婦石姥，寒雲不收，府城西有石婦，昔有婦節孝，後人刻石像之，白居易有詩。仁壽跨鼇山上有石姥，歲旱，人轉徙之，天輒雨，宋文同有賦。石犀石人，人鬼共謀，秦李冰作五石犀，沉江以壓水怪，三石人以鎮江流，在府南。適則銅羊，恨則石牛，自註：青羊宮有銅青羊，《志》老子之遺，甚古，不知何代。石牛寺有石牛，即秦所遺者，在府城東，余甞親見之。卦錢通顯，府治嚴真觀內有通仙井，與廣漢綿竹君平井通，昔有淘井，得銅錢三，徑可二寸，恍惚不安，復投井，立愈，此君平賣卜錢也。校書波瀏，音劉，清貌。錦江南濱有薛濤井，女校書薛濤以水製箋，水甚潔。妃墮女誓，池上風颼，灌縣東有楊妃池，《太真外傳》：『妃父玄琰為蜀州司户，妃生，誤墮此池。』故名。新津有三女池，宋時宋氏母寡，三女誓不嫁，母死，夜負土以覆冢，晝則俱隱，冢前遂污為池。他若八陣開則驚砂石，此圖在新都縣牟彌鎮，諸葛八陣圖，凡三在夔者，六十有四方陣法也，在牟彌者，一百一十有八當頭陣法也，其在棋盤市者，五十有六十營法也。升庵云：『夔者，凡八行六十四蕝，新都者，地象城門四起，中列土壘，高三尺，耕者刬平，經旬復出。昔有入圖者，則飛砂走石。』五塊動則興雲雨。府城南有五塊石，在街中，累起高一丈餘，傳下有海眼，昔人嘗起其石，風雨暴作。天牙摘星辰之精。府治東有天牙石，類牙，黑色。昔有星墜此而化。支機來銀漢之滸。自註：嚴真觀有支機石，高八九尺，半入地。張華《博物志》有『海翁乘槎到天河，得一支機石，歸以問君平』，即此石也。余嘗往撫弄之。皆神變之偶形，詎象器之可睹。于是芳辰禊候，風靄蘭皐，商賈逸豫，士女翔翱，選勝覓幽，臨深登高。靚靚音淨，飾也。糚糚，粉白黛黑也。垂髾，音稍，髮尾也。揮鞭躍騖，是地婦人多乘馬踏春。纖羅霧縠，柔粱蕩舠，問寺尋觀，隮城滮音素。濠，携壺提榼，芳饌香醪，士曰近柳，女曰依桃。呼盧博塞，解衣換袍，阡陌繹續，嬲音鳥，戲相擾也。而沓遭，日昏不返，一醉惟醄，前于隨喁，謳和詞騷。有遨頭之先鼓，何群國之不遨。成都遊賞之盛，甲于西蜀，俗好娛樂，往太守歲時集士女嬉遊，謂之遨，宋謂太守為遨頭。國饒民斯暇，上寬下不勞，匪斯泄泄，陶其所陶，蓋遡蜀之肇基也，自谷口兌通也。人皇祇車之駕。《蜀紀》言：『人皇乘祇車出谷口。』秦宓曰：『今斜谷也。』蜀山充黃帝子意之宮，爰冊帝嚳之支庶，遂世有侯土而擅雄。《華陽國志》：『昔黃帝為其子昌意取蜀山氏女，生帝嚳，封其支庶于蜀，世為侯伯。』揚雄《蜀本紀》云：『蜀山氏女，茂州人也。』沐西伯之餘化，文王化行江漢。緊從牧誓以羌髳。音蒙，從武王牧誓之師，乃庸蜀。羌髳，微盧彭濮人。弘數十世之累積，俶音出，始也。王大于蠶叢。蠶叢之國，國于瞿上。衣青衣以蒞治，課农桑以導養，届柏灌以臮臮，暨同。魚鳧，則仙飛而莫向。自註：黃帝之裔，歷夏、商、周至襄王，時蠶叢氏始自稱王，治瞿上，衣青衣，勸農桑。次王曰柏灌，曰魚鳧，于湔山忽得仙昇去，今瞿山上有蠶叢城，瞿上即成都雙流縣是。余曾過其地，湔山，今成都北昇仙山是，魚鳧城在温江縣。於杜宇之嗣帝，亦勤農而稱望。何仙術之必承，羌遜位于厥相，忍烝黎之無依，聞啼鵑而興創。杜宇繼魚鳧後，戰國時自稱望帝，好稼穡，教民務農，時巫山壅江，蜀地洪水，命其相鱉靈治之，隨禪之位，升西山隱焉。後民感其惠，于二月方耕時，聞鵑鳴，思宇，因呼為杜鵑云。又云，宇淫其相妻，慙而死，化為杜鵑。維鼈靈之受禪，力灌鑿以南王，曷貨色之是眈，斬開明于曰尚，金牛無蹤，蛇崩有狀，五女既亡，五丁亦喪。鼈靈受禪為叢帝，號開明氏，城于郫，即今郫縣，傳九世至開明尚，移治成都，不脩武備。秦惠王欲伐蜀而道不通，乃作五石牛，以金置其後，言能糞金，欲以遺蜀，并美女五人，蜀王令五丁開道引之，到梓潼見一大蛇入山穴，一人掣其尾，不能得，五丁相大呼，曳之。山遂崩，五女化為石，五丁亦死。秦遂遣張儀、司馬錯從石牛道滅蜀，還秦民萬家實之，民始能秦言。于是秦收其利以疆六國，漢併其富以定三秦。李文子《蜀鑑・序》：『秦得蜀以併諸侯，漢高由蜀以定三秦。』昭烈藉險以定鼎，劉備因益州牧劉璋迎入，遂克蜀，成三分之業。唐玄托隘以整屯。安禄山反，唐明皇幸蜀。宋丁運于末造，亦尾勁而用振。李文子《蜀鑑・序》：『宋南渡，首吴尾蜀，有常山之勢。』若鴟張孫漢公孫述。李晉李雄。之輩，鼠竊王唐王建。孟五代孟知祥。之倫，十二系期，井蛙何瞋。漢赤眉亂，述私令人為漢使，稱己為輔漢將軍兼益州牧，因入成都，乘釁僭號，夢人曰：『公孫系十二期。』因自刻掌文曰『公孫帝』。遂稱成帝。馬援與同里，素善，隗囂使援至，述盛陳儀衛以見，援歸曰：『子陽井底蛙耳。』光武遣吴漢伐之，被刺死，果十二年國亡。空爾決拾，禮恤加惇，李雄善騎射，晉齊萬年反，賑救得眾，求寄食巴蜀，隨自稱鎮北大將軍。恤窮禮賢，蜀人大悦。既稱益州牧，遂取成都，稱成帝，相長生。後桓温伐而取之，凡五傳，四十二年。降體自閉，留後若燐。燐，鬼火也。唐僖宗奔蜀時，王建負璽前驅，後募兵據閬，自稱防禦使，兵勢益盛。殺親吏，恐宰臣韋昭度早歸廟堂，自稱留後，尋取興陽等七州，進爵為蜀王。建性謙恭，唐故族移蜀者，禮而用之。子衍立。郭崇韜奉命伐之，衍降，詔夷其族。頒經置舉，合燼于塵。孟知祥，郭崇韜薦為西川節度使，後與董璋反，復斬璋謝罪，稱藩于唐，命為蜀王，祥自稱帝，子昶立，刻石九經，置貢舉，宋遣王全斌伐之，昶降。饒有重瞳，雖珍匪珍。元明玉珍身長八尺，目有重瞳。至正年，徐壽輝僭據漢陽，授玉珍蜀省右丞。陳友亮弑壽輝，玉珍遂自稱隴蜀王，尋稱帝，國號夏，子昇襲，我高祖命湯和討之，昇降。上下數千年興廢之間，偃卬幾百代沿革之際，流風遺俗之華，人文物采之麗，紛雲蔚以霞烝，燦蟬聯而彙綴，其中則神禹降靈，明德攸遜。大禹姓姒氏，生石紐村，今龍安府。生時其地靈異可畏，百里夷人不敢居牧。萇音長。弘化碧著其英，自註：萇弘，資中人，孔子嘗從問樂。周人殺弘，蜀人藏其血，三年化為碧玉。余曾經其墓側。吉甫北伐揚其勳。周尹吉甫，江陽人，宣王時以太師為大將，北伐玁狁，有功。伯奇履霜堅其順，尹伯奇，吉甫子，後母逐之，編芰荷為衣，楟花為食，清朝履霜，作《履霜操》，後自沉于江。張子西《銘》：勇于從而順令者，伯奇也。蔓子伏劍矢其激。巴蔓子，巴國人，仕巴為將軍。周末國亂，請師于楚，許以三城，楚已救，巴曰：『可持吾頭往謝，城不可得。』乃刎首付使者。嘉目筮策以興王。扶嘉，朐䏰人，善占吉凶，勸漢高祖定三秦。嘉志在扶翼，賜姓扶。范目，閬中人，說高祖募取賨人定三秦，封閬中慈鳧鄉侯。信通捐軀以却敵。紀信，安漢人。項羽圍漢王滎陽，急，信詐楚，乘王車請降，王得遁，羽殺信。子紀通，周勃討諸呂時，通納北軍，竟爾安劉。張寬王褒，表文學之宗。自註：張寬，成都人，漢景時文翁為郡，選寬等詣博士受業，還以教授于蜀，作《春秋章句》十五篇；王褒，資陽人，漢宣時刺史王襄請褒作中和樂詩，薦之，徵，褒進《聖主得賢臣訟》，擢諫議大夫，余曾過其墓。相如揚雄，樹詞賦之嫡。司馬相如、揚雄俱成都人，如事漢武，拜中郎將，口吃，善著作，有《子虛》《上林》《大人》諸賦，雄事漢成，爲都給事黃門，亦口吃，多沉思，有《甘泉》《河東》《狡獵》《長楊》諸賦。尤終英撫，擅删著之精。李尤，新都人，賈逵薦尤有相如、揚雄之才，明帝召，作《東觀》《辟雍》等賦，拜諫議大夫，後與劉珍撰《漢紀》。楊終，成都人，漢顯拜校書郎，受詔冊『太史公書』爲十餘萬言，又著《春秋外傳》。何英，郫縣人，學通經緯，著《漢德春秋》。杜撫，犍爲人，博學，隱居教授，遠近宗之，所作詩題，文約義通，學者傳之，必曰杜公註云。胡林任董，得研辯之析。胡安、林閭並臨邛人，相如從安受經，古天子有輶車之使，惟閭與君平能辨之，揚雄聞而師焉。任安，綿竹人，少受《大學》、『孟氏易』，通數，又從楊仲桓究極圖讖，時稱曰『居今行古任定祖，欲知仲桓問任安』。董鈞，資陽人，習『慶氏禮』，爲博士，時草創郊廟禮樂，威儀章服多從鈞議，時稱通儒。翟酺尹珍之淵乎經史，翟酺，新都人，四世傳《詩》，好《老子》，善圖緯，著《援神鈎命解詁》十一篇。尹珍，南川人，桓帝時從汝南許慎學，受五經，還牂牁以教其鄉，南越人始知學。下閎文公之洞于筭曆；洛下閎，閬中人，漢武徵待詔太史，改造太初曆。任文公，閬人，善天文，避莽隱公山，武擔石折，嘆曰：『西川智士死，我當之乎？』《益部語》曰：『任文公智無雙。』三張各峻潔以啓承，張霸，成都人，少知孝讓，鄉號曾子，爲會稽守，郡人爭勵志節，化服群盜，童子有捐戟棄矛之謡，子楷舉賢良，不就，順帝詔云：『行慕原憲，操擬夷齊。』好道術，能作五里霧，子陵官尚書，梁冀帶劍入省，叱出論罪。初，冀弟舉陵，責曰：『舉君適以自禍。』陵曰：『伸公憲，正報私恩也。』二楊並推步而奏績；楊統，新都人，習天文，爲彭城令，大旱，統推陰陽消伏，縣界蒙澤。子厚習父業，漢順徵之，陳漢三百年厄，拜議郎，梁冀遣車馬，不受。景毅趙典持剛正以不阿，景毅，蜀郡人，李膺坐黨詣獄，門生故吏並錮，毅子碩爲膺徒，未及録，毅慨然曰：『豈可漏名苟安。』遂自表免歸。趙典，成都人，篤行博學，爲太常，朝廷每有災異疑議，咨之，必據經正對。張綱任昉雖權貴而必擊，張綱，武陽人，皓子，留侯七世孫，爲御史，埋輪都亭，曰：『豺狼當道，安問狐狸。』遂劾梁冀等姦惡；任昉，成都人，為尚書令，清身檢下，梁冀憚之，出爲平原守。玄貽永信負節氣以自完，譙玄，閬中人，爲議郎，莽居攝，易姓名，竄歸，公孫述連聘，不起，賜以毒藥，嘆曰：『保志全高，死亦何恨。』其子瑛捐家貲十萬贖免。費貽、任永、馮信俱僰道人，不肯仕公孫述，貽乃漆身為癩，佯狂山谷以避，永、信並托青盲，及述敗，盥洗更视，曰：『世適平，目即清光。』武明剛業甘危亡而不惕；何武，郫縣人，漢宣舉賢良方正第一，累官至大司空，忠義自奮，好薦拔士，莽誅不附已者，武因自殺。章明，新繁人，爲大中大夫，莽篡，明嘆曰：『吾不忍以一身事二主。』遂自殺；侯剛，新繁人，爲中郎，莽篡，剛佯狂，負木斗詣闕號哭，曰：『寧蹈仁義而死，不忍事非主。』莽殺之；李業，梓潼人，爲議郎，莽篡，托病去官，公孫述持藥酒脅之，曰：『危邦不入。』遂飲而死。文卿文伯憤幽室以沈錮，解文卿、鄭文伯説述歸漢，述怒，閉二子于幽室，二子死之。王皓王嘉捐妻子而洒瀝；皓、嘉俱成都人，皓爲美陽令，嘉爲郎，莽篡，同棄官歸，述召之，先繫其妻子，皓對使自刎，遂誅皓家屬，嘉聞，嘆曰：『後之哉。』乃伏劍。遵閎賀温下民其孚，嚴遵，閬中人，爲長安令，治政嚴明，遷揚州刺史，吏民遮道，三遷輒不得行。趙閎，閬中人，嘗爲王尊所奇，仕凉州刺使，卓有政聲。元賀，渠人，第五倫薦爲九江太守，改沛郡，所至有德政，遷大司農，吏民泣涕送。然温，江州人，守桂陽，善于治民，能得其心。渙灝立堂，政譽歇歷；王渙、馮灝、王堂俱郪人，渙爲河内温令，道不拾遺，民歌之，拜洛陽令，發奸摘伏，京師嘆以爲神，灝累至越嶲太守，所在著政聲，避梁冀隱居，作《易章句》，堂爲巴郡守，舉孝子嚴永、隱士黄錯等，佐扶風，不受閻顯、竇憲囑托，轉汝南守，舉陳蕃，時號知人。陳立，臨邛人，漢成時守牂牁，平寇亂，徙巴郡，治績爲天下最。馮緄陳禪，蠻虜威宣；馮緄，宕渠人，少習司馬法，漢順時平長沙武陵蠻。陳禪，安漢人，爲漢中守，賊聞聲即降，會匈奴入，拜遼東守，單于憚威，退數百里，隨使至郡，禪爲説道義，單于懷服。任永朱普，死生畢志；任永，新繁人，友董奉德死洛陽，永躬推鹿車，載喪至其家，後奔師喪，于道物故，勅兄子曰：『必致我尸于師門，使死而有知，魂亦不慙。』朱普，雙流人，爲郡功曹，刺吏與守有隙，訐劾之，逮普詣獄，掠笞連月，肌肉臭腐，卒証守無罪，勅子曰：『我死，載喪詣闕，使天子知我心。』諒輔誠精，諒輔，新都人，爲郡五官掾，大旱，祝曰：『日中不雨，乞以身自焚。』頃之大雨，一郡沾洽。王忳介義，王忳，新都人，詣京，有書生疾篤，遺金十金，乞爲買棺，忳爲殯畢，餘金悉置棺下，後爲大度亭長，有馬馳入，大風飄一繡被下，忳乘馬到縣，遇馬主，詰所由得，具言之，主曰：『是我子，被、馬皆我物，大恩久不報。』與俱迎子喪，由是顯名，爲郿令。李弘雅尚，李弘，成都人，少讀五經，緼袍莞席，舉茂才不就，羅克慕義，遺金不受，子雲稱曰：『不屈不辱，不夷不惠，可否之間云。』莊遵高致；莊遵，避漢諱改姓嚴，臨邛人，賣卜成都，與子言孝，與臣言忠，與弟言友，日得百錢，即下簾著《易》，揚雄稱其德，刺史李疆欲辟之，雄曰：『君但可見，不能屈也。』支漸隗相，孝一通靈；支漸，資縣人，年七十母喪，負土成墳，廬墓側，有白鳥、白雀集墓木，若助哀者。隗相，犍爲人，母喜飲江心水，相每舟汲，急流不便，後江心忽湧一石，舟乃可依，人云孝感所致。姜詩杜孝，孝靈通異；姜詩，德陽人，母好飲江水，嗜魚膾，每踰里遠汲，忽舍傍泉湧，日輒出雙鯉，明帝詔曰『大孝』。杜孝，巴郡人，母喜食魚，孝役成都，買魚置竹筒，投中流，祝曰：『願母得此食。』婦汲于江，忽見竹筒觸來，拾之，見二魚，曰：『吾夫所寄。』熟以進姑

○以上漢。和寵約儉，董和，江州人，躬率以儉，劉先主徵爲中郎將，與亮並署大司馬事，卒，家無擔石，亮稱嘆不置。劉寵，綿竹人，除成都令，皆著績，遷牂牁太守，初乘一馬，布衣蔬食，儉以爲教，吏人爲之立銘。詩朝鯁直；費詩，犍爲人，諫昭烈不當即位，忤旨，左遷。蔣琬秉政，以詩爲諫議。李朝，潼川人，益州別駕，與弟邈號二龍，嘗面折照烈，時稱骨鯁。舒群觀象，周舒，閬中人，明天文，子群，少受學，觀氣候，言災祥多中，爲儒林校尉，昭烈欲與操争漢中，問群，曰：『當得其地，不得其民。』後果如言。參忠善治，馬參，閬中人，廣漢太守，有治行，累官尚僕射。馬忠，閬中人，牂牁太守，甚有威惠，又開復越巂，蠻夷畏愛，立廟祀之。周譔廣稽，譙周，廣安人，

耽古篤學，研精六經，爲光禄大夫。李譔，潼川人，五經諸子，無不該愽，後主以爲太子庶子，著古文易、尚書、毛詩、三禮、左傳指歸。宓崇辯識；秦宓，綿竹人，善談辨，亮迎爲益州别駕，吴張温來聘問，曰：『天有目乎？』宓曰：『有，在西方。《詩》「乃眷西顧」。』『天有耳乎？』宓曰：『天處高而聽卑，《詩》「聲聞于天」，無耳何以聞之？』『天有足乎？』宓曰：『天步艱難，無足何以步之？』『天有姓乎？』宓曰：『姓劉，天子姓劉，以此知之。』温大服。黄崇，閬中人，爲尚書郎，鄧艾寇蜀，崇勸諸葛瞻速行據險，不從，崇至流涕，艾兵入綿竹，崇力戰死。洪允公忠，楊洪，武陽人，武侯常咨之，累遷蜀郡守，清忠欵亮，憂國如家。董允，瀘人，爲侍中，武侯稱爲『忠亮死節之臣』。一杜貞懿；杜貞，綿竹人，義士翟酺忤權貴，復徵入獄，貞上章救之，受笞獄中，明酺無事，京師壯之。杜微，涪人，先主定蜀，稱聾不出，孔明輿致之，曰：『但以德輔時，不責以軍事。』乃拜諫議大夫，從其志。〇以上蜀漢。膺之仁，李膺，綿州人，為涪令，刺史討賊，糧乏，蜀民歸附二萬餘，或欲檢其所藏以爲用，膺諫曰：『民始附，若糾以刻，必離。』攀之明，何攀，郫縣人，進别駕，議作舟艦事，爲廷尉平决疑獄，俱精析。壽之贍，陳壽，安漢人，博学，除著作郎，撰《諸葛集》，撰《三国志》等書，时稱其善叙事，有良史才。缵之宏，閻缵，安漢人，博览有大節，愍懷太子廢，缵輿棺詣闕上書。立之博，費立，詩之子，《晉書》云：『西州名士。與陳壽齊名。』又有文立，巴郡人，治《毛詩》『三禮』，兼通羣書，仕尚書郎。苾之清，李苾，朝之侄，少礪名行，仕犍爲太守，以清儉履道稱。馥之矯，侯馥，瀘人，本郡太守，後爲僞蜀李雄所獲，不屈，雄義而釋之。隨之平，何隨，瀘人，拜本郡太守，邦人言議平當者稱何江陽，常璩贊曰：『江陽皎皎何使君。』嘉之卓，孟嘉，江州人，庾亮徵爲勸學從事，正旦大會，褚裒問：『嘉何在？』亮曰：『在坐，卿自覓之。』穎之貞，龔穎，遂寧人，益州刺史毛璩辟爲從事，璩爲譙縱所殺，佐吏並逃，穎獨奔殯，縱僭位，徵之，脅以刃，不屈。寶之事親，鄧寶，彭县人，酤酒以奉甘旨，有二仙嘉其孝，可學道，寶隨之，過江不溺，登山皆異境，仙曰：『汝来乎，母久念成疾，可持兩丸藥歸。』至家，已二年矣，母服藥，百餘歲，既廬墓，二仙復詣廬，召寶入葛墳洞天。密之陳情，自註：李密，武陽人，父亡母嫁，鞠于祖母劉氏，武帝召為太子冼馬，密上表陳情請終養。余曾經其墓。二郎之號，李驤，綿州人，與成都杜軫俱為尚書郎，齊名，每有論議，朝廷莫能折，時稱蜀有二郎。四科之名，母雅，江州人，學冠四科，貢于朝，進夜郎大守，夷感而化。〇以上晉。范有二凱，梧鳳雙鳴，范崇凱，内江人，善屬文，明皇命作《花萼樓賦》，奏為天下第一，弟元凱齊名，時號梧岡雙鳳。仙術異乎天綱，袁天綱，成都人，為火井令，以相術聞一時，名公如王、杜輩皆識于塵埃中，決禍福立驗，故數學每推袁氏。仙才侈于長庚，李白，唐宗室，父謫居條支，神龍初逃入彰明，母娠時夢長庚星入懷，因名白，賀知章見其文，呼爲謫仙。篆古嘉陽冰獨洩，李陽冰，合州人，善篆書，古今獨步，開元中為當塗令，有政績，宗人李白常依之。文裁偉子昂特更，陳子昂，射洪人，唐興，文章承徐、庾餘風，子昂始變雅正，初爲《感遇詩》三十八章，王適曰：『是必海內文宗。』乃請交，凡所論著，世以爲法，武后時拜右拾遺。孔明是子，易甫難兄。陳光，字孔明，子昂長子，官朝議大夫，詩入正聲，陳易甫，光長子，仕監察御史，與弟簡甫齊名，宦業顯著，宋譜云：『是父是子，媲美前後，難兄難弟，並秀先宗。』逢吉訓詁，孫逢吉，善訓詁。黎幹辰星，黎幹，戎州人，善星緯，喜談辨，玄宗時累官京兆尹。李晛詩句，李晛長於詩。九宗碑銘。張九宗，遂寧人，仕至御史，博學，尤長於碑銘，遂寧文學自公倡之。梁震操潔，梁震，依政人，道出荆南，為高季興所留，使為謀主，震耻所汙，但稱唐進士終身。嚴震政榮。嚴震，鹽亭人，任尚書左僕射，繼爲興鳳團練，興利除害，韋震狀其治行為山南第一。鮮于赫赫，鮮于叔明，保寧人，仲通弟，繼兄為京兆尹，民有『前尹赫赫，後尹熙熙』之號，太子太傅致仕。子陵硜硜。仲子陵，峨眉人，擢太常博士，時有司請正太祖位而遷獻、懿二王，獨子陵其言典正，終司門員外郎，卒，惟圖書、斗酒而已，史臣以大曆諸儒，惟子陵最卓異。讃諦膺首孝之奏，王讃諦，梓潼人，少喪親，培土墳，二十年不脫衰麻，黜陟使韋禎奏劍南孝子十六人，以讃諦為首。何焕凛柏臺之聲。何焕，閬中人，拜監察御史，風節凛然，當時稱之，賜其里曰『柏臺』。講經羨南里神童，先汪，瀘之南里人，七歲日誦萬言，貞元中舉神童，登進士，後退居安樂山講九經。邃《易》，稱養正先生，李逢，劍州人，文行俱高，尤邃于《易》，特號為養正先生。〇以上唐。若三孫孫光憲，仁壽人，博學多智，勸繼冲歸宋太祖，授黃州刺史，子謂讜並進士第。三勾，勾中正，華陽人，孟蜀舉進士，古文、篆、隸、行、草皆工，獻太宗八體書，授著作郎，子若古、希古並進士。三李李建中，成都人，太宗時進士，終判太府寺，性簡静，善書札，隸、篆、籀俱妙，子周道、周士並進士。四李，李舜臣，井徑人，八歲能屬文，乾道初舉進士，論金無可和之義，邃于《易》，子性傳觀文殿學士，道傳進士，知果州，心傳工部侍郎。玉樹金枝，聯輝接美；五范范鎮，華陽人，仁宗時知諫院，極忠鯁，與王安石不合，户部侍郎致仕。司馬光嘗曰：『勇決不如范景仁。』鎮兄鍇之子百禄第進士，為哲宗言分别邪正之目，以類相反者二十餘條，終資政殿學士，鎮從孫祖禹為校書郎，修《資治通鑑》，進學士，藴氏稱為講官第一，百禄子祖述累官朝議大夫，多政績，祖禹子冲脩實禄，累官侍講學士。五張，張浚，綿竹人，高宗時有安社稷功，累官封魏國公，子栻召為吏部侍郎，與朱熹友，嘗稱其卓然有見，後從祀，栻弟杓，端明學士，知建康，南渡以來京尹以杓為首，子忠恕，治郡有能聲，累官直秘閣，累諫，有祖父風，栻孫洽為揚州司理，能决獄，後為白鹿院長，能發明理奥。植根櫂秀；十虞虞允文，仁壽人，七歲能屬文，紹興間第進士，後敗金軍于采石，上曰：『朕之裴度也。』拜雍國公，孫剛簡，兄弟八人皆好學，剛簡最知名，累官利州提刑，蜀人師之，子珪知連州，亦以文學知名。三何，何㮚，仁壽人，政和進士第一，後同欽宗為金人執，不食而死，兄棠、弟榘俱有時名，號為三鳳。鸞停鵠峙；四陳預識于摶仙，六蘇先卜于道士；陳省華，閬中人，孟蜀西水尉，歸宋，拜諫議大夫，子堯叟，端拱進士第一，累官同平章事，堯佐，進士及第，太子太師致仕，堯咨，舉進士第一，官節度使，工草書，善射，號小由基，初，陳摶告省華曰：『子必為將相。』蘓洵，眉州人，兄澹、渙皆有名，渙舉進士，洵二十七始憤學，子軾、轍同舉進士，父子文章遂擅天下，軾子過亦能文，歷官中山府判，皆有政績，著有《斜川集》等書，先，洵曾祖祐力學行義，至成都遇道士，異之，屏人謂曰：『吾能變化百物，將以授子。』祐固辭，道士笑曰：『是果有以過人矣。』隱然有後人必昌之意。三趙食報于尊賢，趙之禮，資縣人，教游奕巡檢使好義尊賢，子雄以中書舍人使金爭辯，金人謂之龍鬬，拜右丞相，雄子昱歷東川節度判，吴曦叛，昱絶粒而卒，之禮封少傅，薛、鄭、齊三國公，世以其為善良報。三高不媿于汗史；高稼，蒲江人，歷制置司叅議，與元兵力戰，却之，曰：『丈夫不汗青垂名，碌碌人耳。』遂死難。子斯得，進士，潛往奉遺體歸，後歷叅知政事，稼弟定子累官叅知政事，忤史嵩之，謫官，卒，贈少保。忠孝心而有孫，蘇易簡，中江人，太平興國狀元，徐鉉嘗稱其『孝誠篤學』，上召飲，謂曰：『君臣千載會。』對曰：『忠孝一生心。』孫舜欽少有大志，精古文，善草書，弱冠極言時政，范仲淹薦其才，累官三司度支判官。見孝行。松柏姿而多子；李燾，丹稜人，歷官敷文閣學士，性剛大，特立獨任，張南軒常曰：『李仁甫如霜松雪柏。』次子垕官著作郎，直言極諫，朝諭重之。五子壁以端明殿學士知遂寧府，平張福之亂，卒進資政殿學士。七子埴歷官禮部尚書，奏請進周、程、張、朱從祀，而黜王安石，上從之，資政殿學士卒。錫遺表以見忠，田錫，洪雅人，歷官諫議大夫，卒遺表勸仁宗慈檢守位、清静化人、居安思危、在治思亂，仁宗測然，謂李沆曰：『田錫直臣也，若此諫官亦不可得。』魏結髮而研理，魏了翁，浦江人，本姓高，出繼魏，歷官簽書樞密院事，忤史彌遠，謫，潛心性理，嘗自言『結髮遊聖人之門，今髮星星矣』，大懼年數之不足，授徒講學，蜀人因知聖賢大指，稱鶴山先生。雨庚以風節鳴，任伯雨，眉山人，擢右正言，首擊章惇，貶處州，繼論蔡卞六事，居半歲，上一百八疏，後黨事作，削籍。唐庚，字子西，丹稜人，少負才名，累官承議郎，立朝以風節自勵。愿酉以直道軌，家愿，眉山人，紹聖初進士，應詔上書，凡萬言，入黨籍禁錮，蘓轍讀愿策，謂其當以直道聞，果然。愿孫大酉，進士，吴曦叛，大酉不受其招，累官工部侍郎，與宰相史嵩之不合，罷。為人方直，累屈不變。政還妾而後興，馬從政未有子，買一妾，詢知其父卒于官，母不能還，故鬻之，遂還妾，不責所償，後夢一翁謝曰：『我，妾父也，聞之上帝矣，令君家富貴，涓涓不絶。』後生子名涓，中元祐狀元，上疏忤蔡京，罷歸。仲拒婦而第起，楊仲希，新津人，微時客成都，主人少婦出調客，仲正色拒之，其妻是夕夢人告曰：『汝夫獨處他鄉，不欺暗室，神明知之，當魁多士。』次年果擢第一。孜錞重于學術，任孜，眉山人，以問學、氣節推重鄉里，與蘇洵捋，累官光禄寺丞，有弟伋亦知名，時稱大任、小任。黎錞，廣安人，朝議大夫，英宗以蜀士問歐陽脩，對曰：『文行蘓洵，經術黎錞。』定成尊于《易》旨；譙定，涪州人，執經程頤門下，深于《易》學，靖康初召至，以廷諭不合，力辭去，隱青城山，年一百三十外，蜀稱譙夫子。張行成，劒門鄉人，紹興進士，了翁嘗云：『吾鄉觀物先生得易數之詳。』有友隆而燕荆合，宇文百之，閬州人，數世同居，庭前六燕同巢，紫荆異本合幹。有孝篤而幼髮改； 苟允中，中江人，甫十歲以孝自勵，父病，不解帶三月，而髮皆白，及卒，廬墓，虎豹馴擾，毋卒亦如之。有寶田遺頌，有福星流采； 杜孟，普州人，讀書太學，因童貫、蔡京用事，幡然而歸，嘗訓子孫曰：『忠孝吾家之寶，經史吾家之田。』時號為寶田杜氏。鮮于侁，閬中人，新法行，諸路騷動，侁奉使九載，獨公心處之，蘇軾稱『上不害法，中不傷民，下不廢親，為三難』，司馬光當國，除京東轉運，曰『子駿，福星也』。有托迹于画，有逊名于履； 孫知微，字思邈，成都人，張乖崖鎮蜀，雅慕之，終不可致，及還朝，出劍閣，一村童持思邈画進，問孫所在，曰：『去已遠矣。』 蘇雲卿，漢州人，避難豫章，東湖業履自給，少與張浚遊，浚屬帥漕以書幣相存，期詰朝見，帥漕至，則書幣具在，而卿已遁。磊磊其節，蹇、賈二氏； 蹇燊，通泉人，進士，累官通判金州，元兵攻蜀，燊與子永叔堅守，力戰不敵，城破，舉家死之，弟維之亦舉進士，都統王宣辟行軍參軍，亦迎敵力戰而死。賈子坤，潼川州人，進士，為西和州推官，關外被兵，城陷，同家人死之，其子仲武，孫昌忠、純孝，同登進士，純孝後為右司郎中，崖山師敗，抱二女及妻牟氏蹈海死。仲連、昴發，千秋不死， 自註： 郝仲連，榮昌人，為防禦河東兵馬使，金婁宿以重兵壓城，仲連力戰，度不能支，先自殺其家人，城陷不屈，及其子皆遇害。趙昴發，大足人，登第，權通判池州，元兵渡江，守遁，昴發禦備，及大兵至，知不能守，與親友飲訣，謂妻雍氏使先走，妻曰：『君為忠臣，我獨不能為忠臣婦乎？』乃書几上，曰：『國不可背，城不可降，夫婦同死，節義成雙。』遂同縊死。余曾並經其地，士人猶稱之。克、瓚、翊、求，並令髮衝上視。何克，德陽人，通判黎州，元兵至，克自刺，不死，軍帥許以不殺，克曰：『三世食趙禄，為趙死何憾！』敵殺之，妻陳罵不絕口，亦死，男孫、從子皆先死。郭瓚，內江人，為汝陽令，金人犯蔡，瓚朝服坐廳，手戟大罵，與二子俱死。王翊，郫縣人，寶慶進士，及為參謀，元兵至，翊拒守，城陷，朝服赴井死，見《宋史·忠義傳》。司馬夢求，叙州人，温公後，景定進士，調江陵沙市監，元兵來攻，都督敗降，夢求朝服望闕再拜，自縊死。雖欸啓小孔竅也。而寡聞，有燦、玠、璡、璞之翹頍。頍，音器，舉頭貌。楊燦，端孫，播川人，吴曦亂，璨輸金錢、戰馬以助邊，卒封威毅侯，廟祀之。玠，璨子，未生時，將校有夢神號『蜀威將軍』者，玠生，貌如之，以邊功授閤門宣贊舍人，卒贈威靈烈侯，廟祀。冉璡與弟璞，真州人，俱有文武才，辟召皆不赴。余玠安撫四川，築招賢館，兄弟聞之，遂謁，玠與分院抗禮，建徙合州于釣魚山之議事聞，以璡為承事郎，璞為承務郎，徙城悉任之，果有賴焉。〇以上宋。揭人龍亶如轃轂，摎國寶不殊駢齒。紛砿碣以荷楨，陋乘珠與畹茝。音齒，香草。麟角鳳毛，更僕曷指。若乃障撫扞禦，眾豪回瞻。經營興創，盪滌夷殲，則馬錯張儀，雄開筑以廣圖，秦司馬錯為秦將，時苴、蜀相攻，錯勸惠王伐蜀，遂由石牛道進兵取之。張儀築大城見前。垒冰二郎，神疏鑿而樹造；自註：秦李冰為蜀郡太守，至湔山，見水為患，使其子二郎鑿堆山以避沫水之害，穿三十六江灌溉稻田，國號天府，野稱陸海。冰之功大矣，《升庵集》以『王垒、李冰同穿二江，今但知有李冰，不知有王垒』。愚按：李景讓《南瀆大江記》亦云王垒、李冰之穿二江，則當有王垒，明矣，故表之。垒音□。唐蒙郭昌，節一仗而威通；唐蒙，漢番陽令，上書言通夜郎、置吏甚易，拜中郎將，入見夜郎侯，喻以威德，厚賜，約為置吏，夜郎傍小邑貪漢繒帛，聽蒙約，還報，乃為犍為郡，且蘭隔滇道，中郎將郭昌引兵誅之，斬首數萬，遂平南夷，為牂牁郡。吴漢、臧宫，戈方秉而氛掃；漢遣來歙、岑彭擊公孫述，俱被刺，吴漢代將，八戰八克，遣高午擊述，洞匈墜馬死。臧宫以偏將，乘夜登山，鼓噪縱擊，悉降其衆，與漢會兵，誅述，蜀乃平。文翁禮尚而化行，漢文翁，史失名，為蜀太守，選郡子弟俊乂者受吏計，俾讀書，作禮殿，立石經，文教大行，又擇美質十餘人，遣之國學從師，如張寬、相如，皆其高第，又由湔洩口分疏水二道，灌田二千餘頃，民受其利如李冰，而文物勝之。朕、襄風宣而化導，高朕，蜀守，念文翁為政有法，因禮殿頽圮，脩餙之，續增一室以祀先聖先賢，又作石室以祀文翁，政績不媿翁云。王襄，益州刺史，欲宣風化，命王褒頌漢德，作《中和》《樂職》《宣布》詩三篇，選年少者以『鹿鳴』之詩歌之。張堪以仁威見旌，張堪，幼號聖童，為蜀郡守，仁以惠下，威能討奸，去日乘折轅車，布囊而已，帝聞為太息。五倫以貞白知操，第五倫為宕渠令，有治行，時以貞白稱，民甚懷之。廉范以寬禁興歌，廉范，蜀郡守，舊政禁民夜作防火，范但令儲水，民便之，有『來何暮』之歌。王尊以忠勤矢報。王尊為益州刺史，至九折坂，問曰：『此非王陽所畏道耶？』叱其馭，曰：『驅之，陽為孝子，尊為忠臣。』異天挺之卧龍，運神武于征誅，南静夷徼，北顧中都。孔明居南陽，司馬徽、徐庶皆謂為卧龍，相昭烈，南平永昌、牂牁、越巂諸郡，北伐魏、吴。羅統龎。良馬。褘費。琬蔣。維姜。

巴劉。之傑，佐幄參帷；走羽關。飛張。超馬。雲趙。忠黃。恢李。之雄，斬俘獻馘，次則堪戮苞而忠表，晉殷仲堪為益州刺史，犍為太守卞苞勸堪以益州叛，堪斬之。尚破鴞音雅。而勛殊。隋周法尚，高祖時拜巴州刺史，破二鴞叛蠻于鐵山，封譙郡公，後賜奴婢鼓吹等，固辭，上曰：『公有大功，特給鼓吹，令鄉人知朕寵異也。』遜點石而饑濟，晉許遜知德陽，尚德化，有仙術，歲歉點石化金，以濟貧民，邑祀之。昱戰水而蛟屠。隋趙昱為嘉州太守，時有蛟為害，昱率千人，臨江鼓噪，自披髮仗劍入水，天地晦冥，少頃，昱提蛟首奮波而出，河水盡赤，唐太宗封為神勇將軍。龍遷禦侮于堅築，梁李龍遷與土豪楊傑分據龍州，武陵王蕭紀鎮益州，以龍州為鄧艾取蜀捷徑，遂命龍遷為守，築城以捍蔽一方，番漢弗擾，民德之，立祠，歷代封龍州土主。范友保衆于高嵎。隋范友，號長生，李雄攻成都，長生率千餘家依青城山，後雄以生有道，欲迎為君，固辭。李裕李靖決勝戡平，唐李德裕節度西川，自南詔入寇，一方殘弊，裕乃置雄邊，子弟築仗義等城，作籌邊樓，圖蜀地形，練士葺城，積粮，兵日益強，吐蕃、維州悉怛，謀請降。李靖為夔州總督，東擊蕭銑，乘江漲，出其不備，拔之，銑降，又蠻酋為寇，靖斬之。高厚高文討降獲醜。唐高仁厚以西川牙將討賊，凡出軍六日，五賊皆平，拜眉州防禦使；高崇文，時劍南度支劉闢反，命文將兵自閬入梓，斬李康，乘勝入成都，擒闢，檻送京師，紀功鹿頭山。曹彬沈倫廉昚在兵，宋曹彬為兵馬都監伐蜀，克夔、萬等六州，其所過秋毫無犯。還，橐惟圖書衣裳。王仁瞻曰：『清廉畏慎，不負陛下，彬一人而已。』沈義倫，西川轉運使。隨軍入成都，却孟蜀君臣珍奇之獻，東歸圖書數卷而已。庭堅、十朋，清曠在部；自註：黄庭堅謫涪州別駕，曠懷遠思，所在悦慕焉，自稱涪翁。王十朋知夔州，以廉潔公平率下，誨生儒甚切，大約以忠孝、思無邪為主。民輸租者使自槩量，去時，民攀轅不舍。余曾並經其地，涪州猶有涪翁亭，夔有清廉舘，十朋親筆題聯尚在。居易、陸贄，風流靡澌；白居易以文名為時忌，貶忠州刺史，輕徭賦、育賢才，政暇吟詠甚富，至今誦之。陸贄以論裴延齡奸邪，貶忠州別駕，在忠十年，避謗不著書，惟集古今名方五十卷，號《集驗方》。真卿、韋臯，德威赳赳。顔真卿見惡李輔國，貶蓬州長史，寬仁撫馭，恤災救饑。郡人思德，廟祀之。韋臯節度西川，撫循將士，務惠其民，于黎州築要衝等城，數出師破番四十八萬，功烈為西川最。蜀民見其遺像，必拜。韓琦簡夫，撫蒞惟寧；韓琦，寶元初益州路饑，蠲税募入粟，發常平庫、罷冗役、饘饑民、捕摽掠，民德之，立祠。雷簡夫，至和初儂智高入滇，蜀人驚怖。益州守張方平薦雷知雅州，蜀人賴，無恐。蘇洵携二子來謁，簡夫力薦之，三蘇因名著。張詠、上官，風聲奪寇。張詠知益，李順復亂，詠大致克捷，令賊歸田。未幾，王均亂，詠復往，民喜迎，帝諭曰：『得卿在蜀，無西顧之憂矣。』上官正，太宗時為劍門都監，李順遣衆數萬來寇，正有疲卒數百，激以忠義，大破之，順黨復反，連破之。王均、劉旰之平，正皆與之，加大將軍防禦使。實戒蛙而蛙嘿，蘇實，令新繁，有異政，厭衛湖蛙鳴，取一大蛙，朱筆點其額，戒曰：『再無喧。』自是無蛙聲。堂呑蝗而蝗朽。程堂，知雙流，有蝗。堂曰：『吏奉命養民，蟲當食吏五臟，無食民苗。』乃吞之，蝗遂泯。閱道以龜鶴風高，趙忭，字閱道，為蜀轉運使，止一琴、鶴自隨，再止携一龜，後知成都，盡屏去。詩曰：『龜放長江去不回。』彥博知宰相于夢久。文彥博知益州，政威嚴。嘗賑饑有惠，初，從父宦蜀，謁江瀆祠，祠官言夢神告曰：『明日有宰相來。』公笑曰：『相不敢望，若為成都，當新廟貌。』至是果然。至其僑居敖覽，流歷依依。榮公夷公，窮谷遺輝；周榮公即武王亂臣十人之一，古者因生賜姓，因功賜氏，因其佐武王，從國從爵，而稱榮焉。夷公亦榮人，事周厲王，寓今嘉定州，周時為蜀國。陸通迹絕，陸通即楚狂接輿，春秋時王使之聘，通大笑不應。妻曰：『從之違義，不從非忠，不如去之。』遂變姓名，隱峨眉山。宋玉心悲；楚宋玉嘗居巫山，作《高唐》《神女》二賦。杜詩：『搖落深知宋玉悲。』雀送庾舟，晉庾子輿父守寧壽，卒，喪過巴峽，秋水漲，不可行，輿叩天，水退數十丈，有雙雀巢于舟，至家又栖于庭。洞掩璞扉；晉郭璞註《爾雅》于嘉州烏龍山，今有郭璞洞。鳥啼竹裂，竇子促歸，漢竇誼居峨眉，放浪不羈。月夜子規啼竹上。誼曰：『竹裂，吾可歸峨峰。』是夕竹裂，黎明遁于峨峰。武帝三徵不起。孤臣竄逐，黃魔露機；唐蕭遘，蘭陵人，自右史竄黔州，南遊三峽。夢神人曰：『險不足懼。』公詰之。神曰：『我紫極殿宮黃魔神也，將佑公出境。』後拜相。嗟道古于關東，唐張道古，臨淄人。為左拾遺。方鎮擅兵，上疏言孫、劉已生于世，謫旋州。王建聞而恨之，乃變姓名賣卜導江，建開國，召之，謂所親曰：『吾唐室諫臣，死日，葬我于關東不毛之地，題曰：「唐左補闕某墓」。』吟子美于落暉。杜甫，襄陽人。寓浣花溪，成都尹裴冕為築草堂，嚴武鎮蜀，辟為參軍。巴橋留寇準之屐，自註：寇準，萊州人。初知巴東縣，愛夔山水。嘗曳屐徜徉。後人建橋溪上，名『相公橋』。余曾過之。昌洞曳茂叔之衣。周惇頤，字茂叔，嘉祐初以太子中舍僉書合州判官，聞龍昌洞之勝，每振衣登之。堯夫以雲臺參易。邵雍，字堯夫，洛陽人。遊雲安，築演易臺。伯淳叩桶翁知微，袁滋緣醬老興悟，正叔謁樵子審幾。明道遊成都，見箍桶者挾冊，視之，《易》也。因論《未濟》，知三陽失位，為男窮之義，後謂袁滋曰：『易學在蜀。』滋入成都，見賣醬薛翁，與語，大有得。伊川渡涪江，舟將危，正襟端坐。有樵夫同舟，登岸，問曰：『公達後如此，舍後如此。』伊川欲與言，遂去。蓋三人皆隱君子也。《升庵集》『袁滋』作『袁溉』，字道潔。莘老遵杜村繩祖，和靖向北巖步師，杜莘老，子美十三世孫，為御史，復知遂寧。晚居江津，卒，葬杜村。尹焞，洛人，師程頤，薦召至京，不欲留，賜號和靖處士，金人陷洛，焞盍門遇害，焞死復甦，乃奔涪就頤，注《易》北巖山，闢三畏齋居之。伯温、正已、子已，並卜居而音徽。伯温，邵康節子，康節嘗曰：『世亂，蜀可居。』及宣和末，温載家，家嘉州，得免于難。今犍為紫雲城，乃温故業也。范正已，文正公第三子，純禮之子，自杭幕召除京師漕，京城隨陷。公守節不撓，會分鎮罷監司，襄、郢路斷，逼迫奔竄徒走，携幼入蜀，丐宮祠于宣司局，薄禄以養，終家于蓬，子絳、孫脩甫、曾孫格非俱登第。司馬子已，温公七世孫，寓戎州。該通理學，不事科舉，以清白世其家，召補嘉定司户參軍。至其遺世步虛，列真息假，則廣成、紫陽道冥。古廣成子，昔黄帝問道于峨眉，宋皇觀今遺礎尚存，碑刻有記：『李八百歷夏、商、周，年八百歲，又云動則行八百里，故號周穆王，居金堂山，號紫陽真君。』李耳馬成丹化；老子，楚李耳也。為周柱下史，騎青牛出函谷關，為關令尹喜著《道德》五千言，約會于蜀青羊肆。至期果見于大官李氏家，授喜玉册、金文，賜以文始先生號。秦馬成子，扶風人，遇黄蓋童子，授胎元煉氣法。入鶴鳴山，復遇異人授神丹，曰：『氣為内丹，藥為外丹。』遂昇天。長房、道陵超清，漢費長房，從壺公學仙，與一竹杖騎歸，投葛坡中，則化為龍，葛坡今號龍池寺。張道陵生吴天目山，居龍虎山。入閩，居鶴鳴山，向石鶴鳴，則有得道者，鶴乃鳴。老君授以秘録，遂往雲臺山煉丹，服之，躍入石壁，自崖頂穿出。漢永壽二年九月九日，將諸秘録、斬邪劒、玉册、玉印授長子與夫人雍氏，登雲臺山峰昇天。方平、長生玄駕；漢王方平棄官遁太尉陳統家，尸解，魏時于平都山昇天。漢陰長生從馬明王求仙法，受太清神丹經，後于平都山昇天。或竹枝引度，李常在，蜀人，百姓累世見之，故名，二弟子隨，各以青竹枝度其身。咒鬼鬼仆；梁尚圓，廣漢人，武陵王宮中多鬼，圓一言，鬼合掌向立，圓即發咒，鬼皆失所在，武帝大加奬。或封鐘顯符，隨劉珍，什邡人，居安樂山，忽取所藏鐘磬封于石室，曰：『六十年有聖君來取。』後唐高宗遣使取經鐘磬以進，果如其言。召神神徂；漢翟法言，雲陽人，詣棲霞宮採樵，得道，能召灘神，見《仙鑑》。或挾虎虎馴，隨程太虛，西充人，居南岷山，絶粒，有二虎侍左右，唐時解體。唤龍龍形；唐羅公遠，彭州人，遊鄂州，刺史問：『何來？』云：『見守江龍來。』刺史未信，曰：『須見形。』期以後日，果一白龍見江心，頭與雲連。或騰身上柏，唐王柯，青城人，恤孤貧、濟禽鳥，修煉不成，上西峰，遇一道士授訣及丹，服之身輕，門有柏，騰身而舉，已在柏杪，遂尸解。古木潛魄；法真，梓州人，游嶺外大溈，會下苦煉，溈器之，無一問，溈曰：『何不道如何是佛。』真掩溈口，溈曰：『子真得其髓。』還蜀，棲天彭堋口山三年，見後山一古樹，圍四丈餘，南開一門，中空，坐化，時號木庵禪師。或木羊以嬉，漢葛由，蓬人，寓綏山，騎木羊登山巔，有葛仙洞。屠羊惕思；晉净業，石照人，姓文，少業屠，有羊既乳，將殺之，二羔嚙刀伏門，業感嘆，棄家為僧，忽大悟，作頌曰：『昨日羅刹心，今日菩薩面，羅刹與菩薩，不如一條線。』或散金解凈，漢折象，廣漢人，師東平先生，家世豐，盡散以賑貧，曰：『施物乃逊禍，非避福也，竇子文言之矣。』智者咸服，自剋，七日尸解。留題著姓；唐呂洞賓居二峨山猪肝洞，題詩東嶽廟云：『教化先生特意來，世人有眼不能開，有人識我真名姓，我是終南呂秀才。』或聞磬出定，慧持入滅于嘉州古樹中，至宋風吹樹折，髮蓋身，爪圍腰一匝，有司以聞，取至都，西僧總持擊金磬，再拜，遂出定，問，曰：『吾遠法師弟也。』求砂乞令；唐葛洪，句容人，為求丹砂，乞為勾漏令，後入蜀，得雄黄于武都山，色如雞冠，喜曰：『丹成矣。』至洪雅之花溪居嵓洞，道成昇天，嵓前隱跡尚存。或假鋮引成，唐竇子明，江油人，為彰明主簿，棄官至圖山修道，抵仙女橋見一女人磨鍼，問之，答曰：『鐵杵磨繡針，功久自然成。』感悟，復脩三載昇天。投石自明；唐尔朱洞落魄成都，于江濱取白石投水中，衆莫測，後賣丹于市，刺史盛以篋籠，棄于江，至涪州，漁人姓石者得之，授以丹，二人俱仙去。或聞機搆約，唐張英令儀隴，過采石，遇一女子，曰：『五百年宿約，與君當會大儀山。』英叱之，至任半載，時聞機聲，逐聲行數里，至大儀山一石洞，門鑰宛然，門忽開，前女迎入，門即閉，從吏哀號，忽圓石一雙自門隙出，取歸，近縣不能舉，邑人建祠塑像，置一石于腹，今祈禱輒應，廟曰『永濟』。水宮迎泊，唐韋昉，蜀人，夜渡涪陵江，忽遇龍女遣騎迎入宮，後昉登第，十年，知簡州，龍女復遺書相迎，勅昉充北海水仙。迭詭秘于幻幽，翻牒録其如錯。臨風想睇，不仙仙而作。于是大封惟豜，音盡，盛也。大域惟甡，音莘，衆生並立也。匪皇匪軌，疇斯克震。平聲。惟大明之是御，蕩大化于無垠，湯征虜雲旅臨而皷鼙靜，征虜將軍湯和討偽夏，明玉珍、珍子昇降。傅將軍兩師至而壺漿迎。傅將軍友德平成都，又經畧東、蒙、芒、撤四軍民府。丁平羌玉斧指而獍梟伏，平羌將軍丁玉克復松州、潘州。涼國公鐵騎向而豺豹奔，涼國公藍玉平罕東，伐建昌，執月曾帖木兒。正王氣之是棄，乘同。識王者之有真，山川踴其得主，日月炳為一新。育萬彙而妥百靈，總群生而朝百神，孰不來享，孰不來賓，父老携筇以快睹，何檄諭之諄諄，不必如相如之檄蜀之諭父老。椎結帖耳以順歸，毋擒縱之是頻。無事于孔明之七縱七擒。旁邑傾心于置吏，寧繒帛之致殷。非若唐蒙之以繒帛約夜郎也。肹蠻爚其昭格，曷金碧之事禋。不必待王褒金馬碧雞之祀。岳瀆澹于沈灑，胡濬鑿之粼粼。不煩李冰之疏鑿，相如文灑沈澹災。灑，分也；沈，深也；澹，安也。言分散其深水，以安定其災也。奠上古之未奠，臣先后所不臣。蠕蝡音儒軟，肉虫也。且為煦燠，血氣莫不尊親，藞苴藞郎假反，苴音鮓，蜀人放誕曰川藞苴。罕玕音罕牽，羌地。之庶，童即同字。若里區之蒸，菈以守宰，飭以述巡，樹以師徒，道路是遵。士被沕穆之風，農熙隴畒之春，工精璘瑞音林斌，寶物文采。之器，賈轉緝賄蠻夷貨名緝，音集。之輪，籹謐康阜，含穌飲醇，邇服德而遐慕義，上解澤而下泳仁。將恢二十三朝以郁郁，自黃帝、唐虞、夏、商、周、秦、漢、蜀漢、晉、宋、齊、梁、陳、隋、唐、梁、唐、晉、漢、周、宋、元為二十三朝。釀千萬億禩之彬彬，胡中邦之殊漸，平聲。狹西徼之為濱，於皇哉，方大之國，大人之鄉，《蜀記》云云。在昔有述，于茲孔揚。耳食者跐界閾、面囿墻，乃謬訝遼絕，擯僻荒，令奧蘊弗闡，孤奇弗彰。蜓伏鷃窺，又烏知北鯤南鵬夫巳下視乎蒼蒼。巢棲處士于是聰裔神淫，心猲音腮，上聲，發悖貌。口呿，音揭，口不合。粥粥敬懼貌。不能言，少間曰：『咄，漭洸圖至斯，惟先生言，真遊我于瀛海，引我于亨衢。風雲生其腋，濤沫撼其裾，而後乃今知蜀之由來張矣。世亂先違，有足恃也，道治後服，循乎底也。常璩《華陽國志·序》：『西土險固，世亂先違，道治後服，若吳、楚然。』矧乃丁郅音質。隆于今日，跨上游于都省。匪西壁屏翰，中原襟領，所謚天下名鎮之冠，詎為譸音儔，張誑也。騁，吳師孟《西樓記》云：『蜀，天下藩鎮之冠。』第蒙有愵心焉。愵，音溺，憂也。巨壑沸音貴，潰同。于一巵，泰山碣音匹，石落。于一溜，積饒之國利用恬，凋瘵之民起于寇，今蜀下上下中，田賦匪後。《禹貢》：『梁州厥田惟下上，厥賦下中。』布粟、征徭，催科匪宿，澤土惟穰，攌音綰，拘也。歸閭右，蜀沃野皆屬于豪貴，貧民皆山棲種菽而已。厥民嬛嬛，音瓊。如麋在囿，榷茶榷鹵，秋毫畢購，四川今有茶課銀每年一萬四千三百餘兩，鹽課銀每年七萬一千四百餘兩。白鋈紫鎏，歲不遺數。鋈，音沃，白金。鎏，音流，美金。絹箑藥纚，絡繹馳奏。纚，音紀。川絹、川扇、川藥材、川毛貨，今每歲各有進額。一箑唊鼇，音蹠，戾不行也。官司弗宥，近有為進扇，以方岳而謫散秩者。掄木構材，衝嵐穿岫，一木乩疑。乩，稽同。千家搶首，建昌產杉木，馬湖、永、播而下專產楠木，每一採木，必報大户，糜費百端，折數百金僅得一木，因致傾家，遺累子孫者甚多。加以採使飛輓，石耕砂耨。近年遣內官采礦。負販雞豚，頭會必究。又有內官收稅，販責小貨皆稅及。輪蹄跐踰，音意俞，踐蹂也。掠抶音叱，笞也。斥嗾。富竄宴亾，鬻妻售幼。膋音聊，脂膏也。枯不能供其求，髇髓字。銷不能勝其扣。地宕天寥，嗥謼叫呼同。靡叩，誰云蹲鴟不饑，卓王孫曰：『吾聞岷山之下沃野，有蹲鴟，至死不饑。』蹲鴟，大芋也，形似蹲鴟。嗟此饑烏窮獸，竊褱懷同。外席中矛，何論昔肥今瘦？』懸弧先生喟然曰：『是則然，走亦盡音爽，傷痛也。傷之。

但任土作貢，九州維則。上之所需，下之所棘，急同。大工斯興，梁木攸克，百爾所供，咸當嚴翼。剜肉炙瘡，敢覷隱怵，乃今天子英明神聖，二三元老亮直方端，惟邃弗知，憯音慘，曾也。曰怠般。脫擊茲容，寧不咨嘆。旋日《李尋傳》：『不旋日而至也。』賁綸音，閔民殘，渙汗號，軫時囏，貢不惟珍惟其錯，征不惟苛惟其權。一切得已，宿留布躅。宿留音秀溜，須待也。斧斤戒時，林衡惟官。貂璫朘路，朘，音屆，著道也。風雷夙還。勿攖神人恫，勿浚財力癉，淪者已弗拯阽，阽音言，危也。者相與援，起甗甋音要竅，不安也。于瀕危，貽蜃蜳音陳惇，不安定也。之寢平。家羨醵金，醵，音蹻，會錢飲酒。户晏饔餐，忻止戾定也。以如故，快恒和之及存。譬之燭再調而玉輝，甌未缺而金完，莫莫衆多貌。然猶撲錦地，沸歌天，以踠蝹音遠蘊，龍行貌。陸海茫洋也。蜀稱沃野，為陸海之國。曾震此瀺灂之微湍。』瀺灂，音吸卓，小水聲。言民猶樂遊陸海，而前此一時小患，不足為驚震也。處士復若苑結苑音蘊，屈也。者，蹙然曰：『斯已矣，更有鼠思。幽憂也。蓋聞喬木無蝨枝，蝨枝將蝨心；壯士無瘘臂，瘘臂將瘘身。幅幁之側，可有友側之岷，方今明德丕著，旁通九譯，曷蠢播酋，敢肆毒螫，戴我冠帶，明威弗惕，負嵎憑隘，弄戈飛檄，截道屠城，縣吏為迮，音翟，迫也。掘冢焚廬，嬰貫孕剔，白骨如麻，横江漂赤，戊戌年，播州楊應龍叛出綦江，戕主將，逐縣令，封庫縱囚，又過東坡，焚屯堡，絶宫道，貫嬰孩，剔孕婦，起墳拋骨，虜財殺人，甚肆暴虐。巖廟虢驚，遐萌踧踖。運兵轉餉，師老于壁，詎非抵轍之螳，囓庾之鼫，干王明之大辟。』先生諤然曰：『唉，子未耳乎？廼者酋方虣暴同。恣，天子赫然震怒，甫天戈之境薄，不旬朝而已仆。爾乃夷運將蹇，㓫㓫音烈挈，舉事乖忤。乖窮，我師用奮，罙音彌，深也。搗于封。濯大也。征聲罪，罪厥靡共。貔貅四出，嘽嘽音灘，衆貌。如叢，弓鳴鏑響，草木生風，驚自天下，雷雨駢攻，躪音吝。其闢阬隘同。火其室宮，蛇豕失踞，獷獠音鑛葵。無蹤。窘彼逆龍，雉經于谾。音籠，長谷也。妻孥犮音跋，犬走。其祖縛，巢穴偒古蕩字。爲一空，舁音輿，兩人共舉。屍京師，剖棺裂脅。爰殲么孽，流㐰，音信，腦也。懲兇，庚寅年，李總督同江巡撫進征，播酋應龍力竭，同愛妾周氏、何氏懸梁自盡，取出全屍，并擒酋妻田氏，酋子惟棟、以棟、良棟、奇棟、勝棟，酋女眞恵、眞瑞、眞福，酋孙嵩壽、春壽，孫女性福盡送京處戮，仍傳首布示。惟茲不譓，福壽斯終。自碼毁同。石訓，捫膺胡恫，宋忠烈公楊燦有家訓碑石刻示子孫曰：『如能順從，則世享福壽。』三朝歷唐、宋、元。之所蘊積，一昔夜也，日入至星出謂之昔。爲之芟音山，除也。祟。今且薅音蒿，去也。荆蓁，剷音剗。凸音突，起貌。窟，夷箐臿，音囱。布郡邑，今立爲遵義、平越二府。同大壩之剷除，大壩即今興文縣都掌蠻所據九絲城處。並龍州以柔輯，龍州，元爲宣慰司，嘉靖年始爲龍安府。茹華教，洗腥習，矩章程，閑约率，凶渠既嘉，何有魏類，幺詭之氛息，駿厖之風一，氈裘之長以十數，咸交臂䯨稽字。首而受律，慕皇猷之遠敷，歌聖澤之遐溢，極土濱爲翕赫盛貌。嫚嫚，於圓反，柔屈貌。誰昔猶云疇昔。羈縶之術。處士于是蹷然音厥，驚起貌。撫躍，曰：『有是哉，未之前聞也，爍哉昭代，懿矣我皇，帡幪無外，丕載無疆，底績《禹貢》：『和夷底績。』符于夏禹，南化媲于周王。開造駕于秦漢，耆定軼于晉唐，千古有奕，萬葉彌光，矧兹天塹音茜，城隍也。地輿，形勢岑崟，音銀，高險貌。鷄犬相聞，連城接闉，奢豪侈麗，乃勇乃文，浸假塡音鎮。撫有道，容慉畜同。以安。途清呼謈，音袍，痛冤聲。隅息呻吟，豐融饒衍也。日熾，齒聚月臻，將泰寧而外户侘托同。以固，有事而堂室偋音並，亦作凭。以尊，詎不永壯國家于棟隆，維盤石于廣坤，願先生奏頌，蒙敢敶陳同。箴，懸弧先生乃颺言頌曰：巖巖維蜀，天設其險，周山盤川，鬱律巉嶮，音讒險。四塞岝峉，音窄各。壯鍵牢關。駊騀音跛我，高大貌。𡾋嶵，音罍罪，嵬峻貌。百二斯閑。中眦音勢，連也。壇曼，寬平廣大貌。垌畮音扃畝。攸舒，實坻實京，百室盱盱，含星吐𧈪，虹同。有士其雍，去聲。東箭南金，咸作邦貢，誰曰外區，濱厥要荒，吏治既循，憲斯王章，在昔先零，有紲音泄，系也。且隍。音業，危也。今兹懷柔，式廓爲烈，大琛小琛，帥侯暨公，曷是旬宣，吾王維同。維王不忒，維爾以則，永价鎭固，用襄無極。巢樓處士則莊容而箴曰：固國維險，匪險弗克，險亦曷憑，居之在德。強國維富，匪富何因。富亦匪恃，綏在以仁，公孫祚促，劉氏璽投，敗轅有監，厝薪勿謀。一夫負固，必遭後誅，天子弗守，大亦不居，毋曰爾庶，封靡封，專利；靡，汰侈。作使，馬御失啣，抑有他起。毋曰爾寧，呰窳音仔愈，嬾弱也。無憂，檻虎有牙，一逸不收，必戁音赧，恐也。必悚。懼也。居訬，音杪，高也。覛音覓，視也。遠，睠形幹機，固標以本，維穆深遠貌。且宥，在宥。維毖音比，慎也。罙彌同。昌。蘉音忙，勉也。茲勿替，匪西一方。

蜀都賦終

校勘記

校勘説明

一、余寅《蜀都賦序》、程涓《蜀都賦序》中部分文字浸壞模糊，一仍其舊。

二、《蜀都賦》正文浸壞模糊的文字據陳元龍《歷代賦匯・歷代賦匯補遺・蜀都賦》（卷五）做校記，供參考。

三、《蜀都賦》注文浸壞模糊的文字據上下文意可明顯判斷的出校記，不明顯的仍依其舊。

蜀都賦序

古之賦蜀都者二蓋自騷興四百秊而揚子雲始賦蜀都又三百秊而左太冲再爲賦又千二百秊而范仲子又製斯賦于是卥南疆事始告備矣夫子雲家于參伐之墟不出里塾

作燖熅語若舉其平日父師之所
詔之者詠歎伊始太冲意在張皇典
午故借蜀以頏吳而頡魏志所陂陀
勢緣而轉此一隅也安得標而獨騁
邪或曰蓋聞之賓篴舉竽而已必笙
與簴而奏之聽廼盈邪御廩舉穖而

已必秉與缶而導之粹廼辨邪宮袍
舉穟而已必繡與絨與縿而紀之然
後曰襞積齊而紅集邪當物定名法
程具在何仲子之好孅詡也此殆未
然蠶叢立國其來四萬八千歲其事
范眜二公信才安得詳自漢魏迄

千二百秊其事章章可縷指而數，子安得不詳何者賦至相如可謂傑人之制命令百代矣然觀其與盛詳狪書必以包宇宙總人物爲訓焉夫胡不貴博也是故無取絢焉終歸之質無取率焉終歸之遂無敢剽恣諂

獵若玉樹盧橘之云者以欺所未覿而罔後世蓋觀之傳耆舊者循名績而忽產殖志華陽者褒幅域而略戎獠以今衡之殆不相似然蓋曰彼亦一覆載此亦一玄黃彼之覆載也何洪何纖此之玄黃也伊璀伊璨是之

遡以荒邈廓以皇伐絫吕恠靈駢
禆鐕益水經所不得收爲之綴方言
所不得假爲之綜故曰備笞王右軍
益有汶嶺之志曰嗟乎是崐侖之伯
仲也及得周益州別疏絕嘆茲地山
川雄特猶恨子雲太冲之賦之未悉

也絕欲一登陟至以日爲歲然竟不
克諧仲子徽值
尊人原易先生絫知是藩以其温凊
之暇攷鏡圖牒撰茲閎偉之章且濡
之以彌秊成之旨逾月又何捷給也
假令右軍涉斯域也未必周覽周

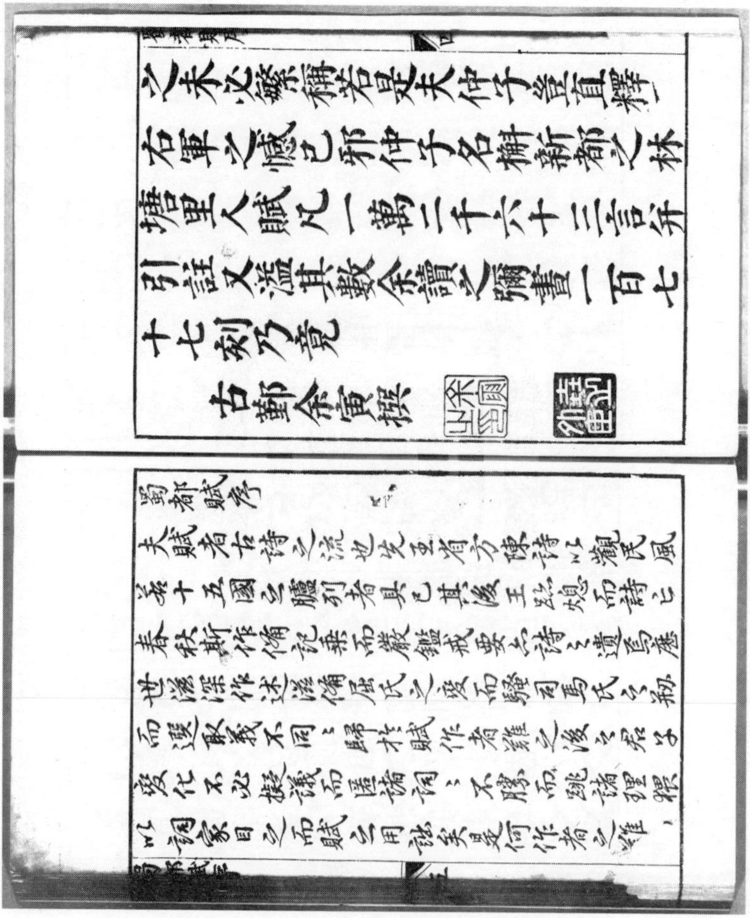

之未必繁稱若是夫仲子豈直釋一
右軍之憾已邪仲子名榭新都之林
塘里人賦凡一萬二千六十三言幷
引註又溢其數余讀之彌晝一百七
十七刻乃竟
古鄞余寅撰

蜀都賦序
夫賦者古詩之流也先王省方陳詩以觀民風
若十五國之臚列者具已其後王跡熄而詩亡
春秋斯作備記乘而嚴鑑戒要亦詩之遺焉歷
世滋深作述滋備屈氏之變而騷司馬氏之刱
而選取義不同同歸於賦作者雜之後之君子
變化不必擬議而匿諸詞詞不勝而跳諸理猥
以詞家目之而賦之用詘矣是何作者之難

談者之易也賦以都邑則東西京擅場子雲
蜀宏揭芳韻降及三國斯武角雄而文事因之
太沖三都侈韻而蜀與焉要以雕鏤則病淺遺
佚則病踈絜短較長惡容求備且也語其地則
闳顯無恒語其才則饒乏殊致語其時則資遼
異世必有待矣余夏范惟蕃氏易有至性負俊
才仝方伯原易先生仲子也常從廣中唐伯元
氏學繩言尺步一稟於中庸故工帖括而鋭意

古文辭舊有豫章三賦則不佞業稱引之歲戊
戌從原易先生參知蜀藩余以五叩幾千言賸
行惟蕃拜手而盟必有以報子也既自蜀歸三
載而靡佞字復不佞褊心日幾々望之越壬寅
乃出蜀都賦授余蹁數萬言則省覲先生明州
蹁月而就者託言巢樓處士懸弧先生人倫實
際寔取於烏有子虞三言則急就墳丘四言則
天問焦林五六七八言則揚班崔蔡張木苟

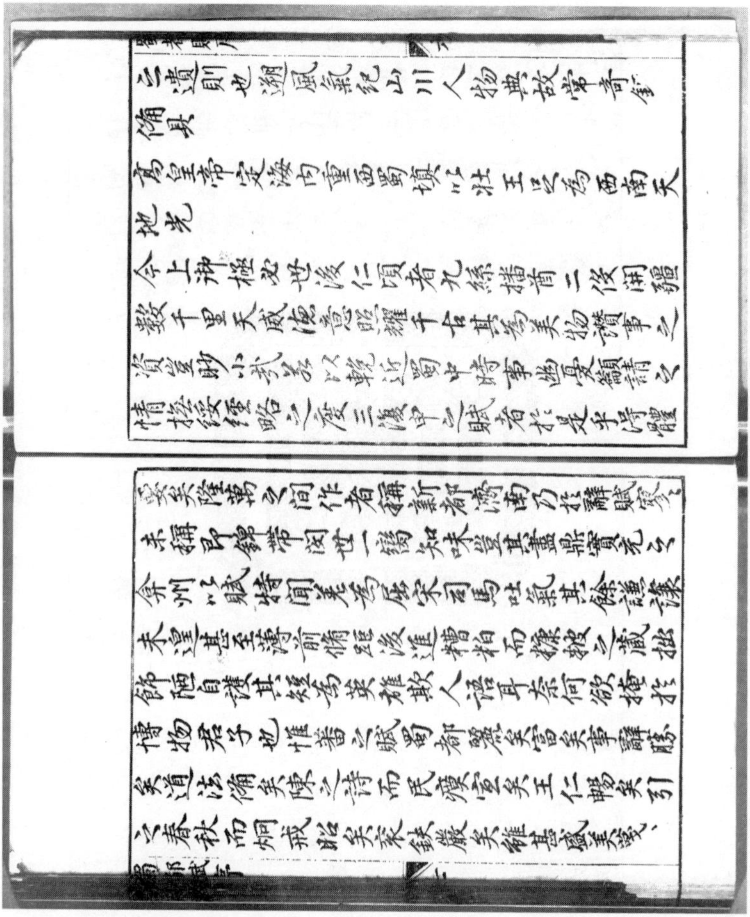

蜀都賦序

之遺則也溯風氣紀山川人物典故常奇釘
備具
高皇帝定海内重西蜀塡以壯王足為西南天
地光
今上御極必世後仁頃者九縣播啇二俊開疆
數千里天威德意照耀千古其為美物讚事之
資豈眇小哉若以輓近蜀中時事幽憂籲請之
情掺綬纆略之度三後中之賦者於是乎得體
要矣隆萬之間作者稱新都濟南乃於辭賦寥寥
未稱即錦帶閔世一鶚知味豈其盡鼎實充之
弇州以賦特間差為屈宋司馬吐氣其餘謙讓
未遑甚至薄前備距後進糟粕而糠粃之蔵拙
飾陋自護其短為英雄欺人語耳奈何欲掩於
博物君子也惟蕃之賦蜀都麗矣富矣事辭勝
矣道法備矣陳之詩而民瘼宣矣王仁暢矣引
之春秋而炯戒昭矣袞鉞嚴矣雖甚盛美蔑、

蜀都賦序

加矣惟蕃之才饒而又躬歷其地且當
聖人文道之化固千載一時也有不盡神化之
理而窮經緯之用者乎是賦出而陳壽之志三
國蜀不議書常璩之著華陽國不議志矣原易
先生方高崎著作之庭諗才仲子父子相知已
而不佞俯仰其間有深契焉遂爲具論之如此
惟蕃其質之先生亦晏固有在也是爲序
二酉生友人程淯巨源撰

蜀都賦有引

新安范枏惟蕃父撰
虎林江鎣士美父注

按蜀居帝議政之方王氣或流書記帝居房心决事參伐參伐則蜀分野言蜀在帝議政之方帝不議政則王氣或流於西故周失紀綱而蜀先王七國皆王蜀又稱帝又帝會昌衍祥河圖括地象曰岷山之下爲井絡帝以會昌神以建福故山川甲天下而風謠表八都先是作者揚聲布美揚子雲左太冲率擅芳韻蜀都惟揚雄左思有賦顧鏤金刻玉不無遺輝王右軍每有餘嘅羲之謂彼土山川奇太冲賦殊爲

洎陳承祚常道將志紀誣瑣晉陳壽著三國舊傳常璩著華陽志說者謂陳失之誣常失之瑣且物換星移滄變桑更規昨律今惡能具據歲在戊戌小子侍家大夫忝知是土歷勝攬奇頗有興抱繆擬細響欲振洪鈞會家大夫新雋浙　勑遞鼓䙝東歸尋雁莊歌涔以卜泣自註是年余殤長孩明年喪室又殤次孩抹杀音甫鄃翰越庚子又南征鍛翩冉冉冬徂趣覲明州今寧波府頌椒獻歲樂有餘日爰理前緒湯成斯篇太冲言曰美物依本讚事宜實左思三都賦序云美物者貴依其本讚事者宜本其實苟本實弗茂讚美

何繇故茲山川土毛人倫謡俗之槩必根方志窮史乘華而核濫不浮矧有我　祖鴻休高皇遣傳將軍友德平定其地今　上駿烈平播酋與夫蜀氐幽思遐籲之情採木採礦等事敢不稽首揚揮微詞貢風聊設巢棲處士懸弧先生互荅以畢焉平子賦兩京追琢十稔今逾月卒就蕪穢可知匪曰彫篆揚雄謂賦爲童子彫蟲篆刻或廣異聞云爾右軍帖問蜀事欲廣異聞

有巢棲處士散髮蒼梧之野倏逢鶡音曷鳥似雉而大青色冠鶡衣號懸弧先生者栩栩而東揖而前曰先生亦

從也何方先生曰蜀處士曰蜀之教樂乎先生曰樂
樂曰樂孔甚也叵不可也一言橐也處士听音齗上聲笑貌然哂
曰先生毋啍音君口啍誕也乎燕趙秦晉吳越之區樂固有
之蜀胡樂之有側聞蜀道之難也難於登天鳥道裒
邪同飛羊腸仄穿曲磴危躋絕壑回邅濯林蓊音翁茂也其
鬱鬱薾音你草盛貌草蔚其芊芊枯松蟠壁以早霧古藤
亂澗而桂煙飛湍渙音喚水散也而漬雪寒石礐音學夏有水冬
無水其漱泉啼猿哀切號鳥鳴咽虎牙蛇齒肉吮血鮮
峯倒面觸崖虛蹠縣九水無人十山無天晝不火炊

宵不盧眠眇一夫其隘立鷙雄夫而失千車欲痡音敷
而再卻馬亦虺音灰而不前朱顏一去歸來白顛遠道
之人可嗟淚漣此土雖樂何如夙旋由斯以譚當今
有聽者闃聽有明者翳眉樂且茶矣何孔之云然以上
倣李白之意言蜀之遼僻懸弧先生方心羅玄覽之奇又耳悚齷
齪之論軒干軒有㷟其胃扤音尼躍然貌然曰子真然䙴音遷
譎也人之愁說闇曠士之豪觀乎走請抵掌之首其輻
徐其轂言先闡四圖而後詳其中恢其綱縷其目軌以古今之則
度祇慮乾躁臬竟淆亂生瀆處士曰若然蒙願

盡日也下風焉于是懸弧先生掀髯箕踞容與而抃丶

採井絡之儲精叄坤宮之列紀周禮以梁州奠坤維列參井河圖括地象曰岷山之下爲井絡灼金纏之偉圖壯玉壘之雄峙薛田成都百韻詩序金纏輿壤玉壘名區曰梁禹貢華陽黑水惟梁州曰益漢武帝置益州曰庸從武王牧誓有庸蜀漢平帝改益州曰庸部曰巴今夔州皆巴地重慶周爲巴子國統囊于蜀稱蜀自黃帝時始秦惠王置蜀郡昭烈建蜀爲都後人因統言蜀都嵓音崛高貌乎莽哉蜀之爲都何鉅而要而奇也蘇洵與吳職方書蜀地大且要蕞古天字闔澶漫而奠維纛羽葆幢喻其高埊古地字垠靡迤移以二音而居特礐音却山多大石翹八埏以爲脊屹九閡而豎髑項也翍辟

幾四萬八千而荒揚雄蜀本紀從開明上至蠶叢三萬八千歲李白歌爾來四萬八千歲不與秦塞通人煙廣袤括八千五百而邈莫角切渺也統志東西廣四千九百四十里南北袤三千五百一十里跨赤赤縣躡神神州有崧大而高惟陸高而平撮其大區則左嵳以岷右崿以嶓分江剖漢合潛別沱彭韶引續記云蜀山居左者皆曰岷居右者皆曰嶓水出於岷者皆謂之江出於嶓者皆謂之漢或謂之汚出於江而別流別而復合皆謂之沱出於漢而別流別而復合皆謂之潛萬巚于是爭矗百流于是競波四瀆啓濬發之遠五嶽表南障之高華陽志五嶽華山表其陽四瀆汶江出其徼爾乃褒斜列門靈關樹戶河圖括地象云褒斜爲前門熊耳靈關爲後戶瞿塘邛峽固其丶丶

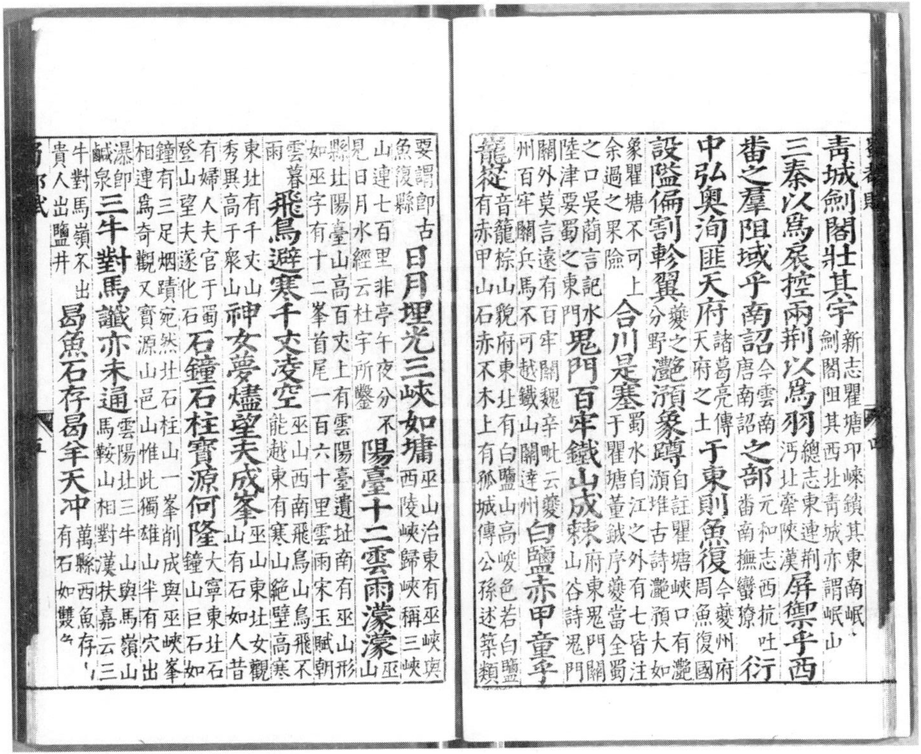

蜀都賦

青城劍閣壯其宇新志瞿塘卭崍鎮其東南岷、劍閣阻其西北青城亦謂岷山三秦以為扆控兩荊以為羽總志東連荊汚北牽陝漢屏禦乎西畨之聾阻域乎南詔今雲南唐南詔之部元和志西抗吐番南撫蠻獠衍中弘奧洵匪天府諸葛亮傳天府之土于東則魚復今夔州府周魚復國設隘偏割軫翼夔之分野灔澦象蹲自註瞿塘峽口有灔澦堆古詩灔澦大如象瞿塘不可上余過之果險合川是塞蜀水自江之外有七皆注于瞿塘董鉞序夔當全蜀之口吳蔚言記水陸津要蜀之東門鬼門百牢鐵山成棘夔府東鬼門關山谷詩鬼門關外莫言遠有百牢關魏辛毗云夔州百牢關兵馬不可越鐵山關達州白鹽赤甲童乎巃嵸音龍棕山貌府東北有白鹽山高峻色若白鹽有赤甲山石赤不木上有孤城傳公孫述築類

要謂郎魚復縣古日月埋光三峽如墉巫山治東有巫峽與西陵峽歸峽稱三峽山連七百里非亭午夜分不見日月水經云杜宇所鑿陽臺十二雲雨濛濛巫山縣北陽臺山高百丈上有雲陽臺遺址南有巫山形如巫字有十二峯首尾一百六十里雲雨宋玉賦朝雲暮雨飛鳥避寒千丈凌空巫山西南飛鳥山鳥飛不能越東有寒山絕壁高寒東北有千丈山秀異高于衆山神女夢燼望夫成峯巫山東北女觀山有石如人昔有婦人夫官于蜀登山望夫遂化石石鐘石柱實源何隆大寧東北石鐘山巨石如鐘有三足烟蹟宛然北石柱山一峯削成與巫峽峯相連為奇觀又實源山邑山惟此獨雄山半有穴出瀑郎鹹泉三牛對馬讖亦未通雲陽北三牛山與馬嶺山馬鞍山相對漢扶嘉云三牛對馬嶺不出貴人出鹽井曷魚石存曷傘天冲萬縣西魚存、有石如雙々

蜀都賦

蜀都賦

南隺飛山昔有人學道于此養二隺一日戒童子勿放童子放之一隺冲天而去文之广三字較工開縣北盛山形如盛字古詩云桂笏看山尋盛字建始南文山如文字東鄉東又有文字山如文字獨拔則櫪光浮喜崇萬縣西木櫪山禹治水過此見衆山漂沒惟此山木櫪不動故名梁山南多喜山或有光夜現是境必多喜事陳摶脩此天城峩城龍鳳仙宮萬縣西天城山四面峭立惟西一徑可登一名天生城昭烈曾此駐兵小石城是也新寧西峩城山樊噲築城駐兵此東有龍神山梁山西金鳳山半崖有罅內光石上有仙女面貌宛然時若摇動開縣東神仙山昔有仙人衣朱衣乘白馬登此天寶初置壇號神仙宮馬騰人立飛凰爪龍太平東有天馬山南有石人山達州西有鳳凰山有龍爪山形俱肖西龕龍塵絕眞武翠重萬縣西西山上有絕塵龕景物爲夔路第一達州南有眞武山如翠屏高大二梁

並巒音欲石貌穹窿梁山北高梁山若長雲垂天劍閣銘巖巖梁山是也雲陽西北大梁山橫亘若屋梁然玉涎灑映噴霧垂虹梁山龍蟠山噴霧巖范成大以天下瀑布第一達州垂虹巖泉若垂虹龍脊虎鬚濆怒交攻府東龍脊潭有石長百丈若龍脊然府西虎鬚潭杜詩瞿塘漫天虎鬚怒水有三潮泉判雌雄開縣三潮溪舊經云水日常三潮冬熱夏涼頗神異多喜山有雌雄二泉夏左盈右竭冬右盈左竭仙骨丈長呵雷鼓風大寧二仙洞壁上有石紋如人相對洞中有仙骨長丈餘開縣有雷洞雷震而成有風洞洞口出風天神護璽恪呈瀼東府東大瀼水宣和中夔人龍澄曾于水中獲玉璽非世間篆籀澄恍天神告曰此印乃上帝所寶守護不謹落此神俄不見澄懼乃投原處東西二瀼瓜芋蔚莞府治有東瀼公孫述墾田號東屯子美此夔門志東屯宜瓜疇芋區西瀼亦然

蜀都賦

十穴白井鹿化魚叢達州有丙穴井峽中凡十穴出嘉魚杜詩魚知丙穴由來美大寧有白鹿井昔有袁氏逐白鹿至此入洞知水鹹遂開井煮之**鼓囊滚地喤彼劉封**開元寺前劉封井昭烈養子劉封以退縮敗軍昭烈用鼓囊之自山頂滚至地鼓止處湧出泉故名**琵琶高揭野女音聰**巫山縣西有琵琶峯形似此鄉婦女多曉音律或云鍾此峯之秀**聖波所濡書解狡童**王十朋集巫山有孔子泉泉傍雖童子皆能書**夫子**如**爰子貢占畢峽中**梁山東有書院峽每風雨冥晦聞讀書聲中有夫子崖子貢覊**有呂藏渺居雲際**梁山治有呂寳藏家絕壁有一穴漢赤眉亂邑人呂寳藏家貲巨萬齎金寳緣木而上鑿崖以居冠不能近舉家終焉藏尚存**李埡崔嵬斬蠻風厲**新寧有李靖埡蠻酋冉肇冠信州靖擊斬于此**栢柱血飛丹賩塔濟**白帝城西有栢柱傳公孫述樓柱斫之出血枯而不朽雲陽江中有寳子塔昔人鑿此爲行舟則謗曰水浸寳塔脚下舟休錯**兵匣誰藏巍梯誰制**自註瞿塘峽中有兵書匣絕壁上仰視宛然不能取峽口有孟良梯傳孟良欲夜過關故設此梯余皆見之**鼓宣八陣常蛇陰閉**八陣圖在魚復灘聚石爲之水不能衝晉桓溫經此以爲常山蛇勢又前有鼓石與圖相對傳武侯教戰之鼓**蹟踏石縷餘靈卜歲**自註圖經夔人重武侯人日傾城出遊八陣上謂之踏蹟婦人拾小石可穿者貫以繡縷携歸爲一歲之祥余曾登之愛其石多溜亦携數片歸**楚王春申池荒草蘚**巫山治有楚王池楚襄王曾納涼此達州北有蕭項池春申君故居**細腰永安繞歸白帝**巫山治有細腰宮楚襄王遊地府治有永安宮先主爲陸遜敗還改魚復爲永安宮居之明年崩亮受遺此治東有白帝城公孫述據蜀殿前井中有白龍現自稱白帝因名城**近**

子今重慶府周巴子國池江城涯岷涪帶合括翕秀華元環江
池塹涯島城岷涪合流塗山蔥鬱夏后攸家府東岷江南岸禹取女卽此卧
龍接蓬瀛之霧來鳳曳朝陽之霞府東有卧龍山南有瀛山青翠類蓬
瀛西有來鳳山北有朝陽山踰越高引脂雲重壁遠凌劍花府西有踰
越山高出衆山東北有凝脂山常有雲若凝脂堯時洪水不没又名浮山西有重壁山四高中平周一百
里中有一郄山因名東有銷劍山昔人銷鐵爲劍此石獅踞雄龜停衝隘巴縣北有
獅埡山絶險分渝境西有龜停山岷江中仙女睇賓四面瞰寨巴縣西仙女山有仙
女墳東有壓賓山北有四面山四時皆同西有寨山昔人避亂保聚此虎跳馬駿音宗環
堅衛介江津東虎跳嶺宋太祖潛時登此北馬駿山將軍馬遴葬此維君清濁宰

官垂戒江津西有君井山上有井泉若邑宰賢則水清溢否則濁涸漏明騰光列
花如畫長壽北漏明寨山石壁中有孔漏明雨旁互見涪州西五花山五山列如花北巖
遊蘭玄風滌灑涪州北有北巖山王眞人煉此南有遊蘭山蘭眞人煉此華桂吐
英葛仙吸瀣大足西三華山三峯屹立東五桂山宋五士同登科故名榮昌東葛仙山葛仙
煉此縉雲丹成黃帝已邁壁山縣北縉雲山高聳有温泉黃帝合神丹此天池
罷釣城留余玠合州東釣魚山上有天池有石上巨人跡昔異人坐上投釣江中傳卽余
玠徙城之所純陽九煉范氏事帷合州北九煉山李伯陽昇仙所林灶俱存有純
陽山唐女范志立得道所天寶中任安奉使至慕之約期而會及往志立變爲男子木既成文
石自剖界合州北瑞應山乾德中出異木生文成下太平字西有青石山漢高時巴蜀

不决一朝窖霧石自裂自上及下
直若引繩于是蜀巴州治始判漁網得雙飛步
解銅梁南有雙山漁者網得二石其一飛
去俗郎以留者祀廟旱以水沃石即雨又有平都
方言陰主羊鳴鹿鳴悉歸諧譜自註酆都北平都山
有酆都觀俗言閻王
府余曾登之無甚異但滿山皆荆條稠密耳又有白
鹿山云有白鹿鳴于上忠州東羊鳴山有羊鳴觀
特彼酉陽高矹南柱黔江東酉陽
山南抵蠻夷鑽天石尖獨勇莫
拒武隆北有鑽天山石尖山彭水東獨勇
寨山險峻前人避亂此蠻人不敢攻鷹摩天圍
百蠻斯撫彭水東鷹寨山如鷹宋時屯兵此禦蠻西
有摩圍山宋太祖時慶雲現蠻人呼爲天
圖又道家爲洞天福若乃南渠𥩟音涌渝綦汨流合
地山下有五龍室庇州
岩渠江南川縣南江巴四十八渡之淼淼音渺南川
縣渝水綦江縣綦江東有兩山

壁立一水灣環中凡四十八渡門穴如戸前湧一
石臺水出其中有石龍二旱禱輒應一見黔江七
十八溪之滮滮音彪流貌在黔江
灌漑田禾邑賴之五十八灘之磕磕
音碣黔江縣之黔江自思州發源
經五十八節名灘直與岷江會二十五巖之颼颼
在黔江
蜂產蜜或成几曲或成巴道江津几水環縣治如
几字巴縣巴江水曲
折三囬如巴字銅梁巴如丹如墨之渫音薛
川河繞縣亦如巴字散也瀉如銀
如金之熲音景浮巴縣丹溪水色如丹又黑墨潭水
光也如墨南川流金水色如黃金又奉
恩溪色如水銀形如白如魚如鹿之倩俐奔走
鮀人以爲寶劍之精貌如龍
如鮀之蜿蟉巴縣魚鹿峽涪水中一石如魚一石如
鹿交龍溪側有古木如交龍如鮀見上
銅柱無底歇神有洲涪陵江銅柱灘昔人維舟見之
底有銅柱涪州北歇神灘

被刺首漂至此歇一宿去至雲陽人妆廟祀**銅鑼不鳴月明如秋**巴門鑼峽門崖圓石若銅鑼又明月峽李膺記絕壁有圓孔形若明月**鬖鬖見牀勿語成愁**南川龍牀灘世傳牀如式舟必吉牀鬖鬖舟必没長壽不語灘人言則水湧不言則平易**摸石則男女卜探蟹而晴雨謀**江津天水池邑人春月競于池中摸石斫嗣得石生男得乇生女又巨蟹水禱旱於此取水得黑蟹即雨黃蟹無雨**春秋與海通潮清濁與江接漚**南川三朝泉早晚三朝每朝水下有聲如雷春秋分潮倍常聲聞十里故老謂泉通海鄷都景德觀靈泉清濁增減與江水相應云王眞人所鑿**又如烏啣僧衣注呈金沕**音扐水石之理江津有金注子昔有僧憩此有烏啣衣袖牵而上見注子隱石縫中遺跡尚存**雙釵下沉影翻金色**江津周溪上石磧中有淺水一斷隱隱見雙金釵影**啣萱啣蓮**

有鱗在減音洫流貌疾**秤斗側懸爲豐年則**涪州有江心石魚鑑湖上流有石刻雙魚皆二十六鱗一啣萱草一啣蓮花有石秤斗在傍魚現則年豐**櫃中斧聲胡來洞裡碧爪安得**南川櫃崖峭壁上有洞門中有一櫃每聞斧斤聲有飛屑隨擲下忠州白鹿洞昔有二獵人逐鹿入洞鹿失所在但見二碧爪食之仙去**駭爾鏡臺仙姬時節**忠州岷江中有圓石光如鏡名照鏡臺水落石出時有仙女來臨**嫠婦多金帝亦懷德**南川有懷清臺秦寡婦清得丹穴而擅其利用財自衛始皇以爲貞婦爲築此臺**灘城屈塔莫可悲憶**府東有古灘城巴子所立又有屈原塔蘇軾詩南賓舊蜀楚山上有遺塔應是奉佛人恐子就淪滅**別有狼狽野鄉搆閣檻而藏息木葉記時絲竹弗識**府治山谷中有狼狽鄉搆屋高樹之閣檻不解絲竹惟擊銅鼓覡上

蜀都賦

以別四時父子同諱夫妻共名尚鬼所福剛悍仍其風歌舞沿其式賦

悍生其方晉禮樂記銳氣善舞海棠有香是曰香國古有海棠香國在今大足縣內

海棠無香惟此地有香壤連巴西今順慶府漢巴西郡嘉陵環勝中翼以

渠府東嘉陵江爲一郡形勝東至合州會渠江渠江經蓬州至渠縣東經府界流至合州果山

隆巖州名是初府西果山峯秀多黃柑晉陳壽隱此唐爲果州因此名金泉朱

鳳羽化遶遶府西金泉山唐仙女謝自然飛昇此舊衣尚存南朱鳳山爾朱仙李淳風脩煉

此丹井尚存二方延佛近皈清居府西大方山小方山相峙謝自然棲此又有佛

龕山治南有清居山宋嘗徙府治此鶴鳴天風樂振步虛府東鶴鳴山謝自然昇仙

日有鶴棲鳴于上又棲樂山同是日仙樂振響峯頂南岷耽蓬並仙人之舊廬

西充南南岷山有九井十三峯漢何岷隱此因名隋程太虛脩此府西大耽山隋楊耽脩此營山東大蓬

山葛由得道此金粟儀隴軫接雲北儀隴西有儀隴山縣因名又北有金粟山上數

石如貯米囊故名蓬州北有北山州之主山南有雲山宋嘗建州治于此花果蔓門樂亦

何極渠縣西岩渠山名花果園有三石門北有樂山每歲人日邑人將鼓笛酒食讌樂此惟姜

及張八濛若翊岳池北有姜山姜維屯兵此渠縣東北八濛山八峯起伏常有烟霞濛其

上張飛與張郃相拒于此穀城富寧宜爲靈域廣安東穀城山有禱輒應富靈山峻

峭多藥物實仙靈所居有子辭行脩真果得廣安西子仙山漢馮緄子馮真人辭

親謂當仙去以來晨鶴翔爲候緄登此山望之果然又名望子山梳裝誰遺高樓淸

逼大竹有仙門山上有仙女石梳裝石渠縣崑樓山如樓石鼓石槌偫音治具

蜀都賦

器岳池西寶珠山有石樾山下河有石鼓石鐵音散石船庬音餙具也其餙

江中有石二丈餘狀若鐵蓋曰石鐵大竹溪中有石一丈許宛如船曰石船石龜首旋於

冬夏所指可占乎稼穡廣安井中有石龜冬夏龜能自轉其首所指之方歲必稔

鶴乘來而遂化岳池北老君山唐時有人乘白鶴至此化為石因即建道宮羊叱

去而遽匿岳池北羊山有洞曰角竹樵牧每見羊自洞出叱之復回世傳天監中有居士隱此

講誦二年跪聽因名溟漠維玄滔音旱不可測又有金堆神闕長

虹吸盂儀隴大儀山半有金堆洞晉縣尹張英遇仙處今石門宛然渠縣西虹飲巖形類虹巖水

滴下有石臼如盂盛之日出時有虹影映巖下卦畫于砥條繫若縷南充有畫卦石

石平如砥上有八卦周李耳坐此足跡尚存廣安有繫條石西崖下石上有繫條痕昔有異人到此禮塔

解條繫石去金藏而泉碧泉飲而顏朱金泉山下李淳風於此藏金化為泉

府西有滴乳泉昔有道士何志全飲此泉八十面如桃紅宋人有詩井可以療疾人何

以信巫府內天封井昔爾朱真人吐丹在內疾人飲之輒愈府志俗尚禱祀白氣時吐

於磁孔之頂隣水南白磁孔有石孔如屋雲氣每白紫焰或放于金壜

音妻之隈清居山有金壜高與山等亭亭如浮屠常有光現浮屠求鎮于二色

南充有黑石塔白石塔聖燈散泛于五區蓬州有山燈凡五處在蓬山者尤靈異祠

三四點至數十點高下相應人呼聖燈既出于有亦入于無是以充國

城前安漢城後府城南有充國城府城北有安漢城皆漢縣址仍存天隱人英

遺墟錯繡巷陌恬熙東郊迎富圖經每歲一月二郡中人從太守

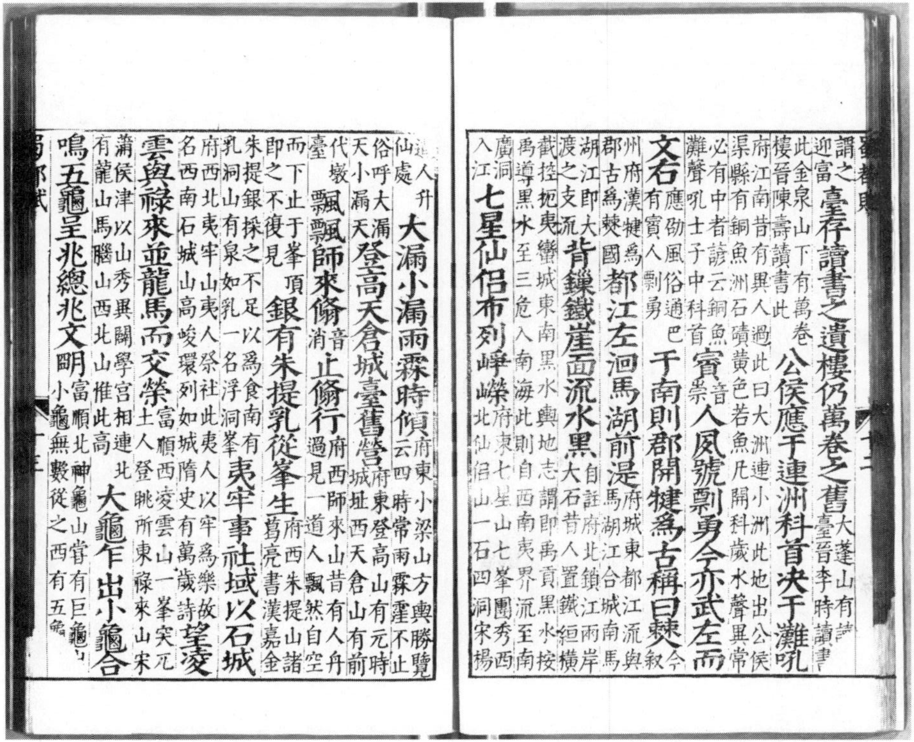

謂之迎富臺存讀書之遺樓仍萬卷之舊大蓬山有讀臺晉李時讀書
此金泉山下有萬卷樓晉陳壽讀書此公侯應于連洲科首決于灘吼
府江南昔有異人過此曰大洲連小洲此地出公侯渠縣有銅魚洲石磧黃色若魚凡開科歲水聲異常
必有中者諺云銅魚灘聲吼士子中科首賨音崇人夙號剽勇今亦武左而
文右應劭風俗通巴有賨人剽勇于南則郡開犍爲古稱曰僰今敘
州府漢犍爲郡古爲僰國都江左洄馬湖前湜府城東都江流與馬湖江合城南馬
湖江即大渡之支流背鑠鐵崖面流水黑自註府北鎖江兩岸大石昔人置鐵絙橫
截控扼夷蠻城東南黑水輿地志謂即禹貢黑水按禹導黑水至三危入南海此則自西南夷界流至南
廣洞入江七星仙侶布列崢嶸府東七星山七峯團秀西北仙侶山一石四洞宋楊
進人升仙處大漏小漏雨霖時傾府東小梁山方輿勝覽云四時常雨霖霔不止
俗呼大漏天小漏天登高天倉城臺舊營府東登高山有元時城址西天倉山有前
代壘臺飄飄風師來倏音消止倏行府西師來山昔有人舟過見一道人飄然自空
而下止于峯頂即之不復見銀有朱提乳從峯生府西朱提山諸葛亮書漢嘉金
朱提銀採之不足以爲食南有乳洞山有泉如乳一名浮洞峯夷牢事社域以石城
府西北夷牢山夷人祭社此夷人以牢爲樂故名西南石城山高峻環列如城隋史有萬歲詩望凌
雲與祿來並龍馬而交榮富順西凌雲山一峯突兀土人登眺所東祿來山宋
蕭侯津以山秀異闢學宮相連北有龍山馬腦山西北山惟此高大龜乍出小龜合
鳴五龜呈兆總兆文明富順北神龜山嘗有巨龜小龜無數從之西有五龜

其崖突出如龜者五每陰雨則水面湧沸若有物焉禱旱有應富順文風特盛維祥維慶產蘭英慶符南有興慶山東有迎祥山南有蘭山多產蘭有八九色符葉如篆盞穴異莖南溪西平盖山有洞深邃上有石穴如盞有水出又有木葉紋如篆謂之符葉漢劉真人隱此龍透雲臺磨角可驚南溪東龍透山有洞深廣謂龍所透北有雲臺山西有龍磨角山巖有劃破迹龍嘗磨角此漢陽峻峙流漢師之威聲其中則金川台曜顯輝石門鳴鐘奏響富順金川中有石出水面分兩層前三後七謂三台七曜石府石門江有灘水常若鐘鳴南廣經豕栽之深青衣表崩角之廣慶符南廣水出呂部蠻部經豕栽夷而來南溪青衣江古有青衣國與叙州鄰見漢衣冠求內屬江因以名貞婦湧儀君子著象南溪貞婦石昔有婦人夫喪無子事姑甚孝強嫁不從婦沒其室中忽一大石湧出形如婦人石至今存富順君子石江畔三石有低昂揖遜之象乞子神于應孝字遊于[illegible]慶符乞子石兩石對立如夫婦襄宇記云東石從西乞子將歸俗云無子禱之有應又有孝子石昔隱叔通毋惡瀨江水不潔必得江心水乃食舟汲苦迅湍忽湧出一石汲水甚便孝感所致龍女依井而坐[illegible]龍翁尋溪而獨往長寧龍女井昔人見小女出入井間坐石上理髮南溪九盤溪昔有童子遇龍翁于此神馬鳴躍于澄淵天倉沙塞而知穰慶符馬鳴溪昔土人鄭氏牧溪上馬產龍駒四蹄利爪朱騣赭尾高五尺將以爲貢至溪口忽長鳴躍于水慶符天倉灘每水漲沙塞則年豐鸞折上有烈足倚在南溪青舊傳僰道張真過江覆沒妻黃氏名帛求夫屍不得遂于溺所自沉積十四日抱夫屍浮出灘下于是松嶺風清桃源春齊長寧

嶺遊玩所趙清獻詩春日桃花處處同偶然來此
松風又有小桃源宋張太守置亭榭掘地得銅牌曰
小桃源海棠芙蓉池洞爭麗長寧海棠洞南溪芙蓉池金可遊賞樬音思子
樓臺水簾澄滴長寧樬子洞內乳結適洞如樬上有朝真洞皆多題詠府北水簾洞黃庭
堅書奇觀亭西湖西疇何遊騁之泉曳富順西湖廣二頃菱芡蒲荷充牣宋
程驤有詩又有西疇廣六十畝萬松森列惟有蠻口惡溪僰𢘓音燥愁也慶符蠻口
津蠻夷出入之處與文有[illegible]
溪坎山高道險宿草荒塞[illegible]
閣梯連珠山峭如閣旋如梯[illegible]
[illegible]文丹霞菁旦暮霞浮樹杪蠻夷[illegible]
[illegible]春山夷人暮春穀于此東有蠻夷山多夷人[illegible]
[illegible]居高縣有遠眺山夷人出沒登此遠眺
[illegible]以標凌霄谷聚都都穴保舊戎縣有[illegible]長[illegible]

六鄉皆統於都掌蠻據凌霄城都都寨以爲險宜架砲與摩旗憑角端而一
掃興文有摩旗山形似有砲架山宋趙遹征蠻設砲架于此珙縣有角端山形似欽我武之
維揚振九綵以如稟耀武脩文俗尚一道都掌蠻據九綵城最
號天險萬曆元年巡撫曾省吾既剿之改戎縣爲興
文縣于山都六鄉適中處建武寧城設鎮守總兵安
邊同知坐營守備建武守禦千戶所建學育才夷光
風丕變寰宇記夷夏雜居風俗各異今則一矣
姜屯與武塔府城南一峯突立上有姜維屯長寧東有武侯塔諸葛建以誓蠻戎者閭
王風于灝灝左撫江陽邊絕巴疆今瀘州古巴國地漢爲江陽郡梁爲
瀘州有寶作鎮南壽齊方州西寶山黃山谷榜曰江山平遠南南壽山宋守臣繪圖
進神宗悅之賜名西方山高聳八面瑞鹿王蟾神晉昂昂州南瑞鹿山五代時道

夏尚

尹希顏開有白鹿往來北有王蟾山東神臂山有鐵爐城文鳳雙翥文光孔揚江
西文明山鳳儀山儒學在此蓉葉吟秋樂爾天堂仙棋仙魚暢八
洞其清芳合江南有蓉山有天符葉如荔枝葉而長紋如蛋飪不知何木或謂劉真人仙蹟蘇
軾詩滿山秋葉豈能神西有安樂山劉真人登仙此上有八洞有仙魚影隱石壁中有石碁等二龍
眠雲連天高翔江安照山有二龍潭有眠雲石又連天山高聳築成見龜道
成聞傘江安小龜山築樂共城獲一金龜又胡傘山胡傘道人煉丹昇天此安遠擬旗
天兵用張江安有安遠寨納溪有擬旗山金武侯結寨樹旗征蠻所爾乃瀘合蕩
蕩海觀茫茫州東瀘江合江夏潦水漲兩江環合真如海觀故名資支思悅砏
汃音攀彬水激石聲湯湯治北有資江支江西有思晏江東北有悅江宋綿納安

輣音朋軋洋洋州東有宋江江安西有綿水納溪西有納溪水安樂北有安樂水九曲
同之州東有九曲溪有九曲合江有之溪如之字淯音育澄濫觴江安有清溪澄溪
馬入潭底龍卧石旁州東龍馬潭唐王昌遇落魄仙授以道術呼馬送歸瞬息至家
馬化龍入潭州中黃龍堆有大石闕昔人没水見黃龍卧石闕下思蛾結髓煉丹紫
房州南思娥洞外隘内宏石髓凝結宛若堂宇又紫房洞唐應靜煉丹此汪童誦于先
巖唐子吟于雲鄉合江北先氏巖唐神童先汪讀書處治南飛雲洞唐子西讀書處
輪帆輻輳燦焉其物章瀘商旅所萃典章文物為諸州最右達龍湖
僰侯是附乃犍乃牂漢方受度今馬湖府以湖有龍曰龍湖古僰國地漢
始為犍為牂牁二郡地唐為馬湖部赤崖實屏障懸藩布金庭玉鏡

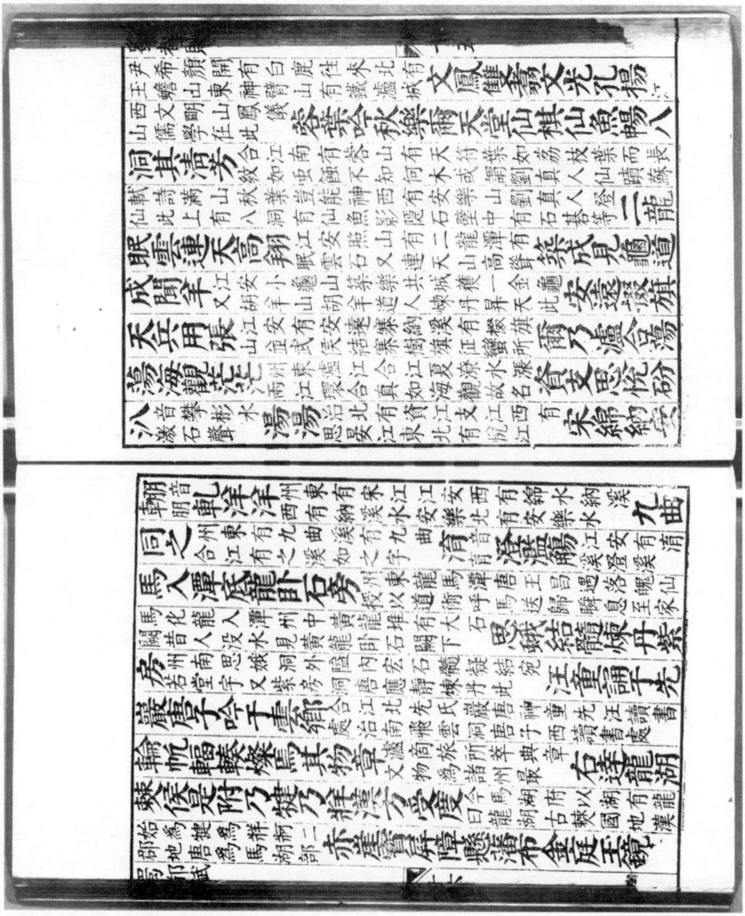

要守固府東有赤崖山寶屏山西有金庭山鏡山書樓拂蒼青孤籠霧東司東書樓山石方疊如書沐川司青孤山秀出衆山之表草何毒其封口雷且應而不敢吐府西雷畨山草有毒經過牲畜必龍其口行人亦必緘默若吐聲雖冬月必有雷霆之廳木何神其自行夜劈石而歸夷路沐川司神木山傳永樂四年伐楠木于此山一夕木忽自行吼聲如雷石劃自開達于坦途龍馬戲赤白而深潛楚魚畏玄黃而曷泝蠻夷司前馬湖江昔有龍馬潛湖內華陽國志江之崖色赤白映水玄黃魚從楚來至此而止畏崖映其水故也沐川如沐人之起坐鼓崖如銅鼓之方鑄沐川司北有沐川峯崖竦立如人沐浴起狀府西銅鼓崖懸石如銅鼓三公什泥千澗分注府西有三公溪泥溪蠻夷司西有什葛溪魚鹿鳳龍

百谿皆赴府南金魚溪多金魚蠻夷司東大鹿溪多麋鹿府西黃龍溪有龍潛黃色又有鳳池嶔巖纚音吏聯深箐葪蓰音李摛武作麗施邪道也半習佅僑之素郡志江流陡險山箐崎嶇夷則左衽佅僑而賴因之鄉烟草芒然氈辮駱騃音陪騃獸走貌駊其鶩賴因即新鄉鎭南接本府二百里北接大凉山五百里諸夷出沒之所向賧乃結卭部等進掠今于烟草峯設守備司彈壓轉諸眉山犍域斯廓今嘉定州周秦爲蜀地漢置犍爲郡成帝改嘉定郡隋改眉山抱陽環逼倚錦覷洛州南陽江東通江即岷江北錦江三江自戎都環流此山南洛都山郭璞所謂將州對洛都也九頂高標屹其區九龍聖岡隱音隱其郭州東九頂山有九峯西高標山巍然高峙東九龍山鑴有九龍南聖岡山海棠烏尤芬芳盤錯州西海棠山造賞之地南烏

山狀如犀牛蓮花青衣金翠綿絡東蓮花山產蓮青衣在大江中屹然蒼峭燈開曰可卜年梨嚠曰可勿藥州西梨花山人有寒疾食此花即愈南金燈山其址有淵人曰郡守張燈灑油水面觀其紋驗歲豐歉龍門隴定神樓仙閣峩眉縣西龍門山兩崖峭峙青天僅露一罅有藥竈藥臼各岩洞孫思邈棲真所南隴定山神仙傳云佛圖澄採藥此三峨疊其崴磈音歪塊巑音厲巍貌芙蓉之秀削闖音荐闖也四十餘洞之幽玄構七十三穴之冥窴閌音亢高門貌百十二丈龕之嶚嶕音遼樵高貌陁音駝險也四十八盤之磅礴伏羲女媧有跡其蹻鬼谷葛由厥兹桓躍雷神有司風雨可愕光迴攝身神自圓博峩眉治南有大峩中峩小峩謂三峩兩峯相對故名峩眉周迴千里有石龕一百十二丈小洞四十有八十四盤田錫詩高高百里一曲盤八十四盤青雲端有雷洞七十三穴雷神居之時出雲雨有伏羲洞鬼谷洞鬼谷子隱此得道上昇著書號珞琭子有葛仙洞葛由騎木羊上山即此亦名綏山諺云得綏山一挑雖不得仙亦足以豪大峩頂有攝身光午未時現人視之隨形照影各見自身不見他人形有長短光有小大伏龜與沉犀芙寧丈人金兩母交搏夾江東伏龜山盤曲有九犍爲南沉犀山昔有犀牛渡此而沉夾江東丈人山有石若人立威遠北兩母山若兩人立簾鈎上金粟落夾江東簾鈎山兩山夾江如簾鈎晉人詩移紅影在簾鈎上犍爲北金粟山多產桂子阿吒鳴金釜灼洪雅西阿吒山有石羅漢一百八瀑布千仞響撼山谷南金釜山舊經云昔有主簿煮金脩道此三榮盤紆人精咸托榮縣東梨山有龍池旱禱多驗北榮隱山古有雲榮先生

夏高宮

蜀都賦　十八

脩道此又滎德山有仙人脩道石室二十四所八面九勝難窮岸崿音牢深險貌洪雅南八面山八面視之如一北九勝山屹九峯近如屏欄遠如戶閾若乃峯月嶺雪崖佛洞仙洞溪山右月珠峯平地突起四無倚伏形如月珠雪嶺三四月亦有雪范忠宣詩雲堆雪嶺鋪銀界夾江千佛崖鐫佛數千州南臨江鑿石佛三十六丈耳竅可行人夾江仙掌洞舊傳李阿真人所遺州南有八仙洞前堂後房有石床風雲飄結朝霞高騫州西清風洞白雲洞又朝霞洞俱在白崖山蘇文公携二子訪程公望于此治易爛柯燦接洞天自註九項山治易洞宋人有題州前爛柯洞東坡有詩西又有第一洞天大都是地多洞每石山不下百十餘皆人所鑿列若蜂房大者有聽事卧室小者深一二丈余曾歷探之意荒服之地上古時穴居如此大渡羅目決其河洪滎東秦瀹其川州東大渡河義眉羅目河多粧

石洪雅治洪雅川滎縣滎川北有東川多楠柏樂苗威遠西南秦川秦克蜀移秦人萬家實之即此三雙花玉瀼音萱聚流貌其沸天青夷泥濊其漩州北三溪即李白詩夜發三溪向三峽滎縣有雙溪洪雅西花溪義眉西種玉溪石如玉西南天津水夾江天水溪有天生橋又青衣水犍爲青水溪義眉夷惜水州治泥溪河蘪顧三雀漱音漂浪貌其瀨八卦瀑布漱音漱清貌其涓犍爲蘪顛灘極險夾江三洲雀洲州治八卦井郭璞所鑿洪雅瀑布泉鬱鬱姑姑明復千年州南明月湖湖如月形郭璞詩鬱鬱復姑姑將州對洛都試看千載後依舊明月湖後隋鬱姑將軍開此硫黃香濈音戢沸也小古磬幽系威遠北硫黃川傍有一竅硫黃隨泉出犍縣爲漢水漢戍時得古磬十六枚于水濱殘墨染郭璞巖下有黑頭魚蘇轍詩洗硯去殘墨遍水如墨霧至今江上魚頭存遺魚跛馬飛淵

蜀都賦

處峩眉馬龍池昔有馬馳如飛村民傷其足投池中忽雷雨劈山去恠竹中之兒啼

夜郎而斯傳州壯古夜郎國傳爲一女浣溪有竹浮下中有啼聲取視之則孩也及長爲夜

郎封爲竹溪王今有竹公溪歌鳳胡爲乎來一嘯妙于自然州治有歌

鳳臺接輿遺蹟榮縣東嘯臺孫登嘯處呼應莫卽其影清音祇誦其篇

峩眉西呼應臺唐孫思邈見玄宗求賜武都雄黃遣中使往賜峩眉不見忽逢老人云石上有硃書謝表

旋錄旋滅州有清音亭東坡讀書處斯山水之孤絕而豪俊其褊褼鮮于

之記山水孤清秀絕劉伯熊記山水爲蜀冠眉州志人士俊乂延接齊通總隸犍境

今眉州周秦屬蜀漢屬犍爲齊置齊通郡慕顧融春玻璃瀉景州東慕顧山西瞰玻

璃江卽岷江瑩若玻璃輿地紀勝云人日出東郊渡玻璃遊慕顧眉之故事也迢遞峨眉賓

維方屏州南二百里三峩分向之龜旋鼇立龍蟠虎炳州西七龜山七山羅

列如龜連鼇山相續如鼇東北白虎山秦昭王時白虎爲患募州人康仲伏弩射殺之北蟠龍山狀若盤

龍南瞻大旺快活而靜東南大旺山屹立迴拱州城西北平地突起百餘丈曰快

活山臨池有法筆峰用警州西筆架山三峯如架環居皆善書金華北平

燈燈何囧彭山東金華山夜夜神燈西北平山五色燈時現張道陵得道此唐詩天柱一峯凝

碧玉神燈千點散紅蕖飄然龍鵠塵心自冷丹稜西飄然山爾朱眞人道場北龍

鵠山乃成無爲楊正見李煉師成道處天社打鼻靡感不騁彭山天社山漢李嚴

鑿此通東道南有打鼻山劉宋時譙縱據蜀朱齡石討之此象耳何雄熊耳亦猛

彭山東象耳山唐羅城記象耳鎭于後卽此青神西熊耳山望帝謂熊耳靈關爲後戶卽此九

之懸榻已玄三峕之樹筍尤憬木鑰擊而峯闢梵宮
流而龍省自註丹稜九龍洞中有石榻石龕之類青神有上中下三峕中峕三石突起如筍諸
距羅尊者道塲宋元巖初有異僧感牛頭寺僧禮敬贈以木鑰曰欲見我當至中峕山石筍扣之後寺失
佛珠僧如言往扣峯裂爲三異僧見曰盜取佛珠江濱我得久矣付還之余曾遊中峕人猶道其事云上
峕常有龍崖下聽僧講經或得壽于一觴或同仙于斯井州治息臺山昔
有叟遇道人偕子携酒飲之道人因取籍檢視云子壽止十八舉筆改曰八十後子果年八十牛心山昔
有道士取絕頂井水煉丹適蒲江王簿至取丹共服之俱羽化若乃松醴濛金之濆
⿰氵攻尒音耳家夷郎之洸瀁州東松江繞州城西醴泉江來與松江合南有思濛江西
南有金流江石佛山下有尒家川蘇軾有詩丹稜東有夷郎川雙環青赤魚沺澎音彭

溫州西有雙湖環湖多風景中峕下有青衣水彭山有赤水漢黃龍見此青神有魚蛇水中有魚似蛇
丹稜有灕泔水夷以此水曰灕藥言人病𤸷則瘥如漿故謂泔老媼磨杵以示堅老
人現蟹而留相象耳山下磨鍼溪李白讀書山中欲棄去過此逢媼磨鐵杵曰欲作鍼白
感其言還卒業媼武姓溪傍有武氏崖墓順山上老翁井又曰洞洞中常有白蟹現又爲四目老人眞府
今有石像四目蘇軾詩井中老人悞年華云云龍繫于橋魚喚于浪彭山繫龍灘漢
時邑人瞿君武入眉山得道乘龍還家繫龍于潭後復乘去上有繫龍橋中峕有喚魚池撫掌喚之卽羣
出石倉產米醴泉除瘴彭山東半山有崖竇如蜂房竇中常出米上刻石倉米洞
州西有醴泉味甘能愈疾猪妄何來井翁何放州南有猪龍泉蘇軾云百年前有牝
猪伏此化爲二女蓋猪龍也余偶見之以告妻兄愿愿疑誕同禱復二鯉出州東有老翁泉蘇洵集

數年前月夜嘗有一老翁蒼頭白髮偃息井上就之則入于泉弗見洵建亭作銘　沉津葬
已矣殯元盥馬何壯　唐僖宗在蜀政出內侍田令孜拾遺孟昭圖論事坐貶孜遣人
沉于蟇頤津州人廟祀之宋郊詩難排趙高鹿竟葬楚江魚唐花卿從崔光遠入蜀後平寇已喪其元猶
騎馬荷戈至鎮下馬沃盥浣紗女曰無頭何盥爲遂偪仆居民葬之溪上廟祀之　老篤在梁
彭宅在曠　青神東青羊橋老子騎青羊出關過此彭山象耳山有彭祖宅彭祖生于此鄉　巽
巖墨首冕蓮池瑞自邑　李燾父子讀書龍鵠山築室曰巽巖孝宗御書龍鵠山三
大字刻猶存州治三蘇祠內有瑞蓮池祠本蘇氏故宅池每歲產瑞蓮一莖兩蒂今凡大比年觀瑞蓮卜
士第　學士芸芸天章久唱　宋政和間御筆西蜀惟眉州學者最多　三不失
古節崇名尚　蘇軾云吾州俗近古者三士大夫貴經術重氏族其民尊吏畏法農夫合耦相

助唐通義志士以名節相尚　秀清攸聚爲膏腴上　唐通義志山不高而秀水不深
而清唐盧極羅城記坤維上腴　旁極臨邛方列維雍　令邛州周職方蜀雍秦始置臨
邛縣蜀　崍頂仰西使之高節　州南邛崍山張騫使西域得高節竹植此故名自沉
黎千里至州環抱爲鎮　鶴鳴訪廣陵之霞蹤　大邑西寉鳴山有石如寉地應氏宿
廣成子張道陵登仙此　相臺想仙令之擅鑑　州西相臺山唐袁天綱爲火井令登
以相縣故名　長秋快道簿之異逢　蒲江東長秋山宋主簿好道遇白玉蟾引載于
此仙去　盤陀昃昊師之旨　州西盤陀山絕頂有石佛唐人刻昊師二字　銅官
傍帝賜之濃　州東南銅官山產銅漢文帝以此賜鄧通　牙潽泉濮于邛惟
濼州東西牙江潽水布濮水泉水河皆合于州前邛水流入岷江濼音叢水會也　井飛焰

蜀都賦

無灰水似酒之較醲州西南有火井欲出其火先家火投之須臾焰出以竹筒盛之其火無灰取井火煑井水一斛得鹽五斗家火則少州南有文君井卓文君鑿水有酒味羊晵石而成妖蒲江有犀羊羈昔有石犀石羊成妖沿河吃石到此天明遂不去牛飲金其何從銅官山下有金牛池昔人見一牛飲于池金色氣與洞應洞隨氣封鶴鳴山有二十四洞應二十四氣每過一氣則一洞之竅開餘皆不見鷙鶱啼花片葉不容大邑治牡丹坪上有牡丹池片葉或墜于中則鷙鶱野鷙之類卽啣出之王孫何往金穴棲農州南卓王孫宅耕者往往獲錢翠屏點易慕學有宗州治白鶴山有點易洞漢胡安遂易學潛此州西翠屏閣胡安創慕學見下獠風不滌而敏慧詎風物之雜鍾寰宇記其人敏慧頗慕文學夷獠相雜邈究嚴道半餘

楚族今雅州商氏羗地周屬雍秦徙楚莊王之族以實之立嚴道縣隋立雅州蔡蒙是鎮旅平惟速州東蔡山武侯于此夢見周公又名周公山名山縣西蒙山有五峯禹貢蔡蒙旅平卽此懸空百丈雅安群谷州南懸空山二石奇峭可愛名山東百丈山有穴圓百尺深百丈州西雅安山自黎雅來州名因此靈通石鉢蓮田瓦屋蘆山縣西北通靈山通番要區西有崖鉢山其高莫測上有石鉢名山北蓮花山五峯如蓮滎經縣北瓦屋山或問禪惠太師瓦屋何以木皮蓋師曰錦府豈從機上織劍門寧自匣中開大關百步入夷隘陸滎經西大關山極險西南夷娑峪蘆山北百步山路接蠻夷險隘難行相公臨孟擒縱在目滎經西大相公嶺武侯征夷經此東有孟山孔明擒孟獲處九折知漢臣之忠孝驪經來唐僧于身毒邛崍山九折坂漢王陽爲益州刺史行部至此嘆曰

奉先人遺體柰何數乘此險及王尊爲刺史曰此非王陽所畏道耶叱其馭驅之曰王陽爲孝子王尊爲

忠臣榮經北有欐經關唐三藏欐經于此師古曰身毒卽天竺**平羌滇㴒**音塡水大貌**青**

濆洄澓音復流也州北平羌江又青衣江東南長濆江入平羌**周公榮聖盤溢**

音鳥**湧伏**州東周公水經周公山故名榮經北榮經水蘆山東聖水連筒引之行一里許伏流二三

里復湧出分爲五因名聖**菩薩老君沏**音冊流貌**迭奔逐**榮經南有菩薩溪有石佛

像蘆山南有老君溪老聃經此**惟雅多雨雷從洞觸**州志黎風雅雨瓦屋山下有雷

洞**繩索梁危飛仙關肅**州治有繩橋以繩架棧下瞰峽江瀘山治有索橋有飛仙

關卽古之漏閣**飛水紫眼斯界荒服**榮經西北有飛水關紫眼關皆屬夷西去五六

十里卽天全六番招討司**于壯則纏次參觜廣漢是開**今潼川州漢廣漢郡

魏潼川郡**涪于左抱中于右面**通典左帶涪水右挾中江**龍頂牛頭惟**

坻則巍州西南牛頭山後接于龍頂山爲一方勝槩**嶕嶪**音集業高屹貌**五層靈**

印之臺州北五層山重岡五層南有印臺山如印有靈臺山如臺**玉屏獨坐金紫**

高愜射洪南玉屏山形似東獨坐山卓然孤立鹽亭北金紫山嚴震封馮翊王有金紫榮故名**女**

徒依叔樓鼓如雷鹽亭女徒山昔有女徒千人行役路逢賊置柵山頂禦之東有董叔

山縣令董叔有德故名又有鼓樓山雙峯可望百里王建置鼓樓烽火**玄武蛇從石出**

覆舟颷自穴來中江東南玄武山水中石多如蛇西南覆舟山腹有風穴人往視則風從

穴起甚至折木**火烽烽息銅官銅灰**中江東南火烽山武侯置烽火西南銅官山卓

王孫鄧通鑄處**寶臺長樂玉堂特隗**隗高貌遂寧西寶臺山項平如臺又長樂平如

蜀都賦　夏尚忠

砥北玉堂山獨聳秀雄峙縣之王山峌哉雙鶴與爾仙才自註遂寧東鶴鳴山有雙石鶴每鳴則有得道者張道陵脩此鶴鳴邛州鶴鳴山亦有石鶴言道陵仙處未知孰是升庵集言道陵在大邑鶴鳴觀大邑在邛羡明月與清風兮赤城與蓬萊蓬溪西明月山賈島詩長江微雨後明月眾星中南有風門山常有清風披拂東赤城山西北蓬萊山鐵峯倚雲鼇龜魚騾鰓安岳後鐵峯山又後有大雲山前有雲居山鼇龜魚山形似大婆小婆望七盤而駐驂樂至南有大婆婆山北有小婆婆山皆可屯兵馬又南有七盤山岡峯七盤于是飛馬有嵒見龍有泬州南落馬嵒唐易玄子乘馬至此馬忽飛入水中射洪有龍穴曾有龍馬出郪音妻瀰射勝梓波雜瀱音厥州西南有郪江射洪東大瀰江東南射江東可波水合梓潼鹽亭南梓潼水樂至東勝水河鳳麟桃蘤放生

自肩蓬溪北鳳凰川鹽亭西麟溪州治桃花水鹽亭西北鸑溪岳安放生溪倒珠揚赤岳安並決遂寧西倒流溪蓬溪西北琫玉溪安岳西岳陽溪北大安溪遂寧北赤溪鹽亭南揚溪波透石以中分火沸波而弗熱安岳波石井有巨石中分而出水陳搏鑿蓬溪火井伏龍在下地窪若池以火引之有聲隱隱出地中少頃炎熾夏積雨則焰生水上爲之沸而寒如故冬水涸則土上有焰觀者至焚衣裾池湔音煎濯也浣筆而成墨樹化龍而遽折中江前有洗筆池水色如墨昔有仙人洗筆于此遂寧西有龍池昔池側有大柳樹後周時有龍自樹升後樹枯池竭文有塚而神昭木名鄉而義揭唐劉蛻寓潼川瘞文爲塚銘曰文乎文乎其有神乎中江義木鄉昔有木五枝同本而生時呼義木因名鄉讀書橫琴臺石苔蘚射洪金華山有陳子昂讀書臺杜詩陳公讀書臺石上生青苔

彭文

安岳北有琴臺即北山橫琴是也曰肝斯剖臺崇有岊音接高貌鹽亭有孝義臺

宋邑人馮伯瑜剖腹取肝愈父疾縣令爲築臺表之乃劍外之一都土沃而人

傑宋乾道中奏潼川形勝水陸之衝劍外一都會常璩論土地沃美人士俊乂廣攬巴

閬八輔之鄙今保寧府秦漢巴郡唐閬州五代唐保寧軍礉碒音欽吟石貌坱

扎音鳶軋棧道嵂音律高貌起史記棧道千里通于蜀漢爾其後擁繖蓋

前列錦屛府後繖蓋山如繖爲鎭山前錦屛山兩峯對峙萬彙爭妍帶以蟠龍通

以仙靈東蟠龍山唐貞觀候氣者言西南有王氣太宗遣人次閬中果見是山葱蔚鑿破水流如

血又靈山天寶中賜名仙穴印斗玉臺燦璀如星錦屛西印斗山如斗北玉臺山

杜詩閬州城北玉臺碧文城天目道達玄冥東文城山張道陵授符籙所又天

山葛洪脩煉此嶫音傑高貌雲臺之巑音攢岏音完高銳貌挹天柱于太

滑松根蟠桃如春麻姑芙蓉長馨峻山仙東引平仙西

迦蒼溪有雲臺山張道陵昇仙處高四百丈有天柱峯松根蟠桃巖麻姑芙蓉洞南部有思依山亦陵

脩道所東觀有峻仙洞西觀有平仙洞曳蘭登與白鹿並蛻骨而化翎

南部蘭登山嚴君平隱此南江白鹿山道陵七世孫爲集州刺史昇仙此龍門龍樓尊尊

音尊草叢生也蔥青昭化有龍門山石穴高數十丈如門南部龍樓山峯峭衆山拱揖東西

南北四龜亭亭巴州有東龜南龜西龜北龜山中有曲水流觴踈篁椊木大巴𡵆

音兀山禿貌小巴嶅音嶸義同巴州東北小巴山唐詩最恨巴山裡清猿惱夢思南江北有大

巴山後即小巴山險過連雲棧爲古巴國金榜爍天榜熒巴州學南金榜山山腰光射瓢

夏大寵

有科第南江學前天榜山如榜九曲阬音亢七曲陘音刑山絕坎昭化西九曲山有九曲梓潼七曲山有七曲若大劍之嶜岑音津涔高銳貌胡雙闕之崢崢彼小劍之嶚音遼剌又胡閣之如橫劍州北大劍山山海經作高梁山峭壁中斷兩崖相嶔如門之闕如劍之直故又名劍門山與大劍山相屬有小劍山秦欺蜀開道卽此太劍雖險徑路頗夷小劍鑿石架閣險不容越鴈門惟孤鴈之容征馬閣雖束馬而弗寧梓潼南鴈門山兩峯鴈從中過北馬閣山峻峭極險鄧艾縣車束馬由此出江油伐蜀七盤嶺之崛礨音菊壘十二峯之娉婷音聘亭廣元北七盤嶺杜詩七盤雖云險山色佳有餘南江十二峯一名小巫山白雲鳳誥之谽閜音蝦朝天漫天之嚶音影溟昭化有白衛嶺有鳳嶺巴州有雲峯南江有誥嶺廣元有朝天嶺有大漫天小漫天嶺羅隱詩漫天危險已多端崱屴音擇力崷崪音酋卒並巉嵒貌彳亍音躑躅小步匪[山屏]音瓶行不正竊五婦之不起悲葛巔之遺營梓潼北五婦山秦遺蜀五女化石處又有葛山諸葛屯營處憶兩角之夜追溯王望而淒清南江有兩角山有唐碑云蕭何追韓信處巴州有王望山唐玄宗至此望宮闕若乃黛玉江如巴流學字府有嘉陵江杜詩嘉陵江色何所似石黛碧玉相因依巴縣有巴江又名字江唐李遠詩巴江學字流淸白濱沄音云南西紛泌音秘廣元有淸江昭化有白水江南江有南江南部有西水河曲肘揚帆汩乎洶濞音譬水暴聲倉溪有曲肘川劍州有揚帆水龍躍祥而留蹤虎有聲而爲瑞通江有龍灘龍出爲馬躍石上有跡巴州虎井井有聲如雷卽發科金劍化而如虹玉鞭

夏尚官

獲其何自梓潼有劍泉五丁遺劍于此所化有碑杜若晦詩五丁彈鋏氣如虹通江有玉鞭池昔居人得玉鞭于內丹浴變鱗錫阜湧地鱗觸則雷鼓鼓擊則雨至劍州有浴丹池唐杜光庭浴丹之所池有魚赤鬣如金採取之必觸風雷之變閣中有阜錫泉唐僧宣什居此徒云無水以杖叩凸泉湧出通江歌頼山有石鼓擊聞數里連擊即雨仙羊嬉于木下玉女舜于房闞劍州有千年木古而萎巨二白羊往來其下近則隱蟠龍山下有玉女房石長四丈高五尺中有門若人掩閉然毋讐泄而來遊歕咄同梓潼之逾異七曲山頂有靈應廟按圖志神姓張諱亞越嶲人因報母讐徙居是山自秦伐蜀後世著靈應事見考異又有擊甌敵萬憑眺燡煌巴州有擊甌樓唐張署有賦府內有敵萬樓因張飛號萬人敵故名堂有將相亭有滕王府南台星凸有將相堂陳堯叟兄弟讀書所陳摶嘗謂陳省華曰君三子皆當爲將相故名府北有滕王亭唐滕王元嬰建杜甫有詩占星避星藥竈仙香蟠龍山前有占星臺袁天綱于此築臺以占天象梓潼有仙女臺一名避星昭化有藥臺竇子明丹竈存焉臺與爐甓工極巧非今所能風占五城之色景擅十二樓之光總志有五城十二樓之盛巖嶙音囷隣山連而深貌四集其險莫當惟磽且确磽确音敲學土堅硬也衝益于梁梓潼志蜀道之險盡于此閣中志羣山磽确梁益之衝是曰北門曰外戶扼其背而控其吭廣元志爲蜀北門劉鳳儀劍閣記梁山之險蜀所恃以爲外戶綿谷驛記控蜀之吭四集之國沿盡陰平氐羌巖窔今龍安府漢陰平郡古氐羌地五關隱轔音璘險曲貌六閣虛聊音杳幽也史行可賦五關設監鄧艾記六閣縣崖峭壁雲棧

四望幽窈 蒲翰十景記峭壁 雲棧聯蜀百里 崆峒襄其岸石門峻其
表 府西北崆峒山深險接西番界東南石門山兩 壁如門與氐羌分界左思賦阻以石門是也 鎮
南陽闢火風陰縩 鎮南山正對府居故名北火風山 險峭時有顛風挾雲震撼林木擁
抱府 城 醍醐濎濴 音頂縈 小水貌 涪濤浩瀁 瀁音咬水大貌府 東有醍醐水西南
有涪 江 清白木火其滲 瀎音遼解 淸淸貌 古官高大其漫渺 治 有
清漪江白水江木爪河火溪河 古城河官渡河高村河大印河 牛羊群馬以盤紆鳳
龍偕豹而夭矯 府有牛心山如牛心羊盤山如羊腸 馬盤山如馬旋金鳳山日映如金鳳
鳳朝山如翔鳳伏龍山蜿 蜒如伏龍化豹山如花豹 藥叢氣馨菁青色藐 府藥 叢山
多產藥菁青 山嶂木森鬱 弩牙巉危 音業屋危 不安也 左擔敧倒 弩牙山 如弩牙

鄧艾屯兵此左擔山鄧艾因 險脩棧以通擔今七里閣是 三峰九嶺連天柱而縹
緲 泰華山有三峯九龍山有九嶺天 柱山峯如柱有鹿苑太師道場 君子其昂仙女
其跳 音跳身長也有君子山仙女 山昔有仙女靚粧遊戲此 蒼頭峯蒼雪峯頭
皦 石泉蒼頭山望之蒼 然雪峯山時有積雪 丁平老君大雄斯[illegible] 音表山 巔青川
丁平山元平章丁世珍屯兵此 又老君山大雄山峻峭迴出 天倉有麵之貯點燈
有炬之燎 音了放火江油天蒼山洞中 石如米麵點燈山夜光如燭 牀桂苑如龍
眠 江油龍門 洞有龍牀 石懸則如鏡皎 府通覇寺隔溪道傍有 石如鏡光明照見本寺
橋自天成案同玉皛 音曉顯也府西通羊河水險中 有三巨石如柱架木為橋謂天
生橋府玉案山 有白石如玉案 寶圖 音 垂 眞人攸居 江油寶圖山天寶 眞人脩道於此

任畋

石紐神聖斯兆石泉石紐山有二石結紐方輿勝覽云禹生石紐村禹穴可探石泉崖山有禹穴禹嘗憩此匡臺可攷江油大匡山有李白讀書臺何質勁之弗渝而羊鋒刀弩之是寶昔從周師今也休紹武王伐商氏羌從之本朝嘉靖方改府縣寶珠赤珠封域有堢音保堤也石泉寶珠寨口以限北境番界赤珠寶口以限西境番界堢隄也復土永平壩底暨大印雎水之區咸藩衛而安保石泉西有復土二堡永平等七關堡壩底等四墩堡大印等六關堡雎水等五關堡各有守官官軍遞各寧謐十村八村之平化聿狉狉乎白草府西南白草番素強出掠嘉靖年征斬後萬曆年相率來歸願為編氓今改諸寨為平十村八化村其白草番風村顛等寨萬曆七年以內順為氓俱屬土通判李㦤所轄乃白馬于木

瓜茁搖尾于一飽府西北白馬番稱強悍廬聚者有十八寨歲受撫賞無敢肆屬土通判王承恩轄其生番數百里遠出洮岷之後不可計府正西木瓜番人少地微向勾引白草今止令赴小河所受歲賞土知事薛兆芝轄高基磨磨之裔靡不仰沫而馴𢹂音擾牛柔謹府北生番高基磨磨口二寨皆青片黑水生番種近見白草歸附亦願納莪蠟為編民于西則汶山薛城冉駹音忙舊黎今茂州漢汶山郡今汶川縣後周置汶川郡今威州晉屬汶山郡今保縣隋置薛城戍皆古冉駹國中藏六夷九羌七氏鴻濛撐其柱高碉音彫列其題鴻濛即岷山別名在茂羌列鵞村即隴山之南首故稱隴蜀又名沃焦山其村曰羊膊江水所出威州北高碉山懸崖上有姜維城唐維州治此山七盤嶔巇音欽希危險也九子嵽嵲嵽音弟高危貌汶川北七盤山上有七盤坡路保縣北有筆架山一

蜀都賦 三

名九子龍窩雪峰皚皚音凱雪白貌春夏長迷威州西南雪山有九峯上多積
雪春夏不消玉壘標別風雲時淒威州後玉壘山其一在灌縣西北左思賦包玉
壘以為宇郭璞江賦玉壘作東別之標杜甫有玉壘浮雲變古今之句鷹門棲鷹鷄宗
鬭雞茂州北鷹門山多棲鷹南雞宗山宋置雞宗關慈母瞻義眉而近巨人
望唐帽而低汶川南慈母山昔有子為虎食母逐虎而死故名威州西峩眉山非嘉定峩眉
也茂州南巨人山寰宇記山項有石如人立威州南唐帽山形似定廉裕民相公天
齊威州南定廉山有鹽溪民得採漉之利茂州有相公嶺若列鸑羊膊之墟岷
江于是而決六六之聖既為疏馬首之神何其烈禹六
月六日生鄽道元云廣柔縣有石紐鄉禹生地帝王世紀禹王生石紐邑又元和志禹生處今名刳兒坪

郡志謂禹本汶山廣柔人廣柔即今汶川縣地龍安府則以石紐山而認之也山海經江有神生汶州馬
首龍身禹導江神實佐之玉輪瀴涬音嬰幸大水貌平谷混泄蒲桃清瑩
龍沱澄洌汶川西玉輪江威州北平谷水東蒲溪西桃溪茂州南龍溪水保縣西沱水惟
樓櫓之未張莽鹿角而橫結宋前茂州未有城惟植鹿角彎弓駕
馬茹腥嗜獵寰宇記人好弓馬勇悍相高威保志俗本氏羌多習射獵樹誓埋婢
加耒刺血羌凡和誓輸牛羊棘耒耜各一乃縛劔門于誓場皆集引于劔門下過軟飲牛羊血
掘坎縛羌婢坎中加耒耜及刺于上投石擊婢以土埋之巫師咀云違誓當如此婢鏐音鈴繩虛
瀘濟同花崕赤水其懸截威州東有鏐繩橋辮竹為繩上施木板長三十丈通番漢
路保縣志花崖赤水之高深番境邊隅之控扼城曰無憂而桃關其馬絕茂州

西北唐李德裕築吐番號曰無憂城茂州志桃關來西域之路　爾則達蟄陵今疊溪所漢蠶
陵縣晉屬汶山郡南界茂州　鐘風關犛牛駐所東犛牛山　汶翼活所西汶江
源自松潘經所西南合黑水入茂州所南翼水一出松潘一出黑水合流如翼活流聲　排柵衝
雲峯谿所南排柵山所東雲峯山谿通谷也　環石磔音巢　蹂皮褐圖經疊石爲磔
衣皮褐裘　生熟殊戶七路傾軋疊路汶灌路東路西路南路北路有生番曰生戶熟
番曰熟戶　巴猪驕牛尾刺疊路生番惟巴猪牛尾最強刺戾也　黑苦猛曲山
犇北路生番惟黑苦最強南路生番惟曲山最強　韓胡恣草坡驕汶路生番草坡最強
灌路番患亦起于草坡與董卜韓胡之假道　麻麥轉桃曆勤雙刻白羅青
校孟梁梭雜魯曾九龍卜木星月竹寺之徒幺麼莫

詰麻搭麥兒疊路生番次強轉架桃紅青片板舍東路生番次強曆日勒窩雙馬白兒列角羅得北路
生番次強孟董梁黃梭城雜斜魯力曾頭曾谷九子龍窩龍山卜南木上星上月上竹打大寺小寺西路
生番最強　驅則黑匿縱則陽刼征兵至即逃入黑水黑水廣饒之地莫知其深兵退
又出刼掠　賚之食之魚不厭獺番雖受月糧歲賞而終不靜　詎疊溪寧
靜希逢隴木打喇之能撻又何雜谷達思寒水金川
與加渴疊路有疊溪長官司管河東大姓八寨河西小姓六寨北路有長寧安撫司管六寨岳希
逢長官司管七寨東路有靜州長官司管八寨隴木頭長官司管十二寨南路有打喇兒土舍管三十二
寨西路有雜谷安撫司即古維州領達思蠻長官司其寺寨不可勝紀又金川寺封演化禪師分守地方
汶路有寒水巡檢司管草坡三寨又加渴瓦寺封崇教翊善國師管十三寨并管灌路諸番以上各司寺

蜀都賦

皆世襲認守地方三年一貢見土夷攷折入古松今松潘衛產甘松故名唐松州凝肅
實多舊志雨雪多寒瞻雪欄治東南雪欄山即岷山柱詩松州雪嶺東即此坐洮河
岷山發源一入陝爲臨洮河南入川與江漢會一經茂州爲汶江禹貢梁州導江之源實出于松松北界
陝西洮州衛金蓬牛高則那松東南金蓬山羌人金蓬者曾居此又牛心山兩分
水胡逶迤音陀松北大分水嶺高峻水分二流又小分水嶺水亦分二流洞吐風氣
難呵松東風洞山洞深不可測每午風輒作則灰沙蔽天人馬辟易寒氣襲人觸之多橫死否則喘
息旬日蓋山嵐所發霜暑飛雪夏皤仙腳墩風洞頂墩等地盛暑嚴霜方夏積雪萬
仍流丹鐵索橫拏鐵龍堡下兩山對峭二水會流深不可測上爲鐵索橋鐵索六條各
長十五丈引河兩岸繫以鐵柱中道鋪板以渡鷄龍房布陵阿壘石爲巢居如浮屠數重

門內以梯上下貨藏于上人居其中畜溷于下高一二三丈者謂鷄龍十餘丈者謂碉房三舍葉
堂連穴鎮平歸化接窠小河漳臘叢窩平番寒盻集
窩松地有三舍堡上下十三關堡葉堂上下七堡歸化上下九關堡鎮平上下六關堡小河所漳臘堡
平番堡各有指揮官軍把守諸番寨漳臘界外有寒盻口諸番牛腦伊羊腦松東南兩路夷
俗呼牛腦爲大姓羊腦爲小姓安達伊白麻郡志夷男曰安達女曰白麻牛毛以
撫羊毛以摩河東大姓屬牛毛土官管轄河西小姓屬羊毛土官管轄水牛野豬
乃鬼乃魔自望山抵小河有水牛毛公羊洞生番時爲鼠竊葉堂東有野豬寨辮加毛
吻音謣舊志辮髮垂肩戴毛帽籠纖漢言木樹信髈音榜股也占瘥宋史傳刻
木契以成交易炙羊髈以斷吉凶播空石路錢科臨高播石索貨謂之買路錢奔

陶惠

突烟飲必酡番貪酒見堡燹烟起趨索飲食醉飽方歸軍士每恐饑死人命抱脚徉索惟娑每官前徉狂索銀有人命抱脚等名色蜂招蟻引先爲韃囮音訛鳥媒也萬曆十四年雪山國師喇嘛等寨勾虜爲患征兵會勦虜退諸番埋奴請死誓不犯松烏逐河湟護羌是檛漢武西逐諸羌渡河湟居塞外置護羌都尉黃勝敵賁之徼來火克嗅且譁松北有黃勝草塲等處又有敵貢壩等處虜騎輕衝之所今虜有來火克嗅諸酋聚落不遠時張虛聲潛懷窺伺賺音湛坑品列輕騎突駝鎮虜十三關如之何自註敵貢壩舊掘品字賺坑數百中置鋒刃木簽口覆芭土掩形虜驟來必陷然萬曆廿四年虜騎由寒盼黃勝突入圍漳臘又攻鎮虜關殺百戶後官兵四合方適去漳臘有鎮虜等十三關故松潘昔患在番今患在虜南出六番蠻獠斯軫今天全六番招

討司部落有六種曰六番古蠻猺地商氏羌西魏曾為始陽縣胡北連河西引司志長河居其西韓胡在其北龍干鳳雲頂峯司北有龍頭山如龍東北金鳳山如鳳北又雲頂山常有雲覆玉堡攉泥陂潤南王堡山積雪如王北泥山四時積雨泥濘潤水流貌功則多帝力盡東多功山禹鑿此通峽水卧且鎮漢威感東卧龍山孔明征孟獲宿此又鎮西山姜維駐兵此女壘城威亦牝東女城山女將壘所昔將軍鋭老仙賫西有將軍洞赤口將軍化神之所東有老君洞老聃煉所賫音隕雲轉起五姓老人自憨癡憨音蚶癡也絕棧懸棲娛其蠢中有五姓老人雜居不納賦稅不受約束有事聽自處不至公庭止三年一貢其地懸崖棧道碉城趄音陌走貌二十六種之狶冷磧踆音蹲行走貌四十八寨之獷碉所城二十六種番出入

噤喉之地雪山有冷磧四十八寨𪋻音鑛西𣇈音腰視也遠乎烏思天竺天小
西天他他交橫也井井𩌏音嗔哄貌矣乎大乘法王大寶法
王依希上方乃闡教王輔教王護教王敞怳怳忽貌諸
天妙境崑崙勿罔不審貌而眕目有所限而止曰眕自司至番境烏思藏天竺
國各法王等地方廣闊四百里自此往崑崙不可究極近沈黎筰都畔今黎州安撫司
漢沈黎郡古西南夷筰都地三面虛憑絕岸唐元和志州城三面並臨絕澗二十
四盤邛崍有研研音漢石淨貌自註按州北即邛崍山邛人入蜀度此故名上有廿四盤
即九折坂在滎經南界故雅亦及之錦鮀欲躍將軍可憚邛崍有靈應洞中有巨鮀
錦文顯靈又號爲靈應將軍洞紫府飛霞神君灑翰府靈應洞有殿神君諱張亞殿完

自題曰紫府飛霞自作記鐘色靈蓋光煥東北聖鍾山昔聞山有鐘聲及見五色光東南
寶蓋山常有光彩現風生崖聲何悍西北白崖山有風穴時有氣出爲白雲須臾風聲如
雷室穴則風少瘴多開則風多瘴減石髓融仙窩爍白崖有仙人洞口隘中寬漸入泉聲
琮琤石髓溜結幽致萬狀天欲參嵐攸竄東冲天山勢若參天南避瘴山大渡河夏秋瘴
多土人移此避之牀竈具竄亦玩山有二洞一空濶一有水中有床竈石自生凡瘴動
鵞皆集土人候鵞而避飛水斯絕飛越斯扞東北飛水山接滎經縣界險惡不通
人跡西北飛越山兩面接羌戎爲沈黎要害唐設飛越縣此王斧所臨大渡斯判
宋題名記太祖以王斧畫大渡河棄此羈縻州琴音閙梵音散西北彈琴谷水聲如琴南
梵音水唐三藏至此持梵音湧出色如米瀋味甘渥洼湛神駿絆渥洼池在蠻部產奇

馬風雨希楠龍灌東龍池有枯楠三株形如龍觸之則風雨至凜夜义形如奸奸音敢面黑色治有夜义穴寰宇記洞壁間石生有夜义像土人祀之號穿崖將軍洞五丈黎法殊濾濾難測貌治有三藏黎唐三藏遊西域經行植黎杖此云他日州治在此後果遷如言後黎成林高五丈圍九尺愛彼玃玃音脚昌所衎衎行喜也博物志沈黎山有物似猴長七尺能人行名玃路見婦人則盜入穴畨落最愛之鬼其風都鬼主于是按宋史黎諸蠻尚鬼謂主祭者爲鬼主故其酋長號都鬼主松坪有馬七枝是犇音判駕牛具曰大小赤口曰大小木爪均就羈而莫騂音旱馬突也瞥音撇乍見也逸瞥閑仍旄牛青衣之半黎州東北有松坪寨土舍馬應龍居地安撫司馬祥絕當應龍繼今降安撫司爲千戶所削上七枝夷改爲編戶屬大渡河所當差其下七枝屬千戶所爲應龍子馬新受管東松坪相接有小赤口大赤口其大赤口分支有賧乃有大木爪三枝曰凶爪匪爪卜特向爲虜劫萬曆間討後今皆願受約束歲貢良馬外又有小木爪至此則東近嘉定犍爲縣界矣漢置沈黎郡尋罷郡置東西兩部都尉一治旄牛主外羌一治青衣主漢民今雖有歸順仍羌民相半也輿西南隅透邛都乃稱越巂今四川行都司領建昌等六衛古西南夷邛都國漢置越巂郡羊腸一蹊竟三千里邛都延袤有三千里實一線道阿露盤紆小相鬱壘越巂衛西阿露山即雪山衛南雪山嶺又名小相嶺三時常有積雪世稱邛崍山爲大相嶺雪山嶺爲小相嶺皆以孔明得名邛筰二都間最此二嶺高峻餘皆支隴呂金伏天王起都司西呂金山昔土酋呂金居此又有天王山螺髻撐鹿角抵都司東南螺髻山高聳形似東鹿角山峯尖削形似青凉對音兊茂也青凉薈

晉音擬盛也都司北青山四時青翠東凉山嵴峯嵳峩四時多寒木托銑旄牛㾖㾖音耻廣也建昌衛東木托山國初藍國公追擒月魯帖木兒于此西有旄牛山廣袤六七百里後漢張喬破越巂夷于旄牛即此白土瀞音淨無垢白沙時寧番衛南白土山有白土會川西北玉虛沙山高聳有白沙浮石呈公母峙建昌有青龍山昔有一石浮邛水上東走漁人昇上山至半山墜地不能動乃建青龍寺建昌治又有公母石鍾如瓊魚戴錡越巂北石巖洞有石扣擊之有聲名瓊鍾魚洞河有魚長一二丈頭特大遥望如戴鐵釜異斯邛池帝君載止血蛇吸馬迂而匪詭騾卧有痕帝筆則哆自註建昌南有邛池漢書元封六年臘月邛都地陷漢人李胤記言帝君事甚詳然不知何據愚按文昌化書云予爲漢帝子趙王如意爲呂氏所殺于母死尤酷予神遊濵漠當蓄宿憤訪有邛池令呂年呂氏後身也予

毋夫人亦生于彼後爲戚氏所嫁張子年老無嗣夫婦瀝血石凹中祝生動物以爲遺體予識毋心從而寓止明日血化爲蛇金色寸長毋收養之逾年頭上出角能變化邑令有馬牧于水際蹄傷吾末因拘而噬之蓋呂產之報身也邑人皆知予詳訪于予家而不獲逮予父毋于囹圄將見殺予化爲儒生以解之不從予因變化風雷呼吸雲霧白晝而瞑一邑之人相視而驚曰汝頭那得爲魚以手捫頭面而泣一夕揚海水爲雨灌注城邑圍四十里皆陷予以身載父毋而出馬帝君自言如此今兩旁漁户居之皆夷民有大小二邨越巂衛西南魚洞山上有文昌祠祠旁一石若百斛囷上有騾卧痕旁有帝君所題百餘字漫滅不可讀矣乃濦懷寧乃度越巂都司城外懷遠河源自東北山又寧遠河源自青山並合盧水入金沙江越巂衛城東越巂水大源自吐番界猓羅河南流復東北入大渡河清溪漻淚疾流貌長河迆邐音移李旁行連接貌清溪在鎮西所城南源出清水塘流入大

渡河唐韋皐鑿清溪關通南詔即此長河在寧番衛源出北山吐番界流入瀘水梁孫匒合音荅葛重疊貌自註按孫水出小相嶺過瀘沽峽合瀘水史記謂梁孫水即此總志爲瀘沽河又爲東河俱誤納夷奔駛音史疾也自註按打冲河一名納夷江源出鹽井衛北山番界經打冲所至德昌所南入金沙江蠻名黑水禹貢華陽黑水惟梁州疑即此蓋過此則徼外非梁州矣沬若湏音汞溶自註按大渡河黎州越嶲分界處本名沬水與岷江同出岷山羊腨嶺一南流入石紐過汶山爲岷江一西南流爲尖䖃大渡河至峩眉會越嶲諸水至嘉定入江金沙江本名若水源出雲南麗江府西北西番境大雪山麓流經麗江鹽井衛武定府會川衛西南與瀘水合其下遂名瀘水史記西夷皆請爲内臣除邊關關益斥西至沬若水即此瀘水漫瀰自註按瀘水在建昌城南源出西番二百里流至寧番衛會長河又至瀘沽鋪會孫水又遷禮州所沙水再至建昌城寧遠河懷遠河冲泡水合入之

又東經瀘山西南過武侯城所謂五月渡瀘即此又東入會川境西南入金沙江流經東川烏蒙出叙州與岷江會猶謂瀘江故其東置瀘州實則若水合也水經云水出旄牛徼外蓋旄牛山廣六七百里瀘若二水俱發源山下瀘在東北隙其源徼若在西南隙其源洪耳蒸熱騰烟燖鷄爛髓冬窔匪汗夏可渡只沬若瀘三水俱有瘴隆冬人過雖袒裼皆流汗惟雨中及夜渡無害瀘則可燖鷄豚度索尋橦筰亦傾矣打冲河等處爲索橦以渡曰筰西域傳有度索尋橦之國唐獨孤及辭復引一索其名爲筰人縣半空度彼絕壑升庵集蜀松茂皆有此橋河險難人舟乃施柱于兩岸以繩絙其中繩上有一木筒所謂橦也欲渡則以繩縛人于橦上人自以手緣索而進行達彼岸復有人解之所謂尋橦也銅槽鐵廠之口清關周嘴之溪寧番衛有銅槽鐵廠等處尤爲夷巢行者股栗越嶲衛有清溪關天下絕險踰于五丁峽會川衛有周官嘴等

處絕險

惟烏白腕蘇是蔓文倮玀音果我九種是扡扡音拕落也唐僖宗時越巂郡為南詔所陷改建昌府以烏白二蠻實之元時置蘇州故名其蠻曰腕蘓建昌各衛有九種夷與軍民雜處獨倮玀悍甚而西番而僰子而伯夷而摩些音些而狢猇音陌襖鞑靼音荅達而佪佪漁人厥類有猵猵音壘飛鼠也此八種幷倮玀為九種赤足垢顏短衣皮履或黑帕白巾裹布為飾或鼠酢蟲湯鹽肝為旨或盤騎鋪松火刺為歡或羊胎鷄骨牛肘為祉或布袋木筩猪膆音膺脂膆也為斂或羊毛栢枝草根為祀以皮帶為饑飽索以潑水為婚姻禮赤睛黃面夜幻犬豕竊嘖音飡食吞食也尸肉

鬼彼撲使西番赤足而臟不滌死塟用生前偏氈喜鵲窩裝斂以木桶為棺放山顛小室中竹笆塞門再不開視伯夷以黑帕裹頭短衣赤足捕鼠作酢撲虫煑湯婚姻男子用水一盂潑女足上即為聘定又有一種名喚撲使男婦俱赤睛黃面夜間化為鬼物或豕或犬將本類新塟尸割取其肉化為魚猓等肉煑食或用食客若夢見祖父必要焚紙用羊毛索卜其所欲欲猪殺猪欲羊封羊摩些白手巾纏頭短衣皮鞋不沐不洗病用牛肘求鬼不服藥死塟用竹笆舁出殺猪而刳其腹帶毛壓匾名猪膆同尸燒之取其頭顱手足骨挂懸崖上三年殺馬延僧作佛事將骨抛棄再不復視狢猇白布裹頭短衣赤足疾病以猪羊胎為藥死塟焚尸棄骨永不經由其處乃于焚時拔一草根置小籃內携歸以為祖宗歲時祭之韃靼死塟用棺或燒或瘞塟後以栢枝揷尾旒內挂屋內西壁為祖宗每歲清明依俗拜墓佪佪死者削去鬚髮布袋裝斂用棺舁去取尸入坎覆之以板留棺復用倮玀腰繋皮帶曰饑飽索裹帕赤足乘

騎盤足橫坐馬背上不墜燕會撒松毛鋪地盤膝坐
食殺豬用火燒去毛以生肝蘸椒鹽食之死葬燒化
乃刻木以羊毛線纏繫為祖宗每歲六月廿四日殺
牛羊祭之燃炬聚飲有他夷同席各用火燒之為戲
見九夷攷又統志不識醫藥有疾惟用文巫號
大溪婆以鷄骨占吉凶酋長事無巨細皆决之所云
不毛孟風其煽孔明深入不毛在今鹽井衛地其地在瀘水西南有白鹽井黑鹽井多斤
鹵稻麥不生仍有孟獲之風而猓音瓜郡有以蕭齊改越嶲郡為猓郡猓乃猓玀之本名
乃卒夷歸化天威克底曷黑骨音雄月落憮音侮慢也大
嗥而羊咩音美羊聲萬曆乙酉越嶲邛部黑骨夷酋手刄千戶刲百戶腸會雄酋亦逆結為患
丁亥動大兵亂始定其東近峩眉者數百家願附版
籍為新民今置平夷歸化二堡居之寧番旄牛山西
北名月落口乃唐月邊州故地皆熟番舊引水外生
番[illegible]志亦自丁亥立番堡募兵戍之始斂跡今雖無

事而曾雄諸夷猶或出沒翺行旅而干貨孔明
七擒孟獲獲曰公天威也南人不敢復反矣于是
沿西詎南滇黔薄楚繡脚雕題依深閒阻南夷有刺文于脚刺
文于額以為飾者有烏蒙賨句險今烏蒙軍民府周為賨地句崚嶒音曾倍
蜀道掩元志烏蒙地險高蜀一倍涼頂肅雪峯嶮音險府志涼山聳于右郡志右
侍雪山之高雪山其巔冬有積雪春夏方消涼山廣百里絕頂氣肅夷避暑此鐵鑪焰我未
刿府東鐵鑪山形似又我未山夷語以五為我以橫為未謂此山五峯橫列也朴窩夷慱
特儼府東南朴窩山夷語謂平為朴窩以此山平坦又慱特特山夷語以相對為慱特撒途鞠
鞠高貌東北撒途山夷語撒途乃陡峻也金沙潋金沙江過其地潋水溢羅獠夷郡志
民有三種曰羅羅曰土獠蠻曰夷人架棚广广音眼因巖為屋其民架木為棚以居聚擊

齒口安嗛嗛音遣口有所銜文皋帽禮匪詔郡志擊去左右二齒乃娶相見去帽為禮阿統之所由苒苒音染草盛唐烏蠻仲牟由之裔曰阿統者始遷于竇地甸至十一世孫烏蒙始強號烏蒙部彼東川那札立今東川軍民府周名東川甸烏蠻仲牟由之裔罵弾得之攺曰那札牛鼓塡治內東有大石如卧牛扣有聲呼為石鼓豬頟䫱音戢角多貌治北萬頟山形似猪首白婆拱治南白婆山七雄坂坂音結危也東北七雄山石厓陡峻睇大王雲弄叏叏高也西南絳雲弄山高峻百里有十二峯南詔封其山神為東川大王夜有人胡不瓠瓠執同西納雄山夜靜或聞人聲每歲五穀熟民必先獻黑水吸牛欄入金沙江一名黑水東南牛欄江流合治西金沙江烏蠻白蠻急元志烏蠻富強白蠻貧弱咮音詈諠也以閑板屋蠻俗尚戰爭居多板屋曳

華鞢頂氊笠剳其鬚尖巾翊夷種一曰棘人披氊戴氊笠用氊裹脛躧皮履一曰羅羅摘鬚東髪覆以白布尖巾罵弾之所由習罵弾見上緊巴的兀姑今烏撒軍民府周名巴凡兀姑後名巴的甸麼細也兩葰蜀百盤跋元志羊腸小徑十信蜀道大隱嶁音腿山長也烏門砢音裸磊砢石貌東南大隱山東北烏門山相對如門翠屛森石洞坷音可不平東北翠屛山秀拔如屛東南石洞中可容百人復有竇不知遠近渡有七渡曰可凡七處南有可渡河西七渡河水縈曲渡河九十九渡疑巨巨不可也西有九十九渡水族麾配亦左元志婚姻不避親族病不療神安妥郡志病不醫藥阿蒙之所由籛籛揚播也唐烏蠻裔烏些者居此至阿蒙始得巴的甸蕁芒部大雄徑今鎮雄軍民府周為屈流大雄甸烏蠻裔阿統與其

叟登

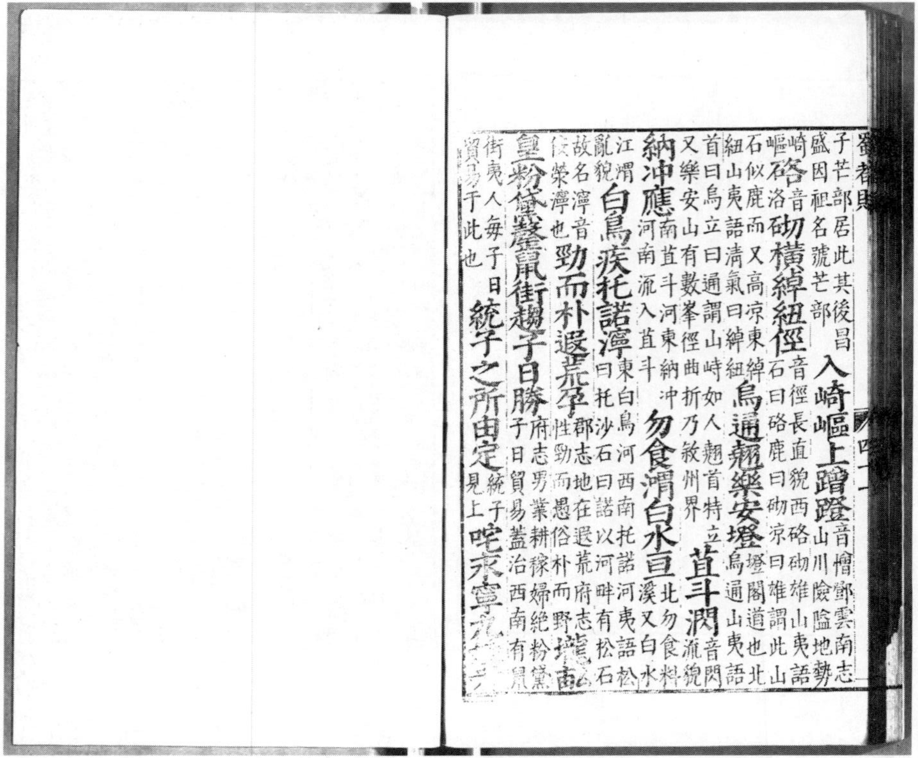
蜀都賦

子芒部居此其後昌盛因祀名號芒部入崎嶇上蹭蹬音憎鄧雲南志山川險隘地勢崎嶇硌音洛砌橫綍紐徑音徑長直貌西硌砌雄山夷語石曰硌鹿曰砌涼曰雄謂此山石似鹿而又高涼東綍紐山夷語淸氣曰綍紐烏通翹樂安墱墱閣道也北烏通山夷語首曰烏立曰通謂山峙如人翹首特立又樂安山有數峯徑曲折乃敍州界苴斗潤音悶流貌納沖應南苴斗河東納沖河南流入苴斗勿食渭白水亘北勿食料溪又白水江渭亂貌白烏㾏托諾濘東白烏河西南托諾河夷語松曰托沙石曰諾以河畔有松石故名濘音佞濘也勁而朴遐荒孚郡志地在遐荒府志性勁而愚俗朴而野[illegible]皇粉黛鼞鼠衘趫子日勝府志男業耕稼婦絶粉黛子日貿易蓋治西南有鼠街夷人每子日貿易于此也統子之所由定統子見上咤求寧[illegible]

今永寧宣撫司領九姓長官司晉置永寧縣元立夷民羅党九人爲總把後改爲九姓羅氏党蠻夷長官

司巢箐寨不近賈市也垂其髻跣而野鋤鏟餘弩弓把

舊志巢居箐寨不事商賈惟務農業習俗鄙陋性格朴野垂髻跣足懸帶弓弩四面翠如屏

厦舊志環城皆山疊翠如屏馬口嶓紅崖峭土夷考其形勝據馬口崖統志東北紅崖

山皆赤石土保營灣漫跨治內土保山昔有夷土保居此壯海漫山延袤八十里如海水

汗漫木案夷匹絹參東南木案山上有林木下平如案西北匹絹山飛流如匹絹參張也

烏降攢聚也西珠夸西北有烏降山西南西珠山圓瑩如珠雪巒琳青龍

鬪鬪大鬪也東有雪山如玉南有青龍山如龍水東洋赤水灑通江湯南水

東河赤水河通江溪漁漕瀉東魚漕溪是祖叱來彌所據乎蘭也土夷

蜀都賦　四十二　沉良

考唐置蘭州立祖叱來彌爲酋長管東諸夷嘻播州郎蘭汤今播州宣慰司周及秦夜
郎苴蘭地漢屬牂牁郡唐改爲郎州已改播州郡汤潛藏也僰西交牂面逺舊志西連
僰道南極牂牁溪洞曠澗林縺圖經跨接溪洞元史陡澗深林幹壩右拒三
渡左回音會烏江截前石虎阻背白田中僑音喬高也海龍
肘駁音兇突也重屯復關顧詹睹睃播州圖說左鎖三渡西拒幹壩南截烏江
北阻石虎酋居在白田壩距所居三十里爲海龍坐攢峯危壁甚爲樞要定軍嶹音葛錦屏
播州北定軍山唐楊端駐兵此西南錦屏山茂林脩竹如錦鳳龍睨豹馬賕州東鳳山
如鳳北蟠龍山如龍又龍山爲州主山又有龍毁山眞州司豹子山多產豹重安司馬鞍山拱辰
[illegible]萬丈靉餘慶司拱辰山山北向草塘司萬丈山高萬丈[illegible]子殆黃平

司筆架山形似又梯子山最高中有一徑曲屈梯石而上兩岔音奔嵾音嵾不齊貌紫霄
薆音愛隱也黃平司兩岔山白泥司紫霄山巍凌霄漢桃源邃櫃巘閬外閑也州東桃
源洞幽絕類武陵州北櫃巖百丈上有穴穴前一櫃儼然湘仁洪統烏匯州東南湘江洪
江仁江皆流入州南烏江落湄郎群安濊州有落閣水湄潭水齋郎水又有安水舟揖無
險虎鼇思並蓉潰眞州虎溪思溪又芙蓉江餘慶鼇溪梁我華風郁彼
夷采鋒刃弗屏漢服顧愛嬉娟銅器有儀集賓橫笛
斯在圖經天資忠順悉慕華風會聚以漢服爲貴婚姻以銅器爲禮燕樂以銅鑼鼓橫笛爲樂出入
刀弩自衛五司爲輿七姓爲載播州領黃平等五長官司又有七姓之民楊太
師威德之是乂唐乾符中州陷于南詔命楊端復之諭以威德遂世有其地宋贈端爲太

師國初楊鑑歸服授宣慰使窺石砫夜郎雲雲音札開也今石柱宣撫司漢置牂牁郡
晉析為夜郎郡宋時蠻酋大蟲虎什用授鎮國上將軍銅牌鐵印石柱安撫司大使瀕荊湘均
牁罨罨音遏罜網也諸洞盤旿晏塌舊志地接荊湘內處士民外鎮諸洞馬頭
邛飛鳳翔翔音塔飛也治西北馬頭山有馬黃廟又飛鳳山如鳳飛兩崖穿萬聚
帀南大峯門山兩崖壁立中過人行北有萬聚山衆山四合傘布褰鼓樓䮐東北石㝉
傘山如傘西南斑布山似斑布東南鼓樓山舊有鼓樓䮐音榻鼓聲清潭瑩三江合西北
清水潭極澈東北有三江溪三江水會石磽土瘠蠻巴是遝舊志人有蠻夷巴漢
之殊音地乃石多土少之瘠壤遝迨遝也大虫虎什銅牌攸聞大虫虎什見上至
酉陽亦牂壟今酉陽宣撫司秦屬黔中漢以酉陽縣地置牂牁郡黔彭隣五溪

涌石耶志鎮蠻洞而帶五溪連黔彭而接荊楚火龍升酉陽聳治東火山日照如火
又龍山西酉陽山黔江界唐何氏東唐店山昔有唐姓居此南何家山多奇石昔有何姓居此
巴隘聳北隘山前代于此杷隘南巴慣山多板石土人呼板石為巴慣二江峋椅疊
渹東有二江山西椅溪多摘木石耶前疊溪窶凄呼飲足慾慾音聳驚也治北胡子崖
行者如渴高聲呼曰窶凄齋水來吃一聲崖水滴一點再呼滴數點三五呼水如壺傾注崖下石盤量數
人飲足即止今如常麵化石餅足竦治南審那崖崖石陡峻中闢空洞有泉出昔有道人
脩行此作石餅餌獻之好事者至崖內則見熟麪持出乃石也花布服長刀踊寒伏
崖燠獵龐豢以木姻世寵酉陽石耶志織斑布為衣佩長刀捕獵寒則散處巖
穴借貸刻木為契婚姻累世為親曰十二里忠孝戶九溪十八洞之

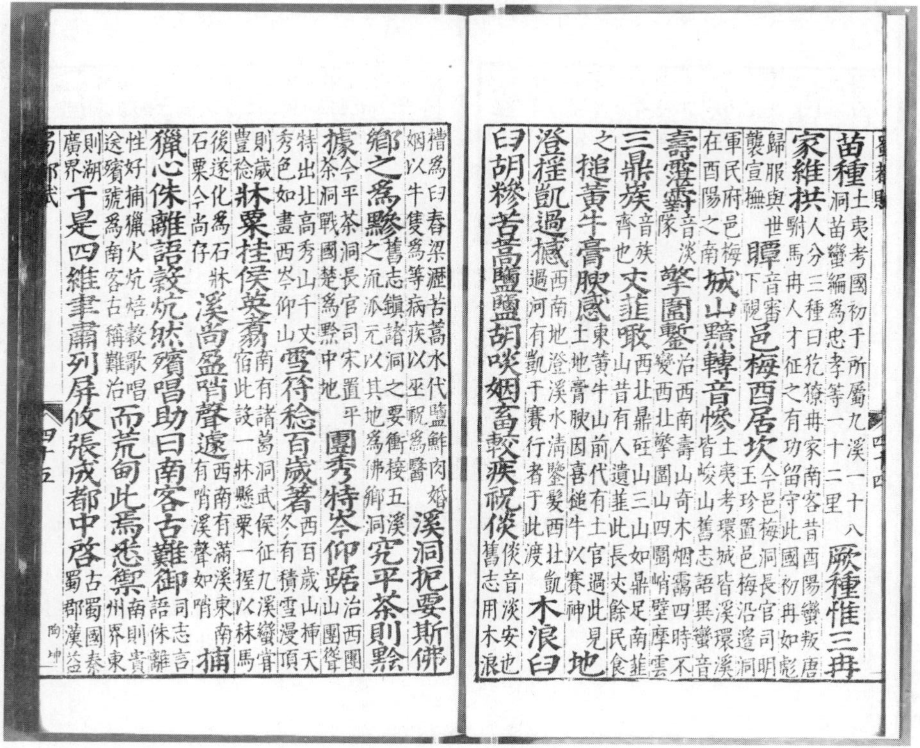
蜀都賦　四十四

苗種土夷考國初于所屬九溪一十八洞苗蠻編爲忠孝等一十二里厥種惟三冉
家維拱人分三種曰犵獠冉家南客昔酉陽蠻叛唐駙馬冉人才征之有功留守此國初冉如彪
歸服與世襲宣撫瞫音審下視邑梅酉居坎今邑梅洞長官司明王珍置邑梅沿邊洞
軍民府邑梅在酉陽之南城山黷轉音慘土夷考環城皆溪環溪皆峻山舊志語異蠻音
壽霮䨴音淡隊擎圍鑿治西南壽山奇木烟靄四時不變西壯擎圍山四圍峭壁摩雲
三鼎嵕音族齊也丈韮峨西壯鼎砬山三山如鼎足南韮山昔有人遺韮此長丈餘民食
之搥黃牛膏腴感東黃牛山前代有土官過此見土地膏腴因喜搥牛以賽神地
澄㴬凱過撼西南地澄溪水清鑒髮西壯凱過河有凱于賽行者于此渡木浪曰
曰胡穇苦蒿鹽鹽胡咲烟畜較瘊祝倓倓音淡安也舊志用木浪

禮爲曰春渠瀝苦蒿水代鹽鮮肉婚姻以牛隻爲等病疾以巫祝爲醫溪洞扼要斯佛
鄉之爲黔舊志鎮諸洞之要衝接五溪之流泒元以其地爲佛鄉洞究平茶則黔
據今平茶洞長官司宋置平茶洞戰國楚爲黔中地圍秀特岑仰踞治西圍山圍聳
特出壯高秀山千丈秀色如畫西岑仰山雪符稔百歲著西百歲山插天冬有積雪漫頂
則歲豐稔牀粟桂侯英翥南有諸葛洞武侯征九溪蠻嘗宿此設一牀懸粟一握以秣馬
後遂化爲石牀石粟今尚存溪尚盈嵴聲遽西南有滿溪東南有嵴溪聲如嵴捕
獵心侏離語穀炕然殯唱助曰南客古難御司志言語侏離
性好捕獵火炕焙穀歌唱送殯號爲南客古稱難治而荒甸此焉悉禦南則貴州界東
則湖廣界于是四維聿肅列屏攸張成都中啓古蜀國秦蜀郡漢益

蜀都賦　四十五　陶坤

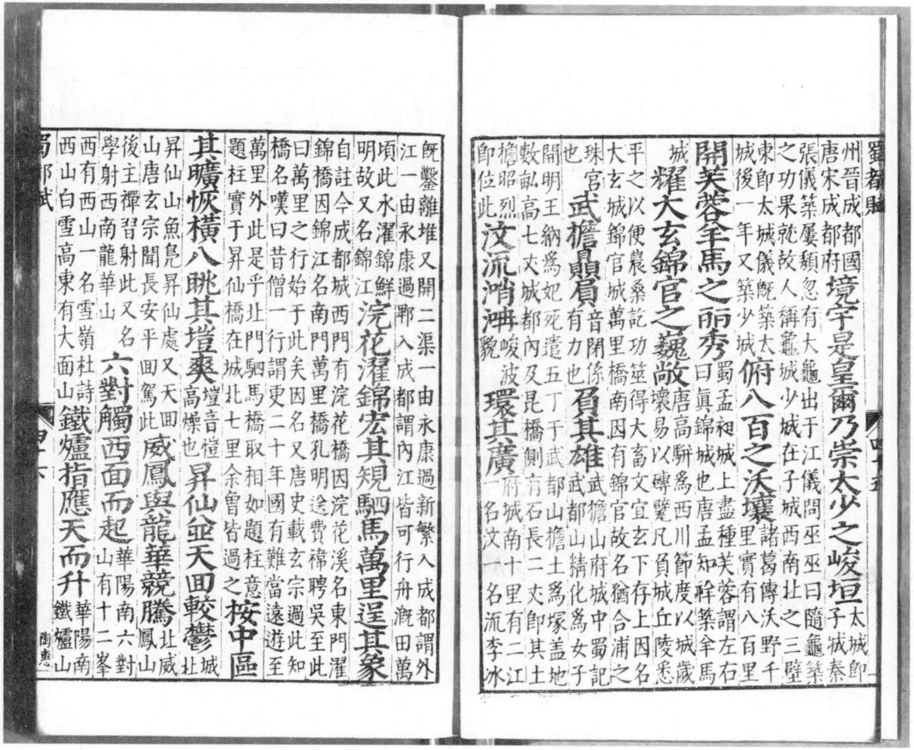

蜀都賦　四

州晉成都國唐宋成都府境宇是皇爾乃崇太少之峻垣太城即子城秦張儀築屢頹忽有大龜出于江儀問巫巫曰隨龜築之功果就故人稱龜城少城在子城西南北之三壁東即太城儀既築太城後一年又築少城俯八百之沃壤諸葛傳沃野千里實有八百里闢芙蓉羊馬之丽秀蜀孟昶城上盡種芙蓉謂左右曰眞錦城也唐孟知祥築羊馬城耀大玄錦官之巍敞唐高駢爲西川節度以城歲壞易以磚甓凡負城丘陵悉平之以便農桑記功筮得大畜文宣玄下存上因名大玄城錦官城萬里橋南因有錦官故名猶合浦之珠官也武擔贔屭音閉係有力也負其雄武擔山府城中蜀記武都山精化爲女子開明王納爲妃死遣五丁于武都山擔土爲塚蓋地數畝高七丈城都內及昆橋側有石長二丈即其土擔昭烈即位此汶流消渒峻波貌環其廣府城南十里有二江一名汶一名流李冰

既鑿離堆又開二渠一由永康過新繁入成都謂外江一由永康過郫入成都謂內江皆可行舟溉田萬頃此水濯錦鮮明故又名錦江浣花濯錦宏其規駟馬萬里逞其象自註今成都城西門有浣花橋因浣花溪名東門濯錦橋因錦江名南門萬里橋孔明送費禕聘吳至此曰萬里之行始于此矣因名又唐史載玄宗過此知橋名嘆曰昔僧一行謂更二十年國有難當遠遊至萬里外此是乎北門駟馬橋取相如題柱意題柱實于昇仙橋在城北七里余曾皆過之按中區其曠恢橫八眺其塏爽塏音愷高燥也昇仙垩天回較鬱城北昇仙山魚鳧昇仙處又天回山唐玄宗聞長安平回駕此威鳳與龍華競騰北威鳳山後主禪習射此又名學射西南龍華山六對觸西面而起華陽南六對山有十二峯西有西山一名雪嶺杜詩西山白雪高東有大面山鐵爐指應天而升華陽南鐵爐山

蜀都賦　四　陶惠

五代時日者占此當出異人掘見松根纏棺若雙龍斷之有血雙流南應天山唐僖宗賜名二脊
對九頭而聳金堂北萬安山有二脊雷所分洪水時人皆棲此東南九頭山有九峯三
門向三學而弘金堂東北昌利山有石室三門呼三龍門又三學山上有三寺赤岸
光接于繁麗新都南赤岸山岸常有光又繁陽山張道陵脩此上有浴丹池通仙井麻姑洞
壯有麗元山山有雙石鏡大塔輝吐乎聖燈雙流東大塔山東南聖燈山常有聖燈現
三嵎勢連于鼎印仁壽東南三嵎山三山相對縣居其中西南有鼎鼻山東北有印山
金車抱玉屏而凌仁壽北有金華山東有唱車山西有玉屏山瑞雲香雲
崛崎音掘欺仁壽東瑞雲山宋相何㮚生夜此山紅霞亘天因名東北有香雲山石矩佛
巗幾層仁壽東北石矩山石壁如城又有佛巖山鳳芴秀立井鑊神登井研

東有鳳山一峯極秀南有執芴山一峯突出如芴北有井鑊山唐僖宗幸蜀此山有神現茆香鐵
銳石鼓戎憑井研東北茆香山產鐵剛利武侯嘗取為兵器簡州東北石鼓山蜀將許都登
此擊鼓犒軍磨王雄據玉女乳澄井研南磨王山據嘉眉榮隆四境簡州東北有
玉女山李八百脩此有石乳房十七眼呼為玉華池雙箱棲乎金鷲兩室會以
仙朋簡州東雙牙山上有井山半有石箱昔有兩金鷲晝浴于井夜棲于箱人欲捕之遂飛上南山
化為雙石對峙若牙西逍遙山層崖上有東西二室室後有丹竈壁上有漢安元年月日會仙友字盤
龍忠國可景簡州北盤龍山先主經此立寨上有盤龍山三大字西南忠國山宋孝宗刻忠
國山三大字重龍君子有稱資縣北重龍山一縣之勝上有君子泉栢茂霄
卓玉京雲蒸簡州栢茂山卓為衆山首資縣玉京山揷天連雲天台四明峯

景是徵（簡州有天台山三峯如三台資縣四明山上有光景之異）將軍威峯武攸振（內江北將軍山唐薛萬徹平獠屯兵此資陽威峯山高出爲一方鎮）書臺華萼文韋興（資陽南書臺山王襃讀書處內江西華萼山唐范崇凱于此讀書賦華萼樓詩）異鏵（音華）影之迭流與晦朔而相仍（內江西鏵影山有二泉更流迭止與晦朔相爲盈縮）至夫灌口既踈離堆沫格（灌縣西北灌口山漢文翁穿湔江溉灌故名西離堆山李冰鑿涸崖以避沫水之患）便傍分華夷之限（灌縣西南一百三十里便傍山山外即番境）靈巖樹風雲之宅（灌縣西北靈巖山常出雲有泉出石穴又有風洞歲常祭之）聖母多仙會之所丈人爲五嶽之伯（灌縣西南聖母山馮大量遇仙于此又丈人山王弼云此山爲五嶽之長）天門天闕崆以峴（音空兇峻貌）天國

天倉𡸴（音節峻貌）其闕（彭縣北彭門山兩峯對立如闕名天彭門灌縣北汶山李冰謂汶山爲天彭門李膺謂天彭闕蓋兩山對峙似闕西南又天國山青城山記山有八大洞此第五洞也又天倉山連巖隱軫分爲三十六倉呂大防詩天倉三十六寒擁翠微間）三十六倉衍而崿（音達山重貌見上）七十二候通其隙者（音黑）馬八洞八節相繹第一青峰𩃬（音對雲貌）以𩅦（音濃雲廣貌）五洞天兮胡焱（音殈）火華（灌縣青城山唐杜光庭記岷山連峯接岫千里不絕青城乃第一峯也前號青城峯後名大面山山有七十二小洞應七十二候有八大洞應八節道書以此山爲第五洞天乃神仙都會之區）隴九疊以弘敷景一朝而累易（彭山縣北九隴山有伏隴秋隴等九隴又丹景山宋韓絳記風氣流爽一日之間備四時焉）葛𧶠（音歸）去以餘名陶朱仙而留

迹彭山北葛墳山葛求墳得道此又濬沅山李膺記苑蠡學道昇仙於此大隋甲于西
中隋特其白彭山北大隋山宋張商英記西山之勝在彭門者大隋爲甲大隋後有中隋山
峯巒特秀積雪至夏下視白鹿諸山直培塿耳三面回九頂迫崇寧北三面山有龍湫徑
不及四寸而水不絕安縣北九項山有九項旣龍窆于鐵砧悲馬金與鷄
碧安縣北龍安山有林泉之勝隋開皇間蜀王秀立亭館于此避暑崇寧西鐵砧山武侯鑄鐵砧此造
軍器北金馬山王襃祀金馬碧鷄此上有祠何麋鹿以成市笑㹢玃音加獲
而色懌崇慶西蟇頤山上有平地諸山之鹿每日一聚其中號鹿市西南多滛山博物志山有物
似獼猴長七尺能人行健步名㹢玃一名馮化伺行道婦人美者盜之稠叔于蒼蓋
而鳴平岡其道客新津南稠梗山有草名稠梗服之可以長生仙人時採取北平

蓋山崔孝通得道此崇慶有鶴鳴山張道陵嘗居此新津南平岡山李真人羽化此大蓬小蓬
蓬島是藉什邡大蓬山綿竹小蓬山皆類蓬島龍角龍居龍光是奕綿竹
龍角山如龍角什邡龍居山有龍住什邡侈雍齒之榮鄧通擅銅官之
澤什邡南有雍齒山雍齒封侯于此漢州東銅官山鄧通鑄處庚除顯樓臺之幻
武都化王妃之魄綿竹東庚除山有石洞宋初齊雲子者入洞中見樓臺金碧守門者
呵止之曰子凡骨可急去不然禍及其人回後再尋遂迷故道西有武都山即蜀王妃所生之地龜
決勝于牙旗猿樹門而如戟德陽北龜勝山高崇文駐兵此有龜見于牙旗
是日大勝命投于潤朙日復至人謂蜀降之兆蓋蜀有龜城云綿州東猿門山上多猿一峯豎立如戟門
水峍音浑可溢而可乾章洞風旋而火赫綿州北聖水山有龍湫禱

雨輒應又崌山有九龍洞歲多水禳之輒應什邡西章山有風洞火洞出風出火春氣迎于浮中磬聲聞于磬石德陽北浮中山益州記每芳春遊人登此謂之迎春彰明西石磬山山有虛巖如磬擊之聲聞數里獸目啓而茗清牡丹開而麓赤彰明北獸目山產獸目茶頗佳西北大華山有三洞群仙錄黃奉先移家入此山山有牡丹花開時如錦遍山皆紅大霍洞與于龍潛大匡頭皤于仙謫羅江大霍山有龍洞彰明大匡山杜甫寄李白匡山讀書處頭白好歸來靈臺毓天師之神賨圖化金丹之液彰明北靈臺山張道陵昇仙所又賨圖山李白送賨主簿詩顧隨子明去煉火燒金丹子明名圖隱居此誠富樂之可賞宜快飲于疇昔綿州東富樂山昭烈入蜀劉璋延之至此山望見蜀全盛飲酒樂甚因名若乃都沱大皂之濆瀹三郫

九曲之洄漂府城西都江水宜造粉又名粉江新繁西北有沱江源出岷江禹貢岷山導江東別爲沱即此一在灌縣南溫江西南大皂江泉出岷山金堂前有三江大江中江北江謂三江郫縣有郫江源出岷江西又有九曲江源出灌縣中資湔沫之疊紏石沙馬郭之遠繚內江西有中江源出汶山資縣東有資江水深百丈群川總會之所灌縣有湔江源出玉壘山灌縣西南有沫江發自雪山爲岷江之源江中石高數丈者名大坎次者名小坎流入崇慶會白馬文井江而入嘉眉又有石定江源出丈人山又白沙江出茂州山崇慶東北白馬江自晉源廢縣西北郭江自舊青城縣光以珠㷉味以酒超資縣南珠江昔光現人以爲珠因名崇慶北味江昔蜀王征番有野人獻壺酒王投之江使三軍飲之皆醉因名羅以紋合鳫以金嘹羅江東北有羅江一水自綿州來一水自江安來兩水相蹩如羅紋故名漢州北鳫江水嘗出金鳫故名

清白見志之濯濯廉讓著節于昭昭新繁北清白江
如此江清白雖萬類混其中不少濁也彰明北廉水趙抃過曰吾志
平地泉出西有讓水宋明帝因言貪泉問梓潼人范
柏年曰卿鄉土有此泉否對曰梁益間惟有
廉水與讓水不聞有貪泉帝即拜梁州刺史衣浣而
百花散穴啓而柳葉飄華陽治西浣花溪一名百花
潭按吳中復冀國夫人任氏
記夫人微時見一僧墜汚渠爲濯其衣百花
滿潭因名金堂柳溪常有柳葉從穴中出箭三發
而河湧拳一擊而泉搖綿竹南射水河隋蜀王秀射
三箭于三溪水泉湧出成河
府治西北拳𣏌井五丁嘗于此爲飲毘音皮羅于摩訶
角觝戲渴甚以拳擊地泉水湧出
適王氣于𩇢淘府城東躍龍池蜀王秀開後有胡僧
見曰摩訶爲毘羅華言摩訶爲大宮
毘羅爲龍蓋謂此池廣大有龍也金堂東龍飲池古
有龍飲此池水爲之涸忽一日雷雨大作龍自池中

騰出華陽西南諸葛井武
侯欲通井絡王氣故鑿肇七星八角之勝厭九宮
三台之妖漢州北七星井嚴君平所鑿灌縣西八角
井麗眞人浴丹此新繁南九井河李冰所
鑿象九宮以壓水𣐽府治有三台井隋文帝夢三台
星隕于西南化爲井遣人潛訪獲有道士馮善英者
脩池忽得三井每汲
一井則二井皆動聖神靈孝之應妙萬歲千秋之
利饒仁壽南聖泉患瘡痍者飮之愈投銀即成黄色
安縣南神泉湧出平地冬溫夏凉飲可愈疾其
氣如附子新津東靈泉二井相連水各異味德陽西
孝泉漢姜詩孝感躍鯉即此泉府北萬歲池張儀築
城取土因成廣數十里溉三鄉
田華陽東千秋池亦張儀鑿章亥疑步杳篠音
跳
深安所蹻章太章亥豎亥二人善行禹使太章步東
也西極豎亥步南北極蹻音喬舉足高行
于是卟稽同其都鄙之般城府之實土美風華華陽國
志土地

沃美益州記尚侈好文三吳甲乙唐盧求成都記序大凡今之推名鎮為天下第一者曰揚益較其要妙揚不足以侔其半野則原隰翼翼渰溢沄沄轉流也堤塍

音乘稻畦埒也緜曲畛畷畛音珍十夫之道畷音綴兩陌間道錯紜宂音沆下也隆

菑音甾田不耕貌畝膏衍腴墳引都堰以周灌疏二渠其繢

李冰築都江堰于岷江中決二渠分水進灌今成都田畝皆賴此水紛蔥犗音芥牛也桒黛

耜載耔以耘冬稌夏穱稌音土稻也穱音卓麥也穜稑先種後熟曰穜音童

後種先熟曰稑音陸攸分揚條布穗垂穎鋪荼衍芓如墉稷黍

如雲雨潤土濡日煦風薰爰銍音直刈也爰肆饁音害勞餉

勸爰登于場婦子以欣熟薦爾祖有飶音必食香其馧穀

嘉酒旨父母融融叢氏有詩四章一章曰川崖惟平我稼我黍旨酒嘉穀可以養父埜維阜丘黍稷多有嘉穀旨酒可以養毋二章曰維月孟春獺登彼崖永言孝思享祀孔嘉彼黍既潔彼稷維澤蒸命良辰祖考來格輸征貢賦用佐國軍有魚有稻凶不

失群漢志民食魚稻凶年無憂茨椽枳籬三五為鄰夕編乎肇音必

以荆為戶旦葺于寢寢屋宇也椽桑筐繭繅絲理純地多養蠶組以

虒鷹虒音斯有角虎鷹豸同茜音蒨草可染緋以猩猩隋志綾錦之妙等上國地產熊

緝麻縉音纂縉也紵纚縷紊紉纚同罘朽布餘盈箱溢囷

史記張騫使大夏見蜀布雖之國富亦鮮磬貧無敵國之富亦無懸磬之貧衣

冠貌古盆兮意醇仁壽志有古淳質風比宇相友戴稚相親戴音

貝尚忠

垤老也駕牛鞍馬招婭訪姻其地或有乘牛者男婦皆騎馬往來蠶國有
歌匪風維鹵蠶叢詩見上維哲維乂摎丘索典匪林𤞑不
裁匪法玄不剪相如著上林賦楊雄著羽獵賦著太玄法言蜀士皆則之童諷師
絃龍譚天辯握槧飛觚蚪文蝌篆圭竇繩樞性繕理
闌破藩釋蹄抉纖批顯摛藻掞艶雲舒霞卷乘明遺
昌龍驤虎變維揵維豪肘鞬音堅以藏矢也腰鞘音肖刀室習朐
䏰之提步濮賓之票票勁疾貌秦昭王時白虎爲患募得巴夷朐䏰廖中藥何謝作
白竹弩射之死遂號武夷其族又有濮賓賓尤武勇夾渝水以居爲漢高祖前鋒陷陣善舞高祖令樂府
習之升庵集引通典音朐如順切䏰如尹切讀如閏蠶漢有朐䏰縣今雲安萬戶驛下是其地朐䏰垂名

夔州多此虫故名秋獮春蒐淵聚林哨撊音開罿音童鳥網設罻音尉罻小網
鴟鷴音鄰視貌鶚鴵張罝音差兔網也結罳音鹿獸網也麖音京大鹿
趯趯音歷跳起兔趡直髮往趭音樵走貌隨冠疾郘音叫大呼驅狡
盧鞭烈驃遂兩肩獸三歲曰肩發隼鶻蹂蒙茸違夔雚放
弋絲下餌釣鱏鮌音亥走也鰍䱸音結跳也鵲嘶鶴叫眣音跌睨也
朱朏音屈月出燔芧燎野火炎巘谷爟盈轎滿載欻歔
廟咆哮獮猭音連串獸走也族嘻攢嘯驍悍自恣快爾年少
市則郛郭四匝雉堞接陴開以九市經以十逵連闤
帶闠甍宇傑池傑音差參差也夷街曲隧橫驅直馳旗亭迢

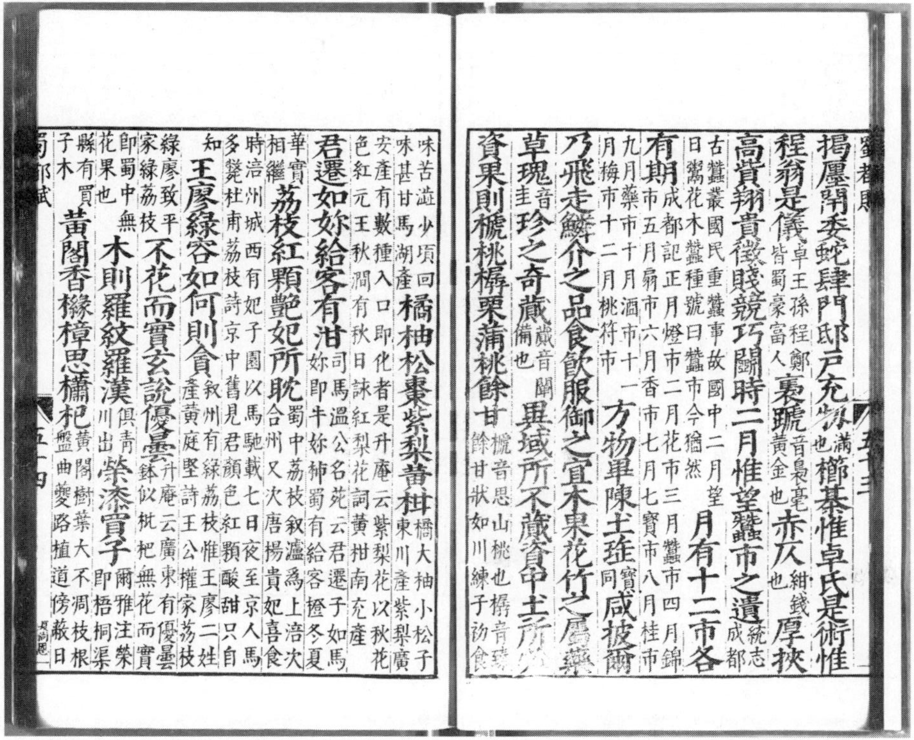

蜀都賦　五十三

揭㞕閈委蛇肆門邸戶充牣滿也鬱棊惟卓氏是術惟
程翁是儀卓王孫程鄭皆蜀豪富人褭蹏音梟毫黃金也赤仄紺錢也厚挾
高貲翔貴徵賤競巧鬬時二月惟望蠶市之遺統志成都
古蠶叢國民重蠶事故國中二月望日鬻花木蠶種號曰蠶市今猶然月有十二市各
有期成都記正月燈市二月花市三月蠶市四月錦市五月扇市六月香市七月七寶市八月桂市
九月藥市十月酒市十一月梅市十二月桃符市方物畢陳土珪寶同咸披爾
乃飛走鱗介之品食飲服御之宜木果花竹之屬藥
草瑰音圭珍之奇蒇蒇音闡備也異域所不藏資中土所[illegible]
資果則榹桃樼栗蒲桃餘甘榹音思山桃也樼音臻餘甘狀如川練子可食

蜀都賦　五十四

味苦澁少項回味甚甘馬湖產橘柚松棗紫梨黃柑橘大柚小松子東川產紫梨廣
安產有數種入口即化者是升庵云紫梨花以秋花色紅元王秋㵎有秋日詠紅梨花詞黃柑南充產
君遷如妳給客有橙司馬溫公名苑云君遷子如馬妳即牛妳柹蜀有給客橙冬夏
華實相繼荔枝紅顆艷妃所耽蜀中荔枝敘瀘為上涪次合州又次唐楊貴妃喜食
時涪州城西有妃子園以馬馳載七日夜至京人馬多斃杜甫荔枝詩京中舊見君顏色紅顆酸甜只自
知王廖綠容如何則貪敘州有綠荔枝惟王廖二姓產黃庭堅詩王公權家荔枝
綠廖致平家綠荔枝不花而實玄說優曇升庵云廣東有優曇鉢似枇杷無花而實
即蜀中無花果也木則羅紋羅漢俱青川出榮漆實子爾雅注榮即梧桐渠
縣有買子木黃閣香櫞樟思櫹杞黃閣樹葉大不凋枝根盤曲夔路植道傍蔽日

內江有香椽音緣似橘平茶
有樟木來寧有思木欐音肯
馬尾牟尾松名交讓連理
交讓木名兩樹對生一樹枯則一樹生如是歲
更終不俱生俱枯也出岷山連理木異本合枝
茂榿
吟風赤杉比雉
榿音欹古稱蜀木成都爲盛杜詩榿
林礙日吟風葉又聞知榿木三年大
杉木馬播建昌俱產
老者有野鷄文色赤
惟珍則楠鐵頭拐乖上臂
子香杉
鬬栢楝梁是倚
楠木瀘州馬湖永播俱產眞楠有四
香楠茶褐色細膩極香杉楠微黃條
直無節二者棟梁之選鬬栢楠褐色如滿架滿葪千
百中僅一二鐵頭楠一名拐子色黃黑極堅沉水難
達于
朝
花則酴醿䕺景成都產
蕭墻石泉產
剪羅江油有碎剪羅花
四色木蓮五色娑羅艷膩爛映錦綴高柯
木蓮花有
四色邛州
白鶴山產忠州亦產白居易木蓮詩自序巴民呼爲
黃心樹高四五丈終冬不彫身如青楊葉如桂花如

蓮香色艷膩超然獨芳四月初花開速謝僅二十日
娑羅花雅州苑屋山產花有五色照映山谷移他處
則枯
鳳尾竹石葉上素和
敘州石門山多蘭有鳳尾蘭
竹蘭石蘭素蘭春蘭秋蘭春
蘭花生葉下素
蘭花生葉上
有繁山礬皎如玉磋
邛州山礬花花
繁如雪香氣極
濃
牡丹千丈洛陽並嘉
灌縣長平山上三十里有牡
丹坪高樹蔽天先花後葉狀
若芙蓉香類牡丹范成大詩千丈牡丹如錦蓋見
方輿勝覽彭縣牡丹花多而佳有小洛陽之稱
紫英的的長樂名姱
張盧有蜀長樂花賦
蜀太守蘊迺亦賦
海棠沁馥伊蘭侑佗
海棠花無香重慶嘉定者有香升庵云江陽
有伊蘭花名賽蘭香小如金粟戴髻香聞十
步經月不散西域以之供佛漢書所謂伊蒲之供也
蒲即菖蒲花不常有西域伊字最尊如中國稱天子
稱蘭爲伊
香無比也
鬢嬌鬘華揚麗婀娜
末利花名鬘華見佛
經錦帶花名鬢嬌見
江良

成都古今記蔓音曼閶曲則舞美人其傞傞醉舞貌雅州有虞美人草升庵引賈氏
談錄云褒斜谷有虞美人草狀如鷄冠花葉相對益州草木記云雅州出唱虞美人曲應拍而舞竹
則有櫻有桃成都產櫻竹葉似櫻有刺中實潼川產桃竹江心𤄃石上生可爲杖竹譜云竹
性皆空此竹獨實如木杜詩江心𤄃石生桃竹斬根削皮如紫玉鳳尾龍頭成都有鳳尾竹
如鳳尾保慶有龍頭竹嘉定榮利山有竹如龍形俗謂羅漢杖方體實心重慶有方竹外方又
有實竹內實月茂慈脩嘉定有月竹每月生筍各府有慈竹斑有花斑眉州有斑
竹成都播州有花斑竹刺節木樛高木下曲曰樛成都烏撒有刺竹環節皆刺保寧有木竹
節踈心實青黃紫白厥苦殊抽苦竹有青苦黃苦白苦紫苦筀稱防露
升庵云蜀中產筀竹筀古惠切又名防露
戕利如矛言其上容防露傷人則死見竹譜石介詩

零露偏留筀竹叢嬋娟籠烟相思灊幽涪州有相思崖昔有童子丱女相悅交贈
今竹有桃釵之形筍亦有柔麗之異曰相思竹孟郊詩竹嬋娟籠曉烟指此也見升庵集冠者惟
筇大多輕柔筇竹邛叙黎烏蒙俱產蜀竹多輕而軟作扇骨似藤欒則國老甘草
天南天南星萺䓉甘松松州以此得名昌陽石菖蒲雅州產鼠姑牡丹皮成都產
會及五味子邑梅產卽子烏頭成都產陵郎苦參龍安產連及白芨眉州產
示姑半夏成都產陳知何首烏成都產黃良大黃龍安產周麻升麻黎州產
雀羅雀羅麻天全產天花天花粉重慶產餘糧禹餘糧卽麥門冬顛勒天門冬順
慶產思仙杜仲龍州產百倍牛膝龍州膠香白膠香卽楓香乾歸當歸松潘產
房圖桔梗百蜚防風天雄天雄烏頭附子同類有大小分並以綿州龍州出者佳王

夏尚忠

連黃連建始產仙茅叙州產牽牛龍安產木通眉州產鬱金眉州金星金星草叙州產巴菽巴豆眉州產檴芎川檴川芎紫背龍牙叙州產太乙玄精雲陽產金毛狗脊夾江產王不留行夾江產骨碎補叙州產巴戟天保寧產補骨脂重慶產威靈仙重慶產郭使君子名以兒播使君子因潘州郭使君療小兒多獨用此物醫家因以號之眉州龍安產護羌使者羌活名護羌使者即獨活又名胡王使者又名獨搖草得風不動無風自動松潘龍安產凝水能飽凝水石即寒水石久服不饑眉州產硝石永年即朴硝入地千年不變色松潘產隅河成金海芋方士家號爲隅河仙可變金成都產文章欲仚五加皮名文章草譙周巴蜀異物志有文章草贊云以金買草不言其貴即此又名白刺顛又名金鹽王常曰何以得長久何不食石蓄金鹽母又孟綽子曰寧得一把五加不用金玉滿車叙州產仚輕舉也岐黃有未品倉扁有未研飛則錦雞天全產馬雞疊溪產白雉永昌產呴鷕呴音吁雉聲鷕音夭雊雉鳴孔翠永昌產子巂蜀產白鷳邑梅產言鳥鸚鵡烏蒙產念成舍利佛性自曉唐韋皐鸚鵡舍利塔記河東裴氏得鸚鵡告以六齋之禁比及辰後非時之食終夕不視或教以持佛名號者曰當由有念以至無念則仰首奮翼若承若聽後或俾之念佛則嘿而不荅或謂之不念即唱言阿彌陀後悴爾不懌養者知將終告曰將西歸乎爲爾擊磬爾其存念每一擊磬一稱彌陀佛十擊磬而十念成奄然而絕按釋典十念成往生西方又云得佛惠者沒有舍利遂命火以闍維之法焚之果有舍利十餘粒烱爾耀目高僧慧

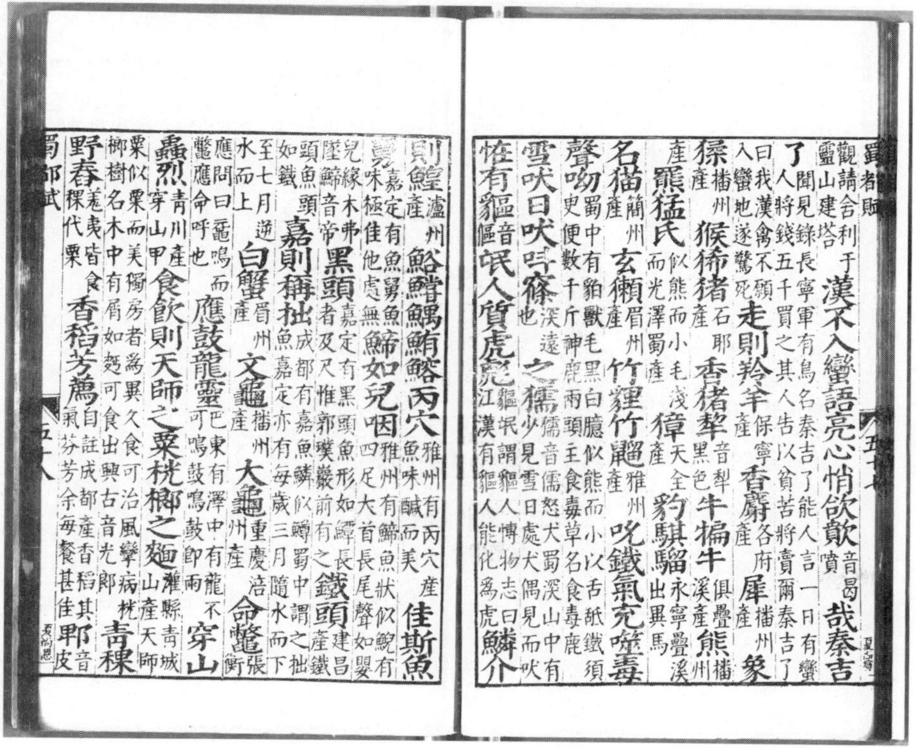
蜀都賦
觀請舍利于靈山建塔漢不入蠻語亮心悄欲歎音曷噴哉秦吉
聞見錄長寧軍有烏名秦吉了能人言一日有蠻了人將錢五千買之其人告以貧苦將賣爾秦吉了
曰我漢禽不願入蠻地遂驚死走則羚羊保寧產香麝各府產犀播州產象
猓播州產猴狶豬石耶產香豬犂音犂黑色牛犏牛俱疊溪產熊播州
產羆猛氏似熊而小毛淺而光澤蜀產獐天全產豹騏騮永寧疊溪出異馬
名貓簡州產玄獺眉州產竹貍竹鼯雅州產吃鐵氣充噬毒
聲吻蜀中有貊獸毛黑白臆似熊而小以舌舐鐵須臾便數千斤神鹿兩頭主食毒草名食毒鹿
雪吠日吠呺寱渓遠也之獳獳音儒怒犬蜀渓山中有少見雪日處犬偶見而吠
惟有貙音傴氓人質虎貙氓謂貙人博物志曰虒江漢有貙人能化為虎鱗介
則鰉瀘州產鯰鱨鰅鮪鰫丙穴雅州有丙穴產魚味醎而美佳斯魚
[illegible]嘉定有魚男魚味極佳他處無鯑如兒咽雅州有鯑魚狀似鯢有四足大首長尾聲如嬰
兒緣木弗墜鯑音帝黑頭嘉定有黑頭魚形如鱓長者及尺惟郭璞巖前有之鐵頭建昌產鐵
頭魚頭如鐵嘉則稱拙成都有嘉魚鱗似鱒蜀中謂之拙魚嘉定亦有每歲三月隨水而下
至七月逆水而上白蟹眉州產文龜播州產大龜重慶涪州產命鼈張衡
應問曰龜鳴而鼈應命呼也應鼓龍靈巴東有澤中有龍不可鳴鼓鳴鼓即雨穿山
蠡烈青川產穿山甲食飲則天師之粟桄榔之麵灌縣青城山產天師
粟似粟而美獨房者為異久食可治風攣病桄榔樹名木中有屑如麪可食出興古音光郎青稞
野舂羌夷皆食稞代粟香稻芳薦自註成都產香稻其氣芬芳余每餐甚佳郫音皮
蜀都賦

筒鶖兒良醞斯宴醾花釀渓成都郫人刳大竹傾春釀于中號郫筒酒相傳山濤治郫用竻管釀酴醾作酒兼旬方開香聞百步漢州有鵝兒酒杜詩鵝兒黃似酒對酒愛新鵝引藤攸醵忠州出引藤大如指中空可吸俗用取酒又名鉤藤酒杜詩黃牛飯不穫蘆酒以蘆為筒吸而飲之蒙茙獸烏春茗團片雅州有蒙頂茶圖經云此茶受陽氣全故芳香嘉定峩眉山產茶味初苦而終甘彰明獸目山出獸目茶天全有烏茶黑白井鹽囊升筒轉鹽井深至六七十丈淺三四十丈大者以華囊汲取小者以竹筒設機抽水謂之卓筒各府多有之建昌有黑鹽井白鹽井井油井火積陽所煉自註臨邛嘉定犍為有火井其泉皆油爇之然人取為燈燭余曾見之升庵云正德中方出古人傳物未及此也積陽之氣所產非怪異菜有蓴綠綿竹武都山上有武侯池出白蓴菜甚美蒙蔡山有綠菜出江曲閻黃庭堅有綠菜贊

筍有苦紫叙州產苦筍黃庭堅賦云僰道苦筍冠冕兩川眉州有紫筍辛香匹桂百尺艾子本草食茱萸蜀呼為艾子有長及百尺者宋景文公贊味辛香苾椒桂之匹蔗霜白蠠古蜜字潼川產蔗霜龍安多白蜜酥油疊溪產夷人調酒而飲丹椒各府俱產茂州獨最佳其穀一開一合者為妙細條龍安有紬條椒之嫩美同獨本之葱馬湖府有獨本葱元初馬湖蠻歲以來獻郡縣疲于遞送後罷之叙州與將蒟音舉醬而後文各縣產蒟醬史記所載即此稽含南方草木狀云蒟醬蓽茇也大而紫曰蓽茇小而青曰蒟醬可以調食故曰醬服御則綿係草綿即綿花非木綿木綿乃斑枝花樹大盈把出交廣見升庵集蕩攢絲俱成都產氈彩東川產綄裙叙州出諸夷織絲為之其色似茜而雜以青白文彩斑斕長六尺縫兩端以為裙束于腰故名統裙氈毯氈毯二者俱天全產毛毯音坦松潘產

蜀都賦

陶孝

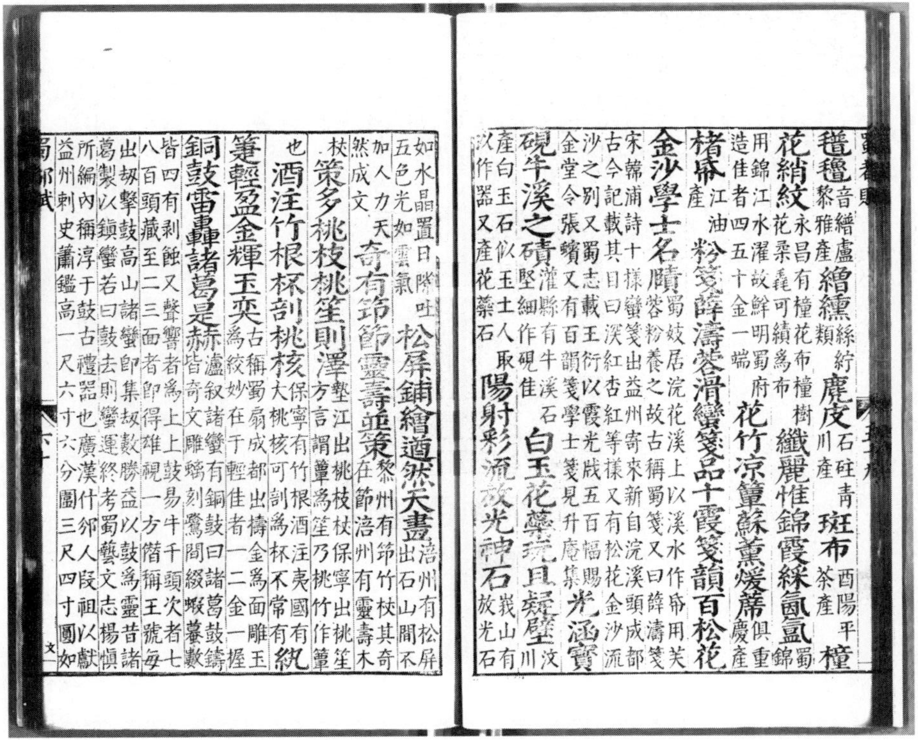
蜀都賦

氈氈音黎縉雅盧產繒纁絲類紵麃皮石砫川產青斑布酉陽茶產平橦

花綃紋永昌有橦花布橦樹花柔毳可績爲布纖麗惟錦霞綵氤氳蜀錦

用錦江水濯故鮮明蜀府造佳者四五十金一端花竹涼簟蘇薰㸌蓆俱重慶產

楮幣江油產粉箋薛濤蓉滑蠻箋品十霞箋韻百松花

金沙學士名牘蜀妓居浣花溪上以溪水作帋用芙蓉粉養之故古稱蜀箋又曰薛濤箋

宋韓浦詩十樣蠻箋出益州寄來新自浣溪頭成都古今記載其目曰深紅杏紅等樣又有松花金沙流

沙之別又蜀志載王衍以霞光牋五百幅賜金堂令張蠙又有百韻箋學士箋見升菴集光涵寶

硯牟溪之磧灌縣有牛溪石堅細作硯佳白玉花蘂琥珀凝璧汶川

產白玉石似玉土人取以作器又產花蘂石陽射彩流放光神石峩山有放光石

如水晶置日際吐五色光如雲氣松屏鋪繪道然天畫涪州有松屏出石山間不

加人力天然成文奇有笻節靈壽並策黎州有笻竹杖其奇在節涪州有靈壽木

杖策多桃枝桃笙則澤墊江出桃枝杖保寧出桃笙方言謂簟爲笙乃桃竹作簟

也酒注竹根杯剖桃核保寧有竹根酒注夷國有大桃核可剖爲杯不常有紈

箑輕盈金輝玉奕古稱蜀扇成都出檮金爲面雕玉爲絞妙在于輕佳者一二金一握

銅鼓雷轟諸葛是赫瀘敘諸蠻有銅鼓曰諸葛鼓鑄皆奇文雕蟠刻鷺間綴蝦蟇數

皆四有剝蝕又聲響者爲上上鼓易牛千頭次者七八百頭藏至二三面者即得雄視一方僭稱王號每

出刼擊鼓高山諸蠻即集刼數勝益以鼓爲靈昔諸葛製以鎮蠻若曰鼓去則蠻運終考蜀藝文志楊慎

所編內稱淳于鼓古禮器也廣漢什邡人段祖以獻益州刺史蕭鑑高一尺六寸六分圍三尺四寸圓如

蜀都賦　文

桶銅色如漆令去地尺餘以手振之聲如雷清響良久乃絶古所以節樂今以諸葛鼓證之疑即淳于鼓又有銅鬵大王寶𨰻銅鬵如鍋亦有鐵者乃鼎類詩溉之釜鬵是也音樂旨歸云鬵大上小下若甑鐺無足和羹用之或曰鬴也亦無足乃其實足以函牛兩耳峙如山形蠻尤以為至寶不多見其重又不啻銅鼓同上並見曾省吾平都蠻疏行窩雅爵神物莫格平谷縣耕民得一釜不火能炊下有諸葛行窩字後碎之複層中有水火字劉表子弟以酒器名三爵上曰伯雅中曰仲雅下曰季雅宋時閬州有三雅池古有脩此池得此三爵故名見升庵集瑰珍則礦鐵穴銅鑠音歷銀麩音夫麥皮金寧番衛銅山產銅鹽井衛鐵石山產鐵會川密勒山產銀礦寧番產白銅麩金重慶嘉眉雅俱產銀銅鐵各府多有金在沙如糠曰麩金黑鉛白錫石砫產鉛龍安產錫草節嘉定產草節鉛丹房鏡源云草節鉛打之即碎引鍼磁石能引針成都出

二碌四青會川衛易砧山產石青有四色土甘山產石碌有二色曾青空青俱潼川產琥珀瑕英音叚瑕英玉屬尸子曰龍淵生玉英淵含石韞不可殫名于中則巨族名家高門華閥飛閣層樓崇觀丹闕東第鱗駒甲舍嶢屼音堯兀峻貌晝棟雕楹鏤雲藻岊音節山貌浮柱嵬峩重欒岌業音乙業高貌食鼎坐鹵鐘鳴鼓伐珠箔繡幃綺幬璒欘通函接局戴延之西征記有函道道如封函也荀子有局室室如碁局也目眩心惚若乃王居之壯帝胄之尊彤庭瓊廈碧瓦丹垣承運啓殿金水環閣禮仁智義弘擴四門今蜀府殿曰承運各藩無金水橋獨蜀府有之設四門南曰端禮北曰廣智東曰體仁西曰遵義

陶仕紹

鋪金鑰玉阤琇礎璠飾以璫璧鑲以銀鋃續以鮫鰫
文以鸞鵷檐獸斜逐桷禽高騫音掀飛也離宮別館星呈
鱗鱗沼瞰南苑榭睇北園迎風繡檻嘯月華軒林葉
菁葱花鳥翩翻舞歌喤呷音皇瞎簫管譁諠瓌瑋雄麗
是稱首藩
蜀秀才皇大也之宜崇且蕃高皇帝第十子生十年而封成都王王讀書好儒能文章高皇每呼爲蜀秀才命景川侯曹震爲之經營勑曰蜀羗戎之所瞻仰非壯麗無以示威故蜀府規模之勝甲諸藩至其菭庭宮宥璜音黃宮芹學白虎通諸侯之學曰頖宮半者象璜也今宜作璜宮作黌者非見升庵集啓禮殿石室以重輝披聖圖
賫象而再爍漢文翁立學作石室尋燬獻帝興平太守高朕更新又增一石室始作禮殿祀先聖周公画三皇五帝七十二子及三代兩漢君臣除于壁後好事者益以魏晉宋嘉祐中王素命寫爲七卷一百五十人爲成都禮殿聖賢圖臨以神明廸以先覺秩秩紀常
莘莘禮樂水鑑氷簾青氈絳幄咏詩說書古商今搉
贊宣流化揚激清濁篪虡鉉鐘磬階靜敲朴梲澆追淳
斲雕還樸訟簡刑清歌雍舞蒯風尚質文華陽國志益州俗文多于質人士俊乂政稱茂卓士俊吏良濡涵露渥又其梵宇
琳宮之靡藥珠道家宮名丹玉丹臺玉室也之盛金碧焜煌琉
璃掩映大慈昭覺法除垢淨玉局青羊教彰清靜座

著老君牙傳佛聖自註府城東大慈寺唐至德年建玄宗書大聖慈寺四字尚存府城
北有昭覺寺大慈寺有佛牙一彩重八斤廣八寸厚
三寸金色昭覺寺亦一彩重四斤廣厚減半洪武間
須鎮兩寺今西夷進香每穿新衣來用硃印去供奉
余亦曾印數十爺回府城北有玉局觀漢永壽初老
聃與張道陵至此有局脚玉牀自地而出聃升座降
與道陵說南北斗經既去而座隱地中故名玉局
獅伏象超悟心性水火風雷救厄度命三煉還空五
戒持行開緣疏業祈麻衍慶婆姨婆塞頂禮陳敬羽
衣羽客趺坐嘿證洞府禪叢千兼萬併又其奇蹟勝
槩古址遺墟流眺無窮可景可噓則有參萊友東之
閣綿州北天池山巔有捫參閣城郭山川皆承目睫仁壽東艶陽洞前有蓬萊閣麗真人煉丹所崇慶

西湖上有尚友閣宋紹興間計敏夫領郡事以高適
嘗為此州守與杜甫酬唱處故建又有東閣即杜甫
東閣觀梅動詩興處錦雪籌福之樓龜城外有錦樓唐時建平視衆山前瞰大江西眺雪
嶺東望長松府東有錦官樓宋呂大防建又有雪錦
樓取杜甫雪嶺界天白錦城薰日黃之句成都之景
一覽在目府西有籌邊樓唐李德裕建圖蠻夷險要
與習邊事者籌畫于此府城內有五福樓唐韋皐建
卿雲謫仙之宅府西南有長卿宅即相如滌器處又有子雲宅內有草玄堂彰明南有李
白故宅碑刻猶存君平子淵之丘府西南有嚴君平宅又漢州有君平臺資陽縣有王
褒宅內有八卦井草堂之雅自註府西南浣花溪有草堂即杜甫宅余曾訪之花亭
之幽百花潭上有百花亭墨池注草自註墨池即在草玄堂前雄洗硯之池米芾書扁今
猶存家大夫為重葺之琴臺鳴秋相如宅有琴臺杜詩酒肆人間世琴臺日暮雲卜肆

塵埋府城內卜肆即嚴君平賣卜處酒壚香浮酒壚即在相如宅文君當壚處老人
漁父村里悠悠灌縣西有老人村綿州東有漁父村皆古蹟文君花藥吟
邊客愁文君有白頭吟灌縣有花藥夫人宅宋陳後山詩話夫人姓費青城人五代時以才色入
蜀宮後主孌之效王建作宮詞百首國亡入宋備後宮太祖召使陳詩即誦云君王城上豎降旗妾處深
宮那得知四十萬人齊解甲無一箇是男兒石鏡石筍長沒松楸武都山王妃塚
上有石厚五寸徑五丈瑩潔號曰石鏡用表其門杜詩蜀王將此鏡送死至空山冥寞憐香骨提攜近玉
顏府西門外有石筍寰宇記蜀五丁每一王死輒爲立大石長三丈重千斤以爲墓誌杜甫有石筍行
石門石闕鳥咏蠢啾安縣有石門兩旁皆石路由中出如門東漢備吏王稚子卒埜
于新都道旁有石闕劉經撰記以擬甘棠石婦石姥寒雲不妝府城西有石婦昔有

婦節孝後人刻石像之白居易有詩仁壽跨鰲山上有石姥歲旱人轉徙之天輒雨宋文同有賦石
犀石人人鬼共謀秦李冰作五石犀沉江以壓水恠三石人以鎮江流在府南適
則銅羊恨則石牛自註青羊宮有銅青羊志老子之遺甚古不知何代石牛寺有石牛
即秦所遺者在府城東余嘗親見之卦錢通顯府治嚴眞觀內有通仙井與廣漢綿竹君平井
通昔有淘井得銅錢三徑可二寸桄愢不安後投井立愈此君平賣卜錢也校書波瀏音劉
濤貌錦江南濱有薛濤井女校書薛濤以水製箋水甚潔妃墮女誓池上風颸灌縣
東有楊妃池太眞外傳妃父玄琰爲蜀州司戶妃生誤墮此池故名新津有三女池宋時宋氏母寡三女
誓不嫁母死夜負土以覆塚晝則俱隱塚前遂汚爲池他若八陣開則驚砂石
此圖在新都縣牟彌鎭諸葛八陣圖凡三在夔者六十有四方陣法也在牟彌者一百一十有八當頭陣

錢節

法也其在棋盤市者五十有六十營法也升庵云變者凡八行六十四絕新都者地象城門四起中列土壘高三尺耕者剗平經句復出昔有入圖者則飛砂走石五塊動則興雲雨府城南有五塊石在街中累起高一丈餘傳下有海眼昔人嘗起其石風雨暴作天牙摘星辰之精府治東有天牙石類牙黑色昔有星墜此而化支機來銀漢之滸自註嚴眞觀有支機石高八九尺半入地張華博物志有海翁乘槎到天河得一支機石歸以問君平即此石也余嘗往撫弄之皆神變之偶形詎象罂之可睹于是芳辰禊候風鶱蘭皐商賈逸豫士女翱翔選勝覓幽臨深登高靚靚音淨餙也粧粧粉白黛黑也鬌音梢髮尾也揮鞭躍驁是地婦人多乘馬踏春纖羅霧縠柔槳蕩舸問寺尋觀儕城溯音素濠携

壺提榼芳饌香醪士曰近柳女曰依桃呼盧博塞解衣換袍阡陌繹續𪈹音鳥戲相擾也而沓遭日昏不返一醉惟酗前于隨嗎謳和詞騷有遨頭之先鼓何群國之不遨成都遊賞之盛甲于西蜀俗好娛樂往太守歲時集士女嬉遊謂之遨宋謂太守爲遨頭國饒民斯暇上寬下不勞匪斯泄泄陶其所陶蓋遡蜀之肇基也自谷口兊通也人皇祇車之駕蜀紀言人皇乘祇車出谷口秦宓曰今斜谷也蜀山充黃帝子意之宮爰冊帝嚳之支庶遂世有侯土而擅雄華陽國志昔黃帝爲其子昌意取蜀山氏女生帝嚳封其支庶于蜀世爲侯伯揚雄蜀本紀云蜀山氏女茂州人也沐西伯之餘化文王化行江漢繄

從牧誓以羌髳音蒙從武王牧誓之師乃庸蜀羌髳微盧彭濮人弘數十世之累積俶音出始也王大于蠶叢蠶叢之國國于瞿上衣青衣以蒞治課農桑以導養屆栢灌以梟泉暨同魚梟則仙飛而莫向自註黃帝之裔歷夏商周至襄王時蠶叢氏始自稱王治瞿上衣青衣勸農桑次王曰栢灌曰魚梟于湔山忽得仙昇去今瞿上有蠶叢城瞿上即成都雙流縣是余曾過其地湔山今成都北昇仙山是魚梟城在溫江縣於杜宇之嗣帝亦勤農而稱望何仙術之必承羌遜位于厥相忍烝黎之無依聞啼鵑而興創杜宇繼魚梟後戰國時自稱望帝好稼穡教民務農時巫山壅江蜀地洪水命其相鱉靈治之隨禪之位升西山隱焉後民感其惠于二月方耕時聞鵑鳴思宇因呼爲杜鵑云又云宇淫其相妻慙而死化爲杜鵑維鼈靈之受禪力灌鑿以南王曷貲邑之是眈斬開朙于曰尚金牛無蹤虵崩有狀五女旣亡五丁亦喪鼈靈受禪爲叢帝號開朙氏城于郫即今郫縣傳九世至開朙尚移治成都不脩武備秦惠王欲伐蜀而道不通乃作五石牛以金置其後言能糞金欲以遺蜀幷美女五人蜀王令五丁開道引之到梓潼見一大蛇入山穴一人掣其尾不能得五丁相大呼曳之山遂崩五女化爲石五丁亦死秦遂遣張儀司馬錯從石牛道臧蜀遷秦民萬家實之民始能秦言于是秦收其利以疆六國漢併其富以定三秦李文子蜀鑑序秦得蜀以併諸侯漢高由蜀以定三秦昭烈藉險以定鼎劉備因益州牧劉璋迎入遂克蜀成三分之業唐玄托險以整屯安祿山反唐明皇幸蜀宋丁運于末造亦尾勁

而用振李文子蜀鑑序宋南渡首吳尾蜀有常山之勢若鴟張孫漢公孫述李晉李
雄之輩鼠竊王唐王建孟五代孟知祥之倫十二系期井鼃
何瞋漢赤眉亂述私令人爲漢使稱巳爲輔漢將軍兼益州牧因入成都乘釁僭號夢人曰公孫系
十二期因自刻掌文曰公孫帝遂稱成帝馬援與同
里素善隗囂使援至述盛陳儀衛以見援歸曰子陽
井底鼃耳光武遣吳漢伐之被刺死果十二年國亡空爾決拾禮卹加惇李雄善騎
射晉齊萬年反賑救得衆求寄食巴蜀隨自稱鎮北
大將軍卹窮禮賢蜀人大悅既稱益州牧遂取成都
稱成帝相長生後桓溫伐而取之凡五傳四十二年降禮自閉留後若燐燐鬼火也
唐信宗奔蜀時王建負璽前驅後募兵據閬自稱防
禦使兵勢益盛殺親吏恐宰臣韋昭度早歸廟堂自
稱留後尋取興陽等七州進爵爲蜀王建性謙恭唐
故族移蜀者禮而用之子衍立郭崇韜奉命伐之衍

降詔夷其族須經置舉合燼于塵孟知祥郭崇韜薦爲西川節度使後與董璋反
復斬璋謝罪稱藩于唐命爲蜀王祥自稱帝子昶立刻石九經置貢舉宋遣王全斌伐之昶降饒有
重瞳雖珍匪珍元明玉珍身長八尺目有重瞳至正年徐壽輝僭據漢陽授玉珍蜀省右
丞陳友亮弑壽輝玉珍遂自稱隴蜀王尋稱帝國號夏子昇襲我　高祖命湯和討之昇降上下
數千年興廢之間偃卬幾百代沿革之際流風遺俗
之華人文物采之麗紛雲蔚以霞烝燦韡聯而彙綴
其中則神禹降靈明德攸逖大禹姓姒氏生石紐村今龍安府生時其地靈
異可畏百里夷人不敢居牧萇音長弘化碧著其英自註萇弘資中人孔子嘗從問
樂周人殺弘蜀人藏其血三年化爲碧玉余曾經其墓側吉甫北伐揚其勳周尹吉甫
任政

蜀都賦

江陽人宣王時以太師
爲大將北伐玁狁有功
伯奇履霜堅其順
尹伯奇吉
甫子後母
逐之編芰荷爲衣椁花爲食清朝履霜作履霜操
後自沉于江張子西銘勇于從而順令者伯奇也
蔓子伏劍矢其激
巴蔓子巴國人仕巴爲將軍周末國
亂請師于楚許以三城楚已救巴曰
可持吾頭往謝城不
可得乃刎首付使者
嘉目筮策以興王
扶嘉胸腋人
善占吉凶勸
漢高祖定三秦嘉志在扶翼賜姓扶范目閬中
人說高祖募取賓人定三秦封閬中慈鳧鄉侯
信邁
捐軀以郤敵
紀信安漢人項羽圍漢王滎陽急信誑
楚乘王車請降王得遁羽殺信子紀通
周勃討諸呂時通
納北軍竟爾安劉
張寬王褒表文學之宗
自註張寬
成都人漢
景時文翁爲郡選寬等詣博士受業還以敎授于蜀
作春秋章句十五篇王褒資陽人漢宣時刺史王襄
請褒作中和樂詩薦之徵褒進聖主
得賢臣訟擢棟議大夫余曾過其墓
相如楊雄樹詞

賦之嫡
司馬相如楊雄俱成都人如事漢武拜中郎
將口吃善著作有子虛上林大人諸賦雄事
漢成爲都給事黃門亦口吃多沉
思有甘泉河東狡獵長楊諸賦
尤終英撫檀删著
之精
李尤新都人賈逵薦尤有相如楊雄之才明帝
召作東觀辟雍等賦拜諫議大夫後與劉珍撰
漢紀楊終成都人漢顯拜校書郎受詔删太史公書
爲十餘萬言又著春秋外傳何英郫縣人學通經緯
著漢德春秋杜撫犍爲人博學隱居敎授遠近宗
之所作詩題文約義通學者傳之必曰杜公註云
胡
林任董得研辯之析
胡安林閭並臨邛人相如從安
受經古天子有輶車之使惟閭
與君平能辨之楊雄聞而師馬任安綿竹人少受大
學孟氏易通數又從楊仲桓究極圖識時稱曰居今
行古任定祖欲知仲桓問任安董鈞資陽人習慶氏
禮爲博士時草創郊廟禮樂威儀章服多從鈞議時
稱通
儒
翟酺尹珍之淵乎經史
翟酺新都人四世傳詩
好老子善圖緯著援神

王希聖

蜀都賦

釣命解詁十一篇尹珍南川人桓帝時從汝南許
慎學受五經還牂牁以教其鄉南越人始知學 下
閎文公之洞于筭曆 洛下閎閬中人漢武徵待詔太
史改造太初曆任文公閬人善
天文避莽隱公山武擔石折嘆曰西川智
士死我當之乎益部語曰任文公智無雙 三張各峻
潔以啓承 張霸成都人少知孝讓鄉號曾子爲會稽
守郡人爭勵志節化服群盜童子有捐戟
棄矛之謠子楷舉賢良不就順帝詔云行慕原憲操
擬夷齊好道術能作五里霧子陵官尚書梁冀帶劒
入省叱出論罪枌冀弟舉陵責曰舉君
適以自禍陵曰伸公憲正報私恩也 二楊並推步
而奏績 楊統新都人習天文爲彭城令大旱統推陰
陽消伏縣界蒙澤子厚習父業漢順徵之陳
漢三百年厄拜議郎 景毅趙典持剛正以不阿 景毅
梁冀遺車馬不受 蜀郡
人李膺坐黨詣獄門生故吏並錮毅子頎爲膺徒未
及錄毅慨然曰豈可漏名苟安遂自表免歸趙典成
都人篤行博學爲太常朝廷每
有災異疑議咨之必據經正對 張綱任昉雖權貴而
必擊 張綱武陽人皓子留侯七世孫爲御史埋輪都
亭曰豺狼當道安問狐狸遂劾梁冀等姦惡任
昉成都人爲尚書令清身檢
下梁冀憚之出爲平原守 玄貽永信負節氣以自
完 譙玄閬中人爲議郎莽居揖易姓名竄歸公孫述
連聘不起賜以毒藥嘆曰保志全高死亦何恨其
子瑛捐家貲十萬贖免費貽任永馮信俱僰道人不
肯仕公孫述貽乃漆身爲癩佯狂山谷以避永信並
托青盲及述敗盥洗更 武明剛業甘危亡而不惕 何
視曰世適平目即清光 武
郫縣人漢宣舉賢良方正第一累官至大司空忠義
自奮好薦拔士莽誅不附已者武因自殺章明新繁
人爲大中大夫莽篡明嘆曰吾不忍以一身事二主
遂自殺侯剛新繁人爲中郎莽篡剛佯狂負木斗詣
闕號哭曰寧蹈仁義而死不忍事非主莽殺之李業
梓潼人爲議郎莽篡托病去官公孫述持藥酒脅之

蜀都賦

曰危邦不入遂飲而死文卿文伯憤幽室以沈錮解文卿鄭文伯說述歸漢
述怒閉二子于幽室二子死之王皓王嘉栺妻子而洒瀝皓嘉俱成郁人皓爲
美陽令嘉爲郎莽篡同棄官歸述召之先繫其妻子皓對使自刎遂誅皓家屬嘉聞嘆曰後之哉乃伏劍
遵闕賀溫下民其孚嚴遵閬中人爲長安令治政嚴明遷揚州刺史吏民遮道三遷
輒不得行趙閬閬中人皆爲王尊所奇仕京州刺使卓有政聲元賀渠人第五倫薦爲九江太守改沛郡
所至有德政遷大司農吏民泣涕送然溫江州人守桂陽善于治民能得其心渙顥立堂政
譽敫歷王渙馮顥王堂俱郪人渙爲河內溫令道不拾遺民歌之拜洛陽令發奸摘伏京師嘆以
爲神顥累至越嶲太守所在著政聲避梁冀隱居作易章句堂爲巴郡守舉孝子嚴永隱士黃錯等佐扶
風不受閻顯竇憲囑托轉汝南守舉陳蕃時號知人陳立臨卭人漢成時守牂牁平寇亂徙巴郡治績爲

天下最馮緄陳禪鑾廣威宣馮緄宕渠人少習司馬法漢順時平長沙武陵蠻陳
禪安漢人爲漢中守賊聞聲卽降會匈奴入拜遼東守單于僤威退數百里隨使至郡禪爲說道義單于
懷服任永朱普死生畢志任永新繁人友董奉德死洛陽永躬推鹿車載喪至其家
後奔師喪于道物故勅兄子曰必致我尸于師門使死而有知魂亦不慙朱普雙流人爲郡功曹刺史與
守有隙許劾之逮普詰獄掠笞連月肌肉臭腐卒証守無罪勅子曰我死載喪詣闕使天子知我心諒
輔誠精諒輔新都人爲郡五官椽大旱祝曰日中不雨乞以身自焚頃之大雨一郡沾洽王
忳介義王忳新都人詣京有書生疾篤遺金十金乞爲買棺忳爲殯畢餘金悉置棺下後爲大度
亭長有馬馳入大風飄一鏽被下忳乘馬到縣遇馬主詰所由得具言之王曰是我子被馬皆我物大恩
久不報與俱迎子喪由是顯名爲郿令李弘雅尚李弘成都人少讀五經緼袍莞蒂舉茂才

不就羅克慕義遺金不受子雲稱曰不屈不辱不夷不惠可否之間云**莊遵高致**莊遵避漢諦改姓嚴臨卭人賣卜成都與子言孝與臣言忠與弟言友日得百錢即下簾著易揚雄稱其德刺史李彊欲辟之雄曰君但可見不能屈也**支漸隗相孝一通靈**支漸資縣人年七十母喪負土成墳廬墓側有白鳥白雀集墓木若助哀者隗相犍為人母喜飲江心水相每舟汲急流不便後江心忽湧一石舟乃可依人云孝感所致**姜詩杜孝孝靈通異**姜詩德陽人母好飲江水嗜魚膾每踰里遠汲忽舍傍泉湧日輒出雙鯉明帝詔曰大孝杜孝巴郡人母喜食魚孝役成都買魚置竹筒中流祝曰願母得此食婦汲于江忽見竹筒觸來拾之見二魚曰吾夫所寄熟以進姑〇以上漢**和寵約儉**董和江州人躬率以儉劉先主徵為中郎將與亮並署大司馬事卒家無儋石亮稱歎不置劉寵綿竹人除成都令皆著績遷牂牁太守初乘一馬布衣蔬食儉以為教吏人為之立銘

詩朝鯁直費詩犍為人諫昭烈不當即位忤旨左遷蔣琬秉政以詩為諫議李朝潼川人益州別駕與弟邈號二龍嘗面折照烈時稱骨鯁**舒群觀象**周舒閬中人明天文子群少受學觀氣候言災祥多中為儒林校尉昭烈欲與操爭漢中問群曰當得其地不得其民後果如言**參忠善治**馬參閬中人廣漢太守有治行累官尚僕射馬忠閬中人牂牁太守甚有威惠又開復越嶲蠻夷畏愛立廟祀之**周譔廣稽**譙周廣安人耽古篤學研精六經為光祿大夫李譔潼川人五經諸子無不該博後主以為太子庶子著古文易尚書毛詩三禮左傳指歸**宓崇辯識**秦宓綿竹人善談辯亮迎為益州別駕吳張溫來聘問曰天有目乎宓曰有在西方詩乃眷西顧天有耳乎宓曰天處高而聽卑詩聲聞于天無耳何以聞之天有足乎宓曰天步艱難無足何以步之天有姓乎宓曰姓劉天子姓劉以此知之溫大服黃崇閬中人為尚書郎鄧艾寇蜀崇勸諸葛瞻速行據險不從崇至流

涕艾兵入綿竹崇力戰死**洪允公忠**楊洪武陽人武侯常咨之累遷蜀郡守清忠款亮憂國如
家董允廬人為侍中武侯稱為忠亮死節之臣**二杜貞懿**杜貞綿竹人義士翟酺忤權貴復徵
入獄貞上章救之受笞獄中明酺無事京師壯之杜微涪人先主定蜀稱聾不出孔明輿致之曰但以德
輔時不責以軍事乃拜諫議大夫從其志○以上蜀漢**膺之仁**李膺綿州人為涪令刺史討賊
糧之蜀民歸附二萬餘或欲撿其所藏以為用膺諫曰民始附若糾以刻必離**攀之明**何攀郪縣
人進別駕議作舟艦事為廷尉平決疑獄俱精析**壽之贍**陳壽安漢人博學除著作郎撰諸葛
集撰三國志等書時稱其善叙事有良史才**纘之宏**閻纘安漢人博覽有大節愍懷太子廢纘
輿棺詣闕上書**立之博**費立詩之子晉書云西州名士與陳壽齊名又有文立巴郡人治毛詩三
禮兼通羣書仕尚書郎**苾之清**李苾朝之侄少厲名行仕犍為太守以清儉穫道稱**馥之**

矯侯馥廬人本郡太守後為偽蜀李雄所獲不屈雄義而釋之**隨之平**何隨廬人拜本郡太
守邦人言議平當者稱何江陽常璩贊曰江陽皎皎何使君**嘉之卓**孟嘉江州人庾亮徵為勸
學從事正旦大會褚裒問嘉冋在亮曰在坐卿自覓之**頵之貞**龔頵遂寧人益州刺史毛璩辟
為從事璩為譙縱所殺佐吏並逃頵獨奔璸縱僭位徵之脅以死不屈**寶之事親**鄧寶彭縣
人酤酒以奉甘旨有二仙嘉其孝可學道寶隨之過江不溺登山皆異境仙曰汝來乎母久念成疾可持
兩丸藥歸至家已二年矣母服藥百餘歲既廬墓二仙復詣廬召寶入葛墳洞天**密之陳情**
自註李密武陽人父亡母嫁鞠于祖母劉氏武帝召為太子洗馬密上表陳情請終養余曾經其墓**二**
郎之號李驤綿州人與成都杜軫俱為尚書郎齊名每有論議朝廷莫能折時稱蜀有二郎**四**
科之名母雅江州人學冠四科貢于朝進夜郎大守夷感而化○以上晉**范有二凱**

梧鳳雙鳴范崇凱內江人善屬文明皇命作花蕚樓賦奏為天下第一弟元凱齊名時號梧岡雙鳳仙術異乎天綱袁天綱成都人為火井令以相術聞一時名公如王杜輩皆識于塵埃中決禍福立驗故數學每推袁氏仙才侈于長庚李白唐宗室父謫居條支神龍初逃入彰明母娠時夢長庚星入懷因名白賀知章見其文呼為謫仙篆古嘉陽冰獨洩李陽冰合州人善篆書古今獨步開元中為當塗令有政績宗人李白常依之文裁儒子昂陳子昂射洪人唐興文章承徐庾餘風子昂始變雅正初為感遇詩三十八章王適曰是必海內文宗乃請交凡所論著世以為法武后時拜右拾遺孔明是子易甫難兄陳光字孔明子昂長子官朝議大夫詩入正聲陳易甫光長子仕監察御史與弟簡甫齊名宦業顯著宋譜云是父是子嬈美前後難兄難弟並秀先宗逢吉訓詁孫逢吉善訓詁黎幹辰星黎幹戎州人善星緯喜談辨玄宗時累官京兆尹李晛詩句李晛長於詩九宗碑銘張九宗遂寧人仕至御史博學尤長於碑銘遂寧文學自公倡之梁震操潔梁震依政人道出荊南為高季興所留使為謀主震恥所汙但稱唐進士終身嚴震政榮嚴震鹽亭人任尚書左僕射繼為興鳳團練興利除害常震狀其治行為山南第一鮮于赫赫鮮于叔明保寧人仲通弟繼兄為京兆尹民有前尹赫赫後尹熙熙之號太子太傅致仕子陵硜硜仲子陵峩眉人擢太常博士時有司請正太祖位而遷獻懿二王獨子陵其言典正終司門員外郎卒惟圖書斗酒而已史臣以大曆諸儒推子陵最卓異讚諦膺首孝之奏王讚諦梓潼人少喪親培土墳二十年不脫衰麻黜陟使常袞奏劍南孝子十六人以讚諦為首何煥凛栢臺之聲何煥閬中人拜監察御史風節凛然當時稱之賜其里曰栢臺講經羨南里神童先汪

盧之南里人七歲日誦萬言貞元中舉神童登進士後退居安樂山講九經遂易穜養正

先生李逢劍州人文行俱高尤邃于易特號為養正先生〇以上唐若三孫孫光憲仁壽人

博學多智勸繼冲歸宋太祖授黃州刺史子謂讜並進士第三勾勾中正華陽人孟蜀舉進士古

文篆隸行草皆工獻太宗八體書授著作郎子若古希古並進士三李李建中成都人太宗時進

士終判太府寺性簡靜善書札隸篆籀俱妙子周道周士並進士四李李舜臣井研人八歲能屬

文乾道初舉進士論金無可和之義遂于易子性傳觀文殿學士道傳進士知果州心傳工部侍郎玉

樹金枝聯輝接美五范范鎮華陽人仁宗時知諫院極忠鯁與王安石不合戶部

侍郎致仕司馬光嘗曰勇決不如范景仁鎮兄鍇之子百祿第進士為哲宗言分別邪正之目以類相反

者二十餘條終資政殿學士鎮從孫祖禹為校書郎修資治通鑑進學士藴氏稱為講官第一百祿子祖

述累官朝議大夫多政績祖禹子冲脩實錄累官侍講學士五張張浚綿竹人高宗時有安社稷

功累官封魏國公子栻召為吏部侍郎與朱熹友嘗稱其卓然有見後從祀栻弟杓端明學士知建康南

渡以來京尹以杓為首子忠恕治郡有能聲累官直秘閣累諫有祖父風栻孫治為揚州司理能決獄後

為白鹿院長能發明理與植根擢秀十虞虞允文仁壽人七歲能屬文紹興間第進士後

敗金軍于采石上曰朕之裴度也拜雍國公孫剛簡兄弟八人皆好學剛簡最知名累官利州提刑蜀人

師之子珪知連州亦以文學知名三何何㮚仁壽人政和進士第一後同欽宗為金人執不食而

死兄㮚弟榘俱有時名號為三鳳鸞停鵠峙四陳預識于搏仙六蘇

先卜于道士陳省華閬中人孟蜀西水尉歸宋拜諫議大夫子堯叟端拱進士第一累官同

平章事堯佐進士及第太子太師致仕堯咨舉進士第一官節度使工草書善射號小由基初陳摶告省

夏尚忠

華曰子必爲將相蘇洵眉州人兄澹渙皆有名渙舉進士洵二十七始憤學子軾轍同舉進士父子文章途擅天下軾子過亦能文歷官中山府判皆有政績著有斜川集等書先洵曾祖祐力學行義至成都遇道士異之屏人謂曰吾能變化百物將以授子祐固辭道士笑曰是果有以過人矣隱然有後人必昌之意**三趙食報于尊賢**趙之禮資縣人敎游奕巡檢使好義尊賢子雄以中書舍人使金爭辯金人謂之龍鬬拜右丞相雄子昱歷東川節度判吳曦叛昱絶粒而卒之禮封少傅薛鄭齊三國公世以其爲善食報**三高不媿于汗史**高稼蒲江人歷制置司參議與元兵力戰却之曰丈夫不汗青垂名碌碌人耳遂死難子斯得進士潛往奉遺體歸後歷參知政事稼弟定子累官參知政事忤史嵩之謫官卒贈少保**忠孝心而有孫**蘇易簡中江人太平興國狀元徐鉉嘗稱其孝誠篤學上召飲謂曰君臣千載會對曰忠孝一生心孫舜欽少有大志精古文善草書弱冠極言時政范仲淹薦其才累官三司度支判官見孝行**松栢姿而多子**李燾丹稜人歷官敷文閣學士性剛大特立獨任張南軒常曰李仁甫如霜松雪栢次子垕官著作郎直言極諫朝論重之五子壁以端明殿學士知遂寧府平張福之亂卒進資政殿學士七子㙜歷官禮部尚書奏請進周程張朱從祀而黜王安石上從之資政殿學士卒**錫遺表以見忠**田錫洪雅人歷官諫議大夫卒遺表勸仁宗慈儉守位清靜化人居安思危在治思亂仁宗淵然謂李沆曰田錫直臣也若此諫官亦不可得**魏結髮而研理**魏了翁蒲江人本姓高出繼魏歷官簽書樞密院事忤史彌遠謫潛心性理嘗自言結髮遊聖人之門今髮星星矣大懼年數之不足授徒講學蜀人因知聖賢大指稱鶴山先生**兩庚以風節鳴**任伯雨眉山人擢右正言首擊章惇貶處州繼論蔡卞六事居半歲上一百八疏後黨事作削籍唐庚字子西丹陵人少負才名累官承議郎立朝以風節自勵**愿酉以**

直道軌家愿眉山人紹聖初進士應詔上書凡萬言
入黨籍禁錮蘇轍讀愿策謂其當以直道聞
果然愿孫大酉進士吳曦叛大酉不受其招累官工
部侍郎與宰相史嵩之不合罷爲人方直累屈不變
政還妾而後興馬從政未有子買一妾詢知其父卒
于官毋不能還故鬻之遂還妾不責
所償後夢一翁謝曰我妾父也聞之上帝矣令君家
富貴消消不絕後生子名消中元祐狀元上疏忤蔡
京罷
歸**仲拒婦而第起**楊仲希新津人微時客成都主
人少婦出調客仲正色拒之其
妻是夕夢人告曰汝夫獨處他鄉不欺暗
室神明知之當魁多士次年果擢第一**孜鐏重于**
學術任孜眉山人以問學氣節推重鄉里與蘇洵持
累官光祿寺丞有弟伋亦知名時稱大任小任
黎錞廣安人朝議大夫英宗以蜀士
問歐陽脩對曰文行蘇洵經術黎錞**定成尊于易旨**
譙定涪州人執經程頤門下深于易學靖康初召至
以廷論不合力辭去隱青城山年一百三十外蜀稱

譙夫子張行成劔門鄉人紹興進士了
翁嘗云吾鄉觀物先生得易數之詳**有友隆而燕**
荊合宇文百之閬州人數世同居庭
前六燕同巢紫荊異本合幹**有孝篤而幼髮**
改苟允中中江人甫十歲以孝自勵父病不解帶三
月而髮皆白及卒廬墓虎豹馴擾母卒亦如之
有寶田遺頌有福星流采杜孟普州人讀書太學因
童貫蔡京用事皤然而歸
嘗訓子孫曰忠孝吾家之寶經史吾家之田時號爲
寶田杜氏鮮于侁閬中人新法行諸路騷動侁奉使
九載獨公心處之蘇軾稱上不害法中不傷民下不
廢親爲三難司馬光當國除京東轉運曰子駿福星
也**有托迹于畫有遯名于屐**孫知微字思邈成都人
張乖崖鎮蜀雅慕之終
不可致及還朝出劔閣一村童持思邈画進問孫所
在曰去已遠矣蘇雲卿漢州人避難豫章東湖業屐
自給少與張浚遊浚屬帥漕以書幣相存
期詰朝見帥漕至則書幣具在而卿已遁**磊磊其節**

蹇賈二氏蹇夔通泉人進士累官通判金州元兵攻蜀夔與子來叔堅守力戰不敵城破舉家死之弟維之亦舉進士都統王宣辟行軍參軍亦迎敵力戰而死賈子坤潼川州人進士爲西和州推官關外被兵城陷同家人死之其子仲武孫昌忠純孝同登進士純孝後爲右司郎中崖山師敗抱二女及妻牟氏蹈海死仲達昴發千秋不死自註郝仲連榮昌人爲防禦河東兵馬使金妻宿以重兵壓城仲連力戰度不能支先自殺其家人城陷不屈及其子皆遇害趙昴發大足人登第權通判池州元兵渡江守遁昴發禦備及大兵至知不能守與親友飲訣謂妻雍氏使先走妻曰君爲忠臣我獨不能爲忠臣婦乎乃書几上曰國不可背城不可降夫婦同死節義成雙遂同縊死余會經其地士人猶稱之兗瓚刎求竝令髮衝上視何兗德陽人通判黎州元兵至兗自刺不死軍帥許以不殺兗曰三世食趙祿爲趙死何憾敵殺之妻隙罵不絕口亦死男孫從子皆先死郭贇內江人爲汝陽令金人犯蔡瓚朝服坐廳手戟大罵與二子俱死王翊郢縣人寶慶進士及爲蔡謀元兵至翊拒守城陷朝服赴井死見宋史忠義傳司馬夢求敘州人溫公後景定進士調江陵沙市監元兵來攻都督敗降夢求朝服望闕再拜自縊死雖欸啓小孔竅也而寡聞有燦玠璡璞之翹頡頡音器舉頭貌揚燦端孫播川人吳曦亂燦輸金錢戰馬以助邊卒封威毅侯廟祀之玠燦子未生時將校有夢神號蜀威將軍者玠生貌如之以邊功授閤門宣贊舍人卒贈威靈烈侯廟祀冉璡與弟璞眞州人俱有文武才辟召皆不赴余玠安撫四川築招賢館兄弟聞之詣玠與分院抗禮建徙合州于釣魚山之議事聞以璡爲承事郎璞爲承務郎徙城悉任之果有賴焉○以上宋揭人龍亶如轃轂摎國寶不殊駢齒紛砇碭以荷楨陋乘珠與晥[illegible]音齒音草麟角鳳毛更僕昌指若乃障撫扞

禦衆豪曰贍經營與創盪滌夷殲則馬錯張儀雄開築以廣圖秦司馬錯爲秦將時苴蜀相攻錯勸惠王伐蜀遂由石牛道進兵取之張儀築大城見前壐冰二郎神疏鑿而樹造自註秦李冰爲蜀郡太守至湔山見水爲患使其子二郎鑿堆山以避沫水之害穿三十六江灌溉稻田國號天府野稱陸海冰之功大矣升菴集以王壐李冰同穿二江今但知有李冰不知有王壐愚按李景讓南瀆大江記亦云王壐李冰之穿二江則當有王壐明矣故表之壐音[illegible]唐蒙郭昌節一仗而威通唐蒙漢番陽令上書言通夜郎置吏甚易拜中郎將入見夜郎侯喻以威德厚賜約爲置吏夜郎傍小邑貪漢繒帛聽蒙約還報乃爲犍爲郡且蘭隔滇道中郎將郭昌引兵誅之斬首數萬遂平南夷爲牂牁郡吳漢讖宮弋方秉而冢桸漢遣來歙岑彭擊公孫述俱被刺吳漢代將八戰八克遣高午擊述洞胷墜馬

死藏宮以偏將乘夜登山鼓噪縱擊悉降其衆與漢會兵誅述蜀乃平文翁禮尚而化行漢文翁史失名爲蜀太守選郡子弟俊乂者受吏計俾讀書作禮殿立石經文教大行又擇美質十餘人遣之國學從師如張寬相如皆其高第又由湔洩口分疏水二道灌田二千餘頃民受其利如李冰而文物勝之朕襄風宣而化導高朕蜀守念文翁爲政有法因禮殿額把脩飾之續增一室以祀先聖先賢又作石室以祀文翁政績不媿翁云王襃益州刺史欲宣風化命王襃頌漢德作中和樂職宣布詩三篇選年少者以鹿鳴之詩歌之張堪以仁威見旌張堪幼號聖童爲蜀郡守仁以惠下威能討奸去日乘折轅車布囊而已帝聞爲太息五倫以貞白知操第五倫爲宕渠令有治行時以貞白稱民甚懷之廉范以寬禁興歌廉范蜀郡守舊政禁民夜作防火范但令儲水民便之有來何暮之歌王尊以忠勤矢報王尊

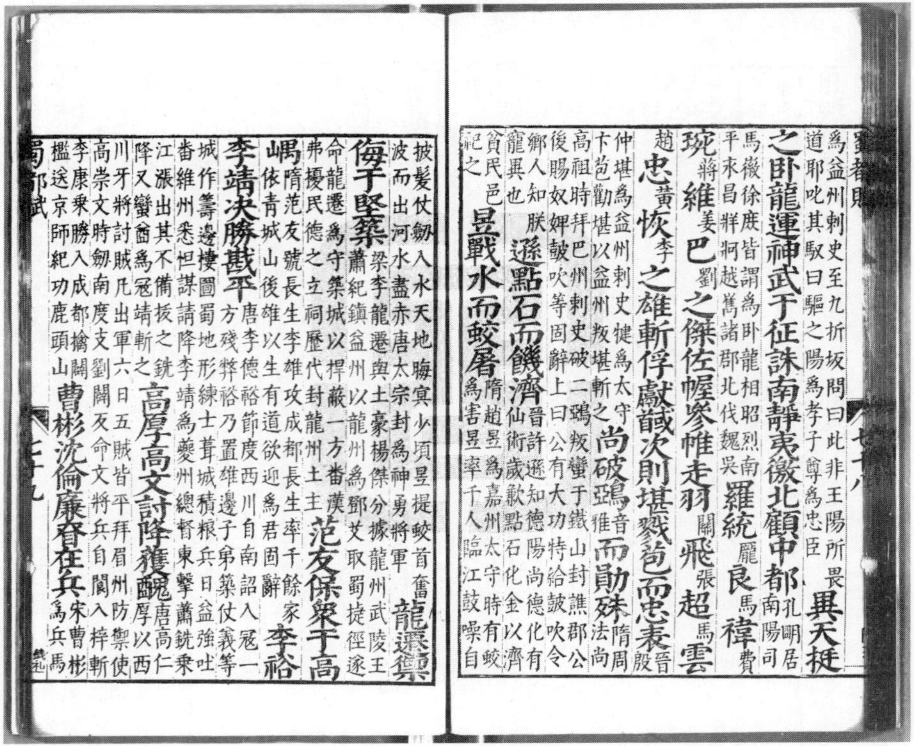

蜀都賦　七十八

爲益州刺史至九折坂問曰此非王陽所畏道耶叱其馭曰驅之陽爲孝子尊爲忠臣異天挺
之卧龍運神武于征誅南靜夷徼北顧中都孔明居南陽司
馬徽徐庶皆謂爲卧龍相昭烈南平永昌牂牁越嶲諸郡北伐魏吳羅統龐良馬褘費
琬蔣維姜巴劉之傑佐幄參帷走羽關飛張超馬雲
趙忠黃恢李之雄斬俘馘次則堪戮芭而忠表晉殷
仲堪爲益州刺史犍爲太守卞苞勸堪以益州叛堪斬之尚破鵶音雅而勛殊隋周法尚
高祖時拜巴州刺史破二鵶叛蠻于鐵山封譙郡公後賜奴婢鼓吹等固辭上曰公有大功特給鼓吹令
鄉人知朕寵異也遜點石而饑濟晉許遜知德陽尚德化有仙術歲歉點石化金以濟
貧民邑紀之昱戰水而蛟屠隋趙昱爲嘉州太守時有蛟爲害昱率千人臨江鼓噪自

披髮仗劍入水天地晦冥少頃昱提蛟首奮波而出河水盡赤唐太宗封爲神勇將軍龍遷鎮
侮于堅築梁李龍遷與土豪楊傑分據龍州武陵王蕭紀鎮益州以龍州爲鄧艾取蜀捷徑遂
命龍遷爲守築城以捍蔽一方番漢弗擾民德之立祠歷代封龍州土主范友保衆于高
嵎隋范友號長生李雄攻成都長生率千餘家依青城山後雄以生有道欲迎爲君固辭李裕
李靖決勝戡平唐李德裕節度西川自南詔入寇一方殘弊裕乃置雄邊子弟築仗義等
城作籌邊樓圖蜀地形練士葺城積粮兵日益強吐番維州悉怛謀請降李靖爲夔州總督東擊蕭銑秉
江漲出其不備拔之銑降又蠻酋爲寇靖斬之高厚高文討降獲醜唐高仁厚以西
川牙將討賊凡出軍六日五賊皆平拜眉州防禦使高崇文時劍南度支劉闢反命文將兵自閬入梓斬
李康乘勝入成都擒闢檻送京師紀功鹿頭山曹彬沈倫廉奢在兵宋曹彬爲兵馬

蜀都賦　七十九

都監伐蜀克夔萬等六州其所過秋毫無犯還槖惟
圖書衣裳王仁贍曰清廉畏愼不負陛下彬一人而
已沈義倫西川轉運使隨軍入成都郤孟蜀君臣珍奇之獻東歸圖書數卷而已**庭堅十朋**
清曠在部自註黄庭堅謫涪州別駕曠懷遠思所在悅慕焉自稱涪翁王十朋知夔州以廉潔
公平率下誨生儒甚切大約以忠孝思無邪爲主民
輸租者使自槩量去時民攀轅不舍余曾並經其地
涪州猶有涪翁亭夔有清廉舘十朋親筆題聯尚在**居易陸贄風流靡漸**白居易以
文名爲時忌貶忠州刺史輕徭賦育賢才政暇吟咏
甚富至今誦之陸贄以論裴延齡奸邪貶忠州別駕
在忠十年避謗不著書惟集古今名方五十卷號集驗方**真卿韋皋德威赳赳**顏真
卿見惡李輔國貶遂州長史寬仁撫馭恤災救饑郡
人思德廟祀之韋皋節度西川撫循將士務惠其民
于黎州築要衝等城數出師破番四十八萬功烈爲西川最蜀民見其遺像必拜**韓琦簡夫**

撫綏惟寧韓琦寶元初益州路饑蠲稅募入粟發常平庫罷冗役饘餓民捕摽掠民德之立祠
雷簡夫至和初儂智高入滇蜀人驚怖益州守張方
平薦雷知雅州蜀人賴無恐蘇洵携二子來謁簡夫
力薦之三蘓因名著**張詠上官風聲奪寇**張詠知益李順復亂詠大致克捷令賊歸
田未幾王均亂詠復往民喜迎帝諭曰得卿在蜀無
西顧之憂矣上官正太宗時爲劍門都監李順遣衆
數萬來寇正有疲卒數百激以忠義大破之順黨復
攻連破之王均劉旰之平正皆與之加大將軍防禦
使**實戒蛙而蛙嘿**蘇實令新繁有異政厭衛湖蛙鳴取一大蛙朱筆點其額戒曰再無
喧自是無蛙聲**堂吞蝗而蝗朽**程堂知雙流有蝗堂曰吏奉命養民虫當食吏五臟無食
民苗乃吞之蝗遂泯**閱道以龜鶴風高**趙抃字閱道爲蜀轉運使止一琴鶴自隨再止
携一龜後知成都盡屏去詩曰龜放長江去不回**彥博知宰相于夢**文彥博知

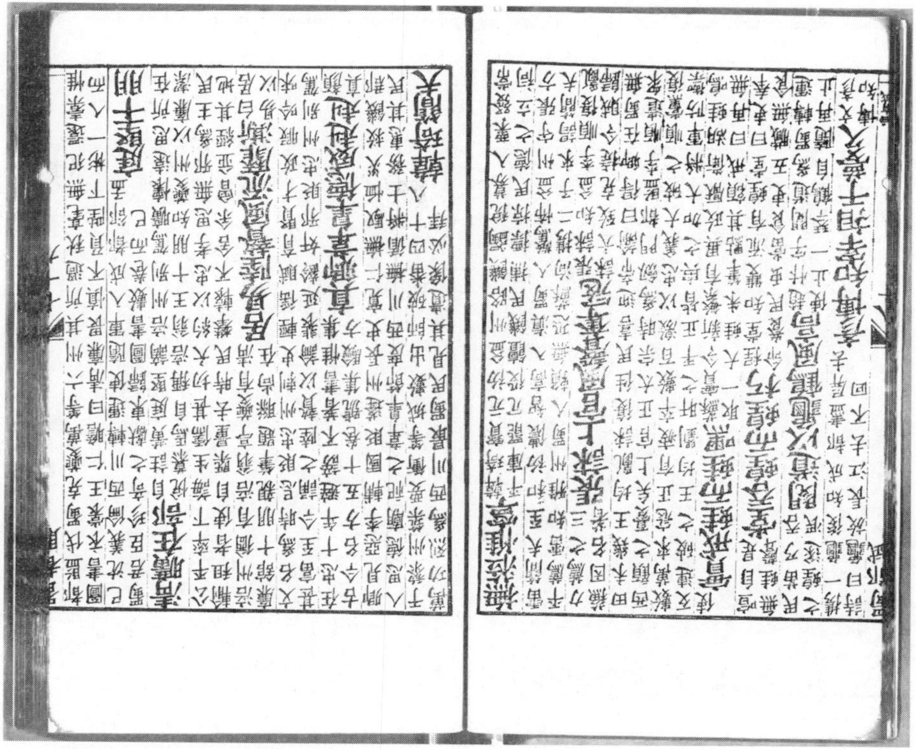

益州政威嚴嘗賑饑有惠祐從父宦蜀謁江瀆祠祠官言夢神告曰明日有宰相來公笑曰相不敢望若爲成都當新廟貌至是果然至其僑居敖覽流歷依依榮公寃公窮谷遺輝周榮公即武王亂臣十人之一古者因生賜姓因功賜氏因其佐武王從國從爵而稱榮馬寃公亦榮人事周厲王寓今嘉定州周時爲蜀國陸通迹絕陸通即楚狂接輿春秋時王使之聘通大笑不應妻曰從之違義不從非忠不如去之遂變姓名隱峨眉山宋玉心悲楚宋玉嘗居巫山作高唐神女二賦杜詩搖落深知宋玉悲雀送庾舟晉庾子輿父守寧壽卒喪過巴峽秋水漲不可行輿叩天水退數十丈有雙雀巢于舟至家又栖于庭洞掩璞扉晉郭璞註爾雅于嘉州烏龍山今有郭璞洞烏啼竹裂賓子促歸漢賓誼居峨眉放浪不羈月夜子規啼竹上誼曰竹裂吾可歸峨峯是夕竹裂黎明遁于峨峯武帝三徵不起孤臣

竄逐黃魔露機唐蕭遘蘭陵人自右史竄黔州南遊三峽夢神人曰險不足懼公詰之神曰我紫極殿宮黃魔神也將佑公出境後拜相嗟道古乎關東唐張道古臨淄人爲左拾遺方鎮擅兵上疏言孫劉已生于世謫旋州王建聞而恨之乃變姓名賣卜導江建開國召之謂所親曰吾唐室諫臣死日葬我于關東不毛之地題曰唐左補闕某墓吟子美于落暉杜甫襄陽人寓浣花溪成都尹裴冕爲築草堂嚴武鎮蜀辟爲參軍巴橋留寇準之屐自註寇準萊州人初知巴東縣愛夔山水嘗曳屐倘佯後人建橋溪上名相公橋余曾過之昌洞曳茂叔之衣周惇頤字茂叔嘉祐初以太子中舍僉書合州判官聞龍昌洞之勝每振衣登之堯夫以雲臺參易邵雍字堯夫洛陽人遊雲安築演易臺伯淳叩桶翁知微袁滋緣醬老興悟正叔謂樵子審幾明道遊成都見箍桶者挾[illegible]數

開視之易也因論未濟知三陽失位為男窮之義後謂袁滋曰易學在蜀滋入成都見賣醬薛翁與語大有得伊川渡涪江舟將危正襟端坐有樵夫同舟登岸問曰公達後如此舍後如此伊川欲與言遂去蓋三人皆隱君子也升庵集袁滋作袁溉字道潔**萃老遵杜村繩祖和靖向北巗步師**杜萃老子美十三世孫為御史復知遂寧晚居江津卒塟杜村尹焞洛人師程頤薦召至京不欲留賜號和靖處士金人陷洛焞盡門遇害焞死復甦乃奔涪就頤注易北巗山闢三畏齋居之**伯溫正己子巳並卜居而音徽**伯溫邵康節子康節嘗曰世亂蜀可居及宣和末溫載家家嘉州得免于難令犍為紫雲城乃溫故業也范正巳文正公第三子純禮之子自杭幕召除京師漕京城陷公守節不撓會分鎮罷監司襄郢路斷逼迫奔竄徒走携幼入蜀丐宮祠于宣司局薄祿以養終家于蓬子繹孫脩甫曾孫格非俱登第司馬子巳溫公七世孫寓戎州該通理學不事科舉以清白世其家召補嘉定司戶叅軍**至其遺世步虛列眞息假則廣成紫陽道冥**古廣成子昔黃帝問道于峨眉宋皇觀今道磯尚存碑刻有記李八百歷夏商周年八百歲又云動則行八百里故號周穆王居金堂山號紫陽真君**李耳馬成丹化**老子楚李耳也為周柱下史騎青牛出函谷關為關令尹喜著道德五千言約會于蜀青羊肆至期果見于大官李氏家授喜玉冊金文賜以文始先生號泰馬成子扶風人遇黃蓋童子授胎元煉氣法入鶴鳴山復遇異人授神丹曰氣為內丹藥為外丹遂昇天**長房道陵超清**漢費長房從壺公學仙與一竹杖騎歸投葛坡中則化為龍葛坡今號龍池寺張道陵生吳天目山居龍虎山入閬居鶴鳴山向石鶴鳴則有得道者鶴乃鳴老君授以秘錄遂往雲臺山煉丹服之躍入石壁自崖頂穿出漢末壽二年九月九日將諸秘錄斬邪劍玉冊玉印授長子與夫人雍氏登雲臺峯昇天**方平長生玄**

夏尚忠

駕漢王方平棄官遁太尉陳統家尸解魏時于平都山昇天漢陰長生從馬明王求仙法受太清神丹經後于平都山昇天**或竹枝引度**李常在蜀人百姓累世見之故名二弟子隨各以青竹枝度其身**呪鬼鬼作**梁尚圓廣漢人武陵王宮中多鬼圓一言鬼合掌向立圓即發呪鬼皆失所在武帝大加獎**或封鐘顯符**隨劉珍什邡人居安樂山忽取所藏鐘磬封于石室曰六十年有聖君來取後唐高宗遣使取經鐘磬以進果如其言**召神神徂**漢翟法言雲陽人詣棲霞宮採樵得道能召灘神見仙鑑**或挾虎虎馴**隨程太虛西充人居南岷山絕粒有二虎侍左右唐時解體**喚龍龍形**唐羅公遠彭州人遊鄂州刺史問何來云見守江龍來刺史未信曰須見形期以後日果一白龍見江心頭與雲連**或騰身上栢**唐王柯青城人恤孤貧濟禽鳥脩煉不成上西峯遇一道士授訣及丹服之身輕門有栢騰身而舉已在栢杪遂尸解**古木**

潛魄法眞梓州人遊嶺外大潙會下苦煉潙器之無一問潙曰何不道如何是佛眞掩潙口潙曰子眞得其髓還蜀棲天彭堋口山三年見後山一古樹圍四丈餘南開一門中空坐化時號木菴禪師**或木伞以嬉**漢葛由蓬人寓綏山騎木伞登山巔有葛仙洞**屠羊惕思**晉淨業石照人姓文少業屠有羊既乳將殺之二羔跪刀伏門業感嘆棄家爲僧忽大悟作頌曰昨日羅剎心今日菩薩面羅剎與菩薩不如一條線**或散金解淨**漢折象廣漢人師東平先生家世豐盡散以賑貧曰施物乃逊禍非避福也賓子文言之矣智者咸服自尅七日尸解**留題著姓**唐呂洞賓居二峨山宿肝洞題詩東嶽廟云敎化先生特意來世人有眼不能開有人識我眞名姓我是終南呂秀才**或聞磬出定**慧持入藏于嘉州古樹中至宋風吹樹折髮蓋身爪圍腰一匝有司以聞取至都西僧總持擊金磬再拜遂出定問曰吾遠法師弟也**求砂乞令**唐葛洪句容人爲求

丹砂乞爲勾漏令後入蜀得雄黃于武都山色如鷄
冠喜曰丹成矣至洪雅之花溪居嵓洞道成昇天嵓
前隱跡尚存或假鍼引成唐竇子明江油人爲彰明主簿棄官至圖山脩道抵仙女橋見
一女人磨鍼問之荅曰鐵杵磨繡針功久自然成感悟復脩三載昇天投石自明唐介朱洞
落魄成都于江濱取白石投水中衆莫測後賣丹于
市刺史盛以筬籠棄于江至涪州漁人姓石者得之
授以丹二人俱仙去或聞機構約唐張英令儀隴過采石遇一女子曰五百年宿約與君當一
會大儀山英叱之至任半載時聞機聲逐聲行數里
至大儀山一石洞門鑰宛然門忽開前女迎入門即
閉從吏哀號忽圓石一雙自門隙出取歸近縣不能
舉邑人建祠塑像置一石于腹令祈禱輒應廟曰求
濟水宮迎泊唐韋昉蜀人夜渡涪陵江忽遇龍女遺騎迎入宮後昉登第十年知簡州龍女
復遺書相迎勅昉充北海水仙迭詭秘于幻幽翻牒錄其如錯臨風

想睇不仙仙而作于是大封惟琎音盡盛也大域惟甡音莘
衆生並立也匪皇匪軌疇斯克震平聲惟
大明之是御蕩大化于撫垠湯征虜雲旅臨而皷鼙
征虜將軍湯和討僞夏明玉珍珍子昇降傳將軍兩師至而壺漿迎傅將
軍友德平成都又經畧東蒙芒撒四軍民府丁平羌玉斧指而獍梟伏平羌
將軍丁玉克復松州潘州涼國公鐵騎向而豺豹奔涼國公藍玉平罕東代建
昌執月魯帖木兒正王氣之是椉乘同識王者之有眞山川踴
其得主日月炳爲一新育萬彙而妥百靈總群生而
朝百神孰不來享孰不來賓父老携節以快睹何檄

諭之諄諄不必如相如之檄蜀之諭父老椎結帖耳以順歸毋擒縱
之是頻無事于孔明之七縱七擒旁邑傾心于置吏寧繒帛之致
殷非若唐蒙之以繒帛約夜郎也肹蠁𤑹其昭格曷金碧之事禋不必
待王褒金馬碧鷄之祀岳瀆澹于沇灑胡濬鑿之粼粼不煩李冰之疏
鑿相如文灑沇澹災灑分也沇深也澹安也言分散其深水以安定其災也奠上古之未
奠臣先后所不臣蠕蝡音儒軟肉虫也且爲眴㶿血氣莫不
尊親蠢苴蠢郎假反苴音鮓蜀人放誕曰川蠢苴罕秆音罕牽羌地之庶童
即同字若里區之蒸蒞以守宰飭以述巡樹以師徒道
路是遵士被沕穆之風農熙隴畝之春工精璘瑞音林

賦寶物文采之器賈轉緤賄蠻夷貨名緤音集之輪救謚康阜含
稐飲醇醨服德而遐慕義上解澤而下泳仁將恢二
十三朝以郁郁自黃帝唐虞夏商周秦漢蜀漢晉宋齊梁陳隋唐梁唐晉漢周宋元爲二
十三朝釀千萬億禩之彬彬胡中邦之殊漸平聲狹西徼
之爲濱於皇哉方大之國大人之鄉蜀記云云在昔有述
于茲孔揚耳食者趾界閾面囿牆乃謬訝遼絕擯僻
荒令奧蘊弗闡孤奇弗彰蜒伏鷃窺又烏知壯鯤南
鵬夫已下視乎蒼蒼巢棲處士于是聰裔神遙心德
音聰上聲發悖貌口呿音揭口不合粥粥敬懼貌不能言少間曰咄

濬洸圖至斯惟先生言眞遊我于瀛海引我于亨衢
風雲生其腋濤沫撼其裾而後乃今知蜀之由來張
矣世亂先違有足恃也道治後服循乎底也常璩華陽國志
序西土險固世亂先違道治後服若吳楚然矧乃丁郅音質隆于
今日跨上游于都省匪西壁屏翰中原襟領所謚天
下名鎮之冠詎爲譸音儔張誑也騁吳師孟西樓記云蜀天下藩鎮之冠第
蒙有慗心焉慗音溺憂也巨塞滯音貴潰同于一危泰山⿰石畐音匹
石落于一濁積饒之國利用恬凋瘵之民起于寇今蜀
下上下中田賦匪後禹貢梁州厥田惟下上厥賦下中布粟征徭傕

科匪宿澤土惟穰攌音綰拘也歸閭右蜀沃野皆屬于豪貴貧民皆山棲種
菽而已厥民嬛嬛音瓊如麋在圄榷茶榷鹵秋毫畢購四川
今有茶課銀每年一萬四千三百餘兩鹽課銀每年七萬一千四百餘兩白鋈紫鎏歲不
遺數鋈音沃白金鎏音流美金絹⿱竹是欒纚絡繹馳奏纚音紀川絹川扇川欒材
川毛貨今每歲各有進額一⿱竹是咲鑑音蹠戾不行也官司弗宥近有爲進扇以方岳
而譎散秩者掄木構材衝嵐穿岫一木乩疑乩稽同千家搶
首建昌產杉木馬湖永寧而下專產楠木每一採木必報大戶糜費百端折數百金僅得一木因致傾
家遺累子孫者甚多加以採使飛輓石耕砂耨近年遣內官採礦負販
雞豚頭會必究又有內官收稅販賣小貨皆稅及輪蹄跐踰音意俞踐蹂也

夬大有

掠抶音叱笞也斥嗾富寘鼠窶匚鬻妻售幼愲音聊脂膏也枯不
能供其求髇髓字銷不能勝其扣地宕天寥嘄謼叫呼同
靡叩誰云蹲鴟不饑卓王孫曰吾聞岷山之下沃野有蹲鴟至死不饑蹲鴟大芋也今
形似蹲鴟嗟此饑烏窮獸竊褱懷同外席中矛何論昔肥今
瘦懸弧先生喟然曰是則然走亦盡音奭傷痛也傷之但
任土作貢九州維則上之所需下之所棘急同大工斯
興梁木攸克百爾所供咸當嚴翼宛肉炙瘡敢覦隱
怵乃
今天子英明神聖二三元老亮直方端惟遼弗知僭

音憏魯也曰息艘脱擊慈容寧不咨嘆旋日李尋傳不旋日而至也
貰綸音閟民殘瘨汗虢軫時囏貢不惟珍惟其錯征
不惟苛惟其權一切得已宿留布𧖼宿留音秀溜須待也斧斤
戒時林衡惟官貂璫腃路腃音局著道也風雷夙還勿攖神
人恫勿浚財力癉論者巳弗拯阽音言危也者相與援起
䖙䖛音要窽不安也于瀕危貽蠆蟳音陳惇不安定也之寢平家美
醵金醵音蹻會錢飲酒戶晏饔飧忻止戾定也以如故快恒和
之及存譬之蠋再調而玉輝㽉未缺而金完莫莫衆多
貌然猶撲錦地沸歌天以踠蝹音遠蘊龍行貌陸海茫洋也

蜀都賦　八十七

蜀稱沃野為陸海之國曾震此瀺灂之微瀳瀺灂音吸卓小水聲言民猶樂遊陸海而前此一時小患不足為驚震也處士復若苑結苑音蘊屈也者楚然曰

斯已矣又有鼠思幽憂也蓋聞喬木無蠹枝蠹枝將蠹

心壯士無瘻臂瘻臂將瘻身幅幘之側可有反側之

娛方今

䀛德不著旁通九譯曷蠢播酋敢肆毒螫戴我冠帶

䀛威弗惕負嵎憑隘弄戈飛檄截道屠城縣吏為迮音翟迫也

掘塚焚廬嬰貫孕刳白骨如麻橫江漂赤戊戌年播州楊應龍叛出綦江戕主將逐縣令刦庫縱囚又過東坡焚屯堡絕官道貫嬰孩刳孕婦起墳拋骨虜財

殺人甚肆暴虐巖廟虓驁遐萌踧踖運兵轉餉師老于壁詎

非抵轍之螳蠮庚之鼯干王䀛之大辟先生諤然曰

唉子未耳乎廼者酋方虓暴同恣

天子赫然震怒甫天戈之境薄不旬朝而已仆爾乃

夷運將壅冥寘音烈挈舉事乖忤乖窮我師用奮㮚音彌深也撝

于封濯大也征聲罪罪厥靡共貔貅四出嘽嘽音難衆貌如

叢弓鳴鏑響草木生風驚自天下雷雨駢攻躪音各其

闢阮隘同火其室宫蛇豕失踞獷猍音鑛葵無蹤窘彼逆

龍雉經于谾音籠長谷也妻孥犮音跋犬走其祖縛巢穴傷古湯

蜀都賦　八十八　陶惠

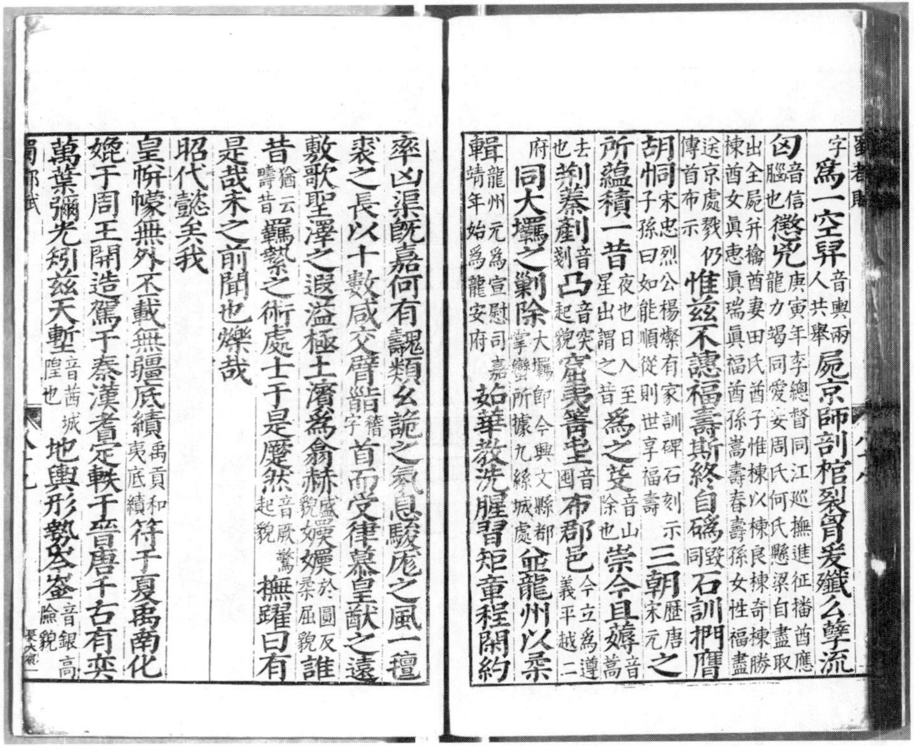

爲一空昇（音輿兩人共舉）屍京師剖棺裂胷爰殲幺孽流囟（音信腦也）懲兇（庚寅年李總督同江巡撫進征播酋應龍力竭同愛妾周氏何氏懸梁自盡取出全屍幷擒酋妻田氏酋子惟棟以棟良棟奇棟勝棟酋女眞惠眞瑞眞福酋孫嵩壽春壽孫女性福盡送京處戮仍傳首布示）惟茲不譓福壽斯終自磷（同毀）石訓捫膺胡恫（宋忠烈公楊爍有家訓碑石刻示子孫曰如能順從則世享福壽）三朝（歷唐宋元）之所蘊積一昔（夜也日入至星出謂之昔）爲之芟（音山除也）崇令且嫥（音蒿去也）剗叅劃（音劃）凸（音突起貌）寵羙菁坔（音圄）布郡邑（今立爲遵義平越二府）同大壩之剿除（大壩卽今興文縣都掌蠻所據九絲城處）竝龍州以柔輯（龍州元爲宣慰司嘉靖年始爲龍安府）始華敎洗腥習矩章程開約

率凶渠旣嘉何有魗類幺詭之氣息駿厖之風一擅裘之長以十數咸交臂䶕（稽字）首而受律慕皇猷之遠敷歌聖澤之遐溢極土濱爲翕赫（盛貌）嬽嬽（於圓反柔屈貌）誰昔（猶云疇昔）羈縶之術處士于是屨然（音厥驚起貌）撫躍曰有是哉未之前聞也爍哉

昭代懿矣我

皇恢幪無外不載無疆底績（禹貢和夷底績）符于夏禹南化嬗于周王開造罵于秦漢者豈定軼于晉唐千古有奕萬葉彌光矧茲天塹（音茜城隍也）地輿形勢岑崟（音銀高險貌）

明《蜀都賦》

鷄犬相聞連城接閭耆豪侈麗乃勇乃文浸假塡音鎭
撫有道洽愔音同以安途清呼㬥音袍扃宼聲隅息呻吟豐
融饒衍也日熾𡿪聚月臻將秦寧而外戶侂托同以固有
事而堂室僊音並亦作凭以尊詎不永壯國家于棟隆維
盤石干廣坤頽先生奏頌蒙敢隊陳同箴懸弧先生乃
颺言頌曰巉巖維蜀天設其險周山盤川鬱律巑巙
音巉險四塞窄峉音窄各壯鍵牢關駊騀音跛我高大貌罍罪音壘
罪嵬峻貌百二斯閑中貤音勢連也壇曼音亶平大貌廣垌畮音高畝攸
紆實抵實京百室肝肝含星吐重紅同有士其雍去聲東

箭南金咸作邦貢誰曰外區濟厥要荒吏治既循憲
斯王章在昔先零有紲音泄系也且陧音業危也今茲懷柔式
廓爲烈大琛小琛帥侯暨公曷是旬宣吾
王維同維
王不忒維爾以則永价鎭固用襄無極巢樓處士則
莊容而箴曰固國維險匪險弗克險亦曷憑居之在
德強國維富匪富何因富亦匪恃綏在以仁公孫祚
促劉氏璽授敗𩶑有監厝薪勿謀一夫負固必遭後
誅天子弗守大亦不居毋曰爾庶封靡封專利靡汰侈作使

馬御失哲抑有他起毋曰爾寧呰窳音仔愈嬾弱也無憂檻

虎有牙一逸不收必懟音報恐也必悚懼也居訬音杪高也覸音覓

視也遠騰形斡機固標以本維穆深遠貌且宥在宥維毖音比

慎也采彌同昌亹音芒勉也茲勿替匪西一方

蜀都賦終